我在

李巧文 著

天津出版传媒集团
百花文艺出版社

图书在版编目（CIP）数据

我在 / 李巧文著. -- 天津 : 百花文艺出版社,
2024. 10. -- ISBN 978-7-5306-8922-6

Ⅰ. I267

中国国家版本馆 CIP 数据核字第 2024UB2522 号

我在

WO ZAI

李巧文 著

出 版 人：薛印胜 **责任编辑：**张 雪

装帧设计：刘昌凤 **特约编辑：**韩玉龙

出版发行：百花文艺出版社

地址：天津市和平区西康路 35 号 **邮编：**300051

电话传真：+86-22-23332651（发行部）

+86-22-23332656（总编室）

+86-22-23332478（邮购部）

网址：http://www.baihuawenyi.com

印刷：廊坊市印艺阁数字科技有限公司

开本：880 毫米 ×1230 毫米 1/32

字数：207 千字

印张：9.25

版次：2024 年 10 月第 1 版

印次：2024 年 10 月第 1 次印刷

定价：89.80 元

如有印装质量问题，请与廊坊市印艺阁数字科技有限公司联系调换

地址：河北省廊坊市安次区龙河技术产业区夏荣街道 29 号

邮编：065000

世上所有的风景

都是为了安抚一颗流浪的心

——李鸿文

目录 CONTENTS

第一辑

第二辑

第三辑

第四辑

第一辑

你拿着画笔
从很远的地方走来
要到很远的地方去
路过我们这里
于是，世界在我们面前
展开了一幅画

——《阳光和雨》

听到花开

暗青条纹底色凹凸不平的瓷砖墙面，墙面上的蒙娜丽莎正斜着身子淡淡地微笑看你，框架式的天花板上绿色的常春藤枝叶伸展。这是一家融合了古典和现代风格的中西式餐厅，名字带着诱惑的元素：不约而来。

窗户边，两人和四人餐桌位已坐满了人，没有人大声喧哗，穿着蓝色制服的服务生来来去去，温和而礼貌。当服务员过来问我们点什么的时候，我把眼光投向了女儿。女儿是这里的常客，她熟门熟路，手上点着口里报着：状元及第粥、韭黄鲜虾肠、松茸山菌炖竹笙、生炸脆皮乳鸽……

时光里，还留存着儿时的记忆：米粥、红薯、南瓜、青菜，我有些兴奋又有些不知所措。十岁那年，我抓住了一只青蛙，我以为抓住了整个夏天。不知从什么时候起，生活悄悄发生了变化，手机由大变小，又由小变大，微信、支付宝、淘宝，连上wifi（无线局域网），网上便是一个世界。吃的用的花样百出，叫得出名字的叫不出名字的蜂拥而来，就像今天，女儿点的满桌菜品有些我听也没听到过。

女儿笑：妈妈，你得多出来，这世界变化快着哩，再不尝新，你的肚子就要跟不上时代了。

我知道，在吃的方面，我就像陈奂生进城，很多时候，只愿待在家中，粗茶淡饭简单打发。而到女儿这里，女儿常会带着我出门，七荤八素琳琅一桌，吃得文雅而精细。末了，用纸巾轻轻揩去嘴上的油，哪里好看去哪里。

前阵子去看“茶乡花海”，路边新种的山茶，有的花开了，有的正含苞待放，树下写着名字：烈香、茶睡莲、黑珍珠、牧童之神、耐冬，不一而足。左边是万亩花海，游人如织；右边的布景排列着国内外名茶花品种：状元红、十八学士、春秋战国、叠红玫瑰，名字跟那个特色餐厅一样挑逗我们的目光。描写山茶花的诗很醒目：“叶乱裁笺绿，花宜插鬓红。”“弱植不盈尺，远意驻蓬瀛。”念不胜念，兴之所至，我也忝赋一首：“二月春光似水来，含苞朵朵向阳开。游人初见不相识，笑问何时此树栽。”走着看着听着，慢慢地，这日子就像山茶一样开出美丽的花来。

去年，女儿去了清迈，我坐着高铁去了北京。看外面人来人往，车来车去，其实自己也是其中的一个，久了，再回头，已是密树浓荫，远山含翠，季节飘香。

我想，过几天再去一次“茶乡花海”，上次含苞的山茶花，应该开了。

墙边的石榴花

益华楼与学校前坪因为高低相嵌，接合处形成一堵墙。这堵墙没有闲着，镶嵌着密密的名家书法。书法或遒劲或端庄，雨水长年冲刷，有些古朴苍凉。墙边上坡处，有一株石榴树，最是惹人怜爱。

石榴有一人多高，长得很茂盛。上班时，我每天从它身边经过，都会看它一眼。有一天，我看到好几只蝴蝶，娇小的身影，扑闪着半透明的翅膀，翅膀上是浅灰色的花纹，不与石榴花争艳，却在石榴的花叶边卿卿不去。看得出，蝴蝶是喜欢石榴花的。四五月间，石榴的花一天天见长。一个小小的花苞，初时睁着微茫的眼睛，几天后眼睛柔亮了些，再过几天来看，花苞全部打开，蕊珠如火，放眼繁华。

石榴的花像喇叭花，只不过喇叭花五颜六色，而石榴花是单一的，一律鲜艳的红。正是“微雨过，小荷翻，榴花开欲燃”。每次经过它的身边，那些红红的喇叭花都会朝我一齐吹奏，那是行将结果的序曲，我仿佛可以听见喇叭花里的果实哔哔剥剥生长的声音。用不了多久，这些喇叭花就变成了一粒粒小小的青果。青果慢慢地长大，慢慢地变红，这时的石榴树，变成了另一番绿树深红的模样。

益华楼又叫作高三楼，学子们只要到了高三就都会搬进此楼。六月初，高三的学子们每人都领到了一根红飘带，上面写着“前途似锦”等字样，他们将红飘带系到了楼前墙边的石榴枝、丛竹枝上。不一日，石榴树上就挂满了红红的飘带，比原先的喇叭花开时更红红火火。青红的果实贴在上面，与飘带相映成趣，树上满满都是高考的祝福和丰收的期许。

去年八月，在北京南锣鼓巷雨儿胡同齐白石故居的院内，我也看到一株石榴树，比此株高大，树上挂着果实，也是青红的，却大而发亮，在树枝叶旁静对游客，无语诉说。这是我第一次认真地注视石榴树。在此之前，我几乎忽略了石榴的存在，源自它的果实。

成熟的石榴果红中略带青色，剥开，里面满满的都是籽。籽呈肉红色，白的地方白得透亮，红的地方红得也透亮。吃起来水水的，带些甜味。有人将籽嚼巴嚼巴吞下肚去，我不，我只嚼了它水甜的味，便吐掉。就像吃杨梅，我也只吃外面的肉，核是不吃的，更不会吞进肚。吃了几次，便觉得太过烦琐，小口小口的，没有吃西瓜、李子、火龙果等来得过瘾和爽快。

朋友告诉我，吃东西要细嚼慢咽，要品，才能出味道。就好比茶，如果一口吞下，是品不出茶味来的，抿茶才能品茶，石榴亦是如此。我知道朋友的话不无道理，但还是做不到。大凡“品”，与雅意、闲情分不开，茶室亦是雅室，而“雅”又与文化分不开，因此才有“茶文化”一说。我或可算个文化人，雅意可能有，闲情却不够，汲汲于尘俗，虽不将自己混同于大碗喝酒大口吃肉一类的所谓粗人之中，但也不敢以“雅”自居。吃起石榴来，也就不愿旧式小女子一般，啜小口粒粒而入。

但这并不妨碍我像蝴蝶一样喜欢石榴树，喜欢树上那似茜裙初染一般红红的喇叭花，花后那青红转深红的果。

桂花香

下班回来，停车时，忽然一股浓郁的桂花香袭来。抬头一看，一棵桂花树站在我身边，稠密的叶子里金灿灿的桂花像挣脱拥抱似的要跑出来，一大片一大片，浓烈的香味沁过来，我用力嗅了嗅，其实不需要用力，香味已悄悄散发过来，看不见却清晰可闻。我伸手去摘，本想摘一朵，却带下一串。小小的花瓣，每朵都是四瓣，绝不多生，也绝不少一瓣。放在手里，轻轻一揉，花瓣立即与根茎脱离，很是娇嫩纤弱。秋风里，树下，无数的黄花堆叠，像在诉说，又像在歌唱。

谁道秋风独自凉？桂花香里话重阳，其实，重阳是与秋风在一起，与树在一起，与花在一起，与人的感觉在一起的。“岁岁重阳，今又重阳，战地黄花分外香。”野火春风斗古城的岁月，青春燃烧，激情高扬，眼里看到的黄花便有了不一样的景色。“时节是重阳，菊花牵恨长。”独守空闺的徐灿做不到前者的豪迈与洒脱。

我也做不到豪迈，但桂花闻起来还是分外香。前几天，有人将红桂晒在群里，看着照片仿佛都能闻到丹桂飘香。桂花除了金桂、丹桂、月桂，还有银桂，花呈银白色，自是另一番耀眼风景。在我的印象里，重阳是留在桂花的香里，留在书中的诗里，留在秋风的瑟瑟里，也留在菊花的回忆里的。每到这时，我都要重温一遍那些与重阳有关的、我记忆深长的诗词与人:“佳节又重阳”，人与黄花俱瘦的李清照，愁情缱绻，暗香盈袖，相思入骨凉。“九月九日望乡台，他席他乡送客杯”，越近重阳，越惹乡思。尤其于我，再好的他席他乡，与故乡比起来，就如同老家话与客家话，尽管说起来南腔北调，但骨子里，乡音从没走远。不一定非得登高，内心里却总腾留一处，留给少小时熟悉的地方和人，久住和短住的他乡都难以抵达。

今年的重阳，节日的气息似乎胜过了往年。办公室里有人在问重阳放不放假，有人想回家一趟，有人在约重阳一起去登高，有人在问街上有没有野生山茱萸卖，想在登高时效仿古人佩带。今天风比昨天又凉了，窗外的树，摇得尤其欢畅。重阳节，既是节日，少不得有些节目：登高、赏菊、饮菊花酒、插茱萸、吃重阳糕……我呢，吟吟重阳的诗，嗅嗅桂花的香，登高看看风景，听听父母的声音，做做芙蓉浦的梦，也算不辱没这个节日。对我来说，我更愿意把桂花当作菊花，在我生活的地方，桂树是多过菊树，桂花的香是盖过菊花的香的。在我眼里，菊花代表长寿，桂花代表快乐。何况，在居住的房子边，在单位的围墙边，在路上的寂静处，一不留心，桂花的香就游了过来，钻入鼻孔，沁入肺腑。在不经意里，日子好像也沾了香味，舍不得走了。

重阳，按数字来说，九九，生命长久，吉利。1989 年，我国将重阳节定为老人节，敬老节，寓意着老人桑榆晚景，身体康健。我想起我的父母，在五百里外的一个小乡村偏安一隅，每年重阳我都不能回去，只能打电话。每次给父亲打电话，父亲都会告诉我一切皆好，不用挂念。电话传给母亲，母亲声音爽朗，虽然眼睛看不见，却从不以简单的生活为苦，东家长西家短说一大通，问我的工作、我的身体、我的孩子，唯独很少说自己。有时候，我觉得我的母亲就是希腊神话里的那个大地女神盖亚，而我就是她的安泰俄斯。

节日年年有，但我们蹚过的已不是同一条河流。重阳这天，我给父母打了电话，问问那边的桂花树是否也跟我们这儿的一样开满了金黄的花，香味浓烈，并祝愿他们岁岁重阳，一切安好。

野风吹彻菜花黄

楼下，一株沉默很久的茶树忽然将极艳丽的红花一朵一朵插到了自己身上，满树红花绿叶，让我走过时，总想看一眼，再看一眼。阳春三月，草与水同色，温暖的气息像呼吸一样环绕，黄庭坚说："春风春雨花经眼，江北江南水拍天。"天光水色，百花绽放，最是耐看。

然而，走进乡间，三月是属于油菜花的。"满目金黄香百里，一方春色醉千山"，遍地的金黄，那是用任何染料也调试不出来的颜色。一丘，一畦，一垄，田间，地头，一不小心就撞进你的眼里。如果要看成片铺张的油菜花，去茶陵秩堂三大学士故里，正是时候。

我去时，拥挤的人潮已经散去，但"相约学士故里，情醉油菜花海"的标牌还在，晃晃悠悠的木板浮桥，列宁中学外面的人工舞台，道路两边飘扬的小彩旗以及花田中用稻草扎成的农夫、老牛都还在，热闹仿佛还在眼前。但人却是少了，三三两两的游客穿行其中，或站或坐，摆出各种姿态照相。

这里我来过多次，去年我来过，前年也来过，想必油菜花都认识我了。一样的花，一样的金黄，一样的灿烂，一样的人来人往，一样拥挤的路。听到有人诗兴大发，吟出一句："当车子遇上油菜花，路就窄了。"接着便是一阵笑声。其实，去年的油菜花早已结果、收割，籽榨成了菜籽油，运往了各地。滞销时《快乐大本营》"心愿树"公益助农，解了当地燃眉之急。今年的油菜花是去年油菜花的孩子，它们从没有见过我，自然是不认识我的。那条出现在田中宽阔的水泥路，长长的赭褐色皇垅亭，路边草编的姿态各异的农夫，牛背上的牧童短笛，今年全出来了。花田里新安置了稻草编制的风车，正在劳作的农夫，有的背着锄头站着，有的弯着腰，旁若无人地莳田，看似一动不动，却分明动中有静，静中有动，像一幅热闹的田园风景图。

天气也不一样。去年来时，雨水像个跟屁虫，我们走到哪，它跟到哪。冷风时不时追过来，让自己冷不丁打个寒噤。今年，阳光在上午的路上追追打打，到了下午，累了，躲进了云层，但风是暖的，雨水也不再跟着我们。几个孩子在小路上嬉闹，一会儿，"飞入菜花无处寻"了。皇土、石垅、马吉、毗塘，四周的村落静静地包围着这片金黄，时光静谧而宁和。

脚边，油菜根根直立，细长坚挺，饱满丰弹。茎尖上，花瓣分明，充盈黄亮。视野放远一点，是成片成片的绵延的黄。仿若一位女子，着盛装，却仍然是一副"清水出芙蓉，天然去雕饰"的模样，轻盈、清新、天真。忽然一股香味，淡淡地、远远地传来。沃田千里，秀色清明，入眼，入怀。景因人而活，人因景而怡。远处，山峦如黛，烟波流转，在山前慢慢氤氲，烟花相映，远近相接，动静相宜，浓淡相合。

赭褐色的圆形看台上，四五个穿着不同花色旗袍的女人，正互相拍照。有的长发披肩，身材修长，有的打着一把透明的伞，将彩色的围巾换了一条又一条，有的头发花白，却全然不像年过半百的女人。旗袍在油菜花中穿行，就像撑着油纸伞穿过雨巷的女子，身上似乎还有丁香的味道。一款款旗袍，就像一只只蝴蝶，在花丛中飞来飞去。我跟她们聊了一会儿，她们是发小，情同姐妹，从广西柳州坐了十二个小时的火车，专为秩堂的油菜花而来。几个姐妹组成一个团，还取了个好听的名字叫“闺密巧克力”。她们上午就过来了，我们走时，她们还在花丛中留连。

昨天去了趟云阳山，从早晨开始，细密的雨水淅淅沥沥，一直没有停止。窗外，雨水敲打叶子的声音，声声传入耳鼓。后来，我们还是迎雨而去。山脚下，靠近一座古色古香的屋子有一株桃树，满树桃红，比其他地方开得早了许多，东阳公园的桃树此时还在打着花苞哩。山上，沿途不时有花色撞上我们的目光：莳田苞，开着小小的暗红色花，山苍花有点像刚出生的油菜花，花色点点，颜色淡黄，像小家碧玉。山梨花在溪流的对面，偶尔一株，独自开着乳白色的花。颜色最像油菜花的要数迎春花，趴在墙边上，一朵一朵细碎的黄花独自鲜艳着。相对于油菜花的铺天盖地，这些花则显得有些微薄，单调而落寞。

再过些日子，云阳山上的杜鹃花将会开得花团锦簇，茶祖公园的樱花也会蓄势怒放。那时，油菜花逐渐谢幕，我们将与之暂时分别，等待来年的再次相遇。

“沃田桑景晚，平野菜花春。”此花开后彼花开，春天，是花的季节。而遍野的油菜花，是写给春天的一首深情长诗。

沿着季节去竹海

窗前有片树林，树林中有几竿竹，高过树，鹤立鸡群的样子。见多了，跟那些绿色盎然的树枝和树叶一样，平铺直叙。可是云阳山的竹海就不一样了，肆意铺张，层层叠叠，波澜动远空。

云阳山属于罗霄山脉武功山系列，位于茶陵县城西部，为神农故封和佛道圣地。山上长年葱绿，竹以其颀长的身材和细挺的骨骼站在其中，最是醒目。

云阳山的竹，连着好几个山坡，从山谷里像翅膀一样向两边撑开，遮掩了山的腰和顶，像一片海。密不透风，灌木很少。铁索桥、神龟谷，位置太低，够不着她的高度，她要继续向上，车路转弯处，一条宽约一米的石梯蜿蜒而上，直达老君岩。在这里，她停下了脚步，将梯子挽成腰带系在自己柔美的腰上。像一个爱美的女子，早摆好了姿势，站着、坐着、躺着，伸了手臂等着你。一条小溪靠在梯旁，唱着歌走来，唱着歌远去。整个山坡，一根一根的竹像画在一片倾斜的板上，根根笔直，伸向天空，绝不旁逸斜出，直到顶部，才将枝叶散开来一部分。山坡上的灌木杂草全部搬到了竹林之外。在竹林与树木的接壤处，有条模糊的界线，好像有人将她们着意分开，并告诉她们，这是你的地盘，那是他的地盘，咱们井水不犯河水。竹林渐渐伸展，逐年侵吞着树的地盘，每隔一两年，乍一看，竹子忽然又多出了一大片。如今，这一大片的竹开疆辟土，肆意扩张，宛然成为山的主人。

能成为风景，多，仅仅是原因之一。云阳山的竹随着季节变换着她的姿态：春天，五颜六色的花朵，姹紫嫣红，春风十里，撩得人总想去踏青，去赏她；秋天，枫叶红时、桂花香时、梧桐落时，又是另一番沉醉不知归路。

城里下着小雪，山上必定是大雪。大雪后的云阳山白雾茫茫，竹林尤为壮观。壮观里暗含谦卑，也许是骨子里的虚心所致，所有的竹子一夜之间，齐刷刷弯了腰，像在完成一种仪式，虔诚而谦敬。“冬雪满空来，触处似花开。”雪随竹附形，有的像三角梅，有的像梨花瓣，有的像五爪槐，有的像丁香结，堆银砌玉，梅雪含春。枝下垂着或长或短的冰凌，手轻轻一摸，滑溜溜，冰浸入骨。

千层梯被雪覆盖，像琴键。脚踏上去，扑哧扑哧响，好像在空旷的山里谱曲。偶尔吧嗒一声，从竹上坠下一块冰雪，像是琴键的和声。越往上走，雪越重，雾凇铺张到角角落落，有的竹枝被雪折断，呈七字形倒在路边，“夜深知雪重，时闻折竹声”，竹与雪进行了怎样的一番抗争，才会颓然倒地？压垮的多是老竹。竹以她们自己的方式进行着新老更替，在她们的世界里，生老病死，四季轮回，秩序井然。

赏竹因爱竹，爱竹而居竹、画竹。当年阮籍、嵇康这些“竹林七贤”们，越名教而任自然，在竹林中俯仰啸歌，恣意快活；王维在竹里馆“弹琴复长啸”时，旁边就是一片幽深的竹林。文与可画竹，郑板桥也画竹，画出来的竹，带了烟光、雾影，借了纸窗、粉壁，疏密浓淡，长短肥瘦，展笔落笔，倏作变相，让人遐想。

每个季节，竹子都不想重复，冬天是一景，春天时，又是另一景，呈现出老、中、青不同的样子。颜色带黄，枝叶弯曲的，像是祖父，脸色淡黄，还带一些老年斑；颜色青绿，腰杆挺直的，是父亲，身强力壮，长势茂盛；而那躲在棕叶里，只露出两片青叶，个子矮小的，就是孩子了，苞衣都还未脱哩。偶尔有一支两支露了脸的，脸颊饱满，脸上还带着些绒毛。笋衣呈棕褐色，像棕榈树衣，严实地缠在笋上，直达笋梢。如果剥开，笋便会露出淡绿色的笑脸，竹节初显，梯子一样逐级向上，越上越小。偶尔，也能见到散落在笋周边的笋衣，不知是主动脱下来的，还是人为的痕迹。如果雨水来过，阳光抚过，笋就会滋滋往上长，一天一个样。要不了十天半个月，这片竹林已“绿竹含新粉”，随风入幽径了。

笋是人间美味，苏轼爱竹，“宁可食无肉，不可居无竹”，但他也食笋。他曾写了一首诗给文与可：“汉川修竹贱如蓬，斤斧何曾赦箨龙。料得清贫馋太守，渭滨千亩在胸中。”文与可收到诗的那天，正好与妻子在筼筜谷游玩，晚上吃的就是笋，当他打开诗一看，笑得“噗”地一声，把饭喷了一桌子。不过，云阳山有规定，不能随便斫笋，这些笋自然生长，在风里摇曳，从春夏到秋冬，慢慢沿着季节，漫延成一片海。

惊蛰过后，天气日渐暖和，山上的笋又该活泼泼地，一个一个从土里钻出来了。春天，那些调皮的笋又会走到哪片树林中，哪条小溪边？

岩子垅，我认识你原来的样子

龙江瀑布，在此之前我从没有听过，更没有来过。想象不过一道瀑布而已，就像龙家牌坊、皇雩仙、列宁旧址一样，单个的景点，清清静静地站在那里，迎着岁月朝阳。

九月初，下着小雨，天气微寒。茶陵作家协会的十多人在文化旅游投资公司的组织下，乘坐两部小车、一辆大巴，经垄茶高速，进入距县城约五十公里的秩堂黄草村。在一座冷清的青砖房前，我们下了车。房子前坪不大，两辆车就将它填满了。路潮湿而泥泞。外面有几间老式低矮简陋的土砖房，大约是废弃的牛栏、猪圈、厕所之类。我们三五成群，沿着草丛中依稀可辨的山路往前走，脚下高高低低，坑坑洼洼。树木阴翳，草色幽深，在路边肆虐，张牙舞爪。

一切都是原生态的样子。

我对未知，留有一分天生的好奇。没去过的地方，总会跃跃欲试，脑子里生出无限幻象，于是，内心就会激动，就会向往，就会冲动，就会不顾一切地想要奔向它，只为见它一面。

渐渐便听得见水声，看得见水流。溪面宽了，一条柳暗花明的长长的峡谷呈现在我们面前。这十多里的峡谷，引领着我们，跨水过桥，越石攀山。所谓的桥，只是在不能通过的地方用两三棵树段搭就的板，好使人能过去。路尚未成路，棕褐色的落叶铺了厚厚一层，一会儿，窄得仅一人通过，一会儿，消失在水流中，山坡下。我们深一脚浅一脚踩下去，声音淹没在轰轰不尽的水流中。狭窄的河道，蜿蜒不断，前不见水从何处来，后不见水往何处去。山不高，却执着地跟在水流旁边；水不深，却缠绵地靠着山边，像一句爱情经典：你若不离不弃，我即生死相依。山是诗行水是词，叮叮当当，听，平平仄仄，抑扬顿挫。

秋天，落叶是有的，路上，草丛里，树林中。除此，我们能见的，便是一眼望不到头的绿。为什么那么多人要把秋天描成金黄色，让落叶飘飘，让秋风萧萧，让秋声啾啾？自古逢秋悲寂寥，杜甫说“无边落木萧萧下”，陶宗亮说“秋风秋雨愁煞人”。其实，秋天里留有多少春意，一样绵绵不绝呵。

江南的秋本不张扬。每次出门，我都喜欢打开车窗，让车外的景致扑棱棱飞进窗来，水远山长，看不足。秋天一样不例外，岭上，谷中，路边，重重叠叠的山，便是重重叠叠的绿。有的地方颜色深点，有的地方颜色浅些，深深浅浅，高高低低，彼此映衬又处处相通，那是去年或更远些时的绿与今年的绿相约，一起开的盛大聚会。走到哪里，它跟到哪里，从来不弃，不厌。

这样的峡谷，这样的深山不见人，但闻水声喧，吸山川灵秀，如何舍得枯黄，舍得凋零，道山白云尽，春与青溪长，在这里，是感受不到季节的变化的。进山时，看到村中金黄的稻谷，有的正收，有的正黄。有人告诉我，这里的稻大多只能种一季，因为气温过低。那么，山中呢？山里的树木，蘸日月星辰之气，一路春光，一路生机勃勃，绿意盎然。远观，近看，树树葱青，山山摇绿，天涯芳草，无处不春风。

溪尽处，龙江瀑布飞流直下，腾挪跃动，噌吰不绝。忽然，一只白鹭飞掠而过，传来一阵惊呼。龙江先生兴之所至，不顾年高，爬过湿滑不平的大石，跨过木段桥，站在瀑布旁边，向我们挥手。巨大的瀑布旁，挥手的龙江先生穿着一身白，与瀑布融为一体，恰到好处。挥手的动作仿佛一个钩，却无法钩住汹涌奔腾的瀑流。在自然面前，人显得那么渺小，可是改造自然的时候，却能巧夺天工。你看我时很小，我看它时很大，来来往往，就是这样相看两不厌呵。

回去的路上，走在高高的已然干涸的窄窄的渠道边，回望，溪流被树木丛林遮挡得严严实实，“只在此山中，云深不知处”。龙江溪，多少年来，在山中静静流淌，无关外面的风月。在我眼里，它是未经雕琢的一块璞玉，如江南小巷的温婉女子，柔媚、内敛、深沉，气韵俱成。多少年来，她住在山中，蓝天为帐，大地为床，青山为邻，不塞不淤，不惊不扰，潺涓流淌，清明澄澈。你来与不来，她都在，一直在。她的秀可以给人看，可以给山看，可以留给自己看，静静的，从容安谧，从不索求。

彭泽令的《桃花源记》说：“缘溪行，忘路之远近。忽逢桃花林，夹岸数百步，中无杂树，芳草鲜美，落英缤纷。”这条溪，是进入桃源的那条溪吗？要是让我再走一遍，一样会不知道路之远近的啊。我便凑了一首诗，后来，书画家兼企业家周毅刚将这首诗书成字画赠予了我。

百里茶山烟雨冲，
一江如练欲飞龙。
画楼歌舞千般醉，
不及清溪半路逢。

没有桃花，却有落英和芳草。溪边，时有杨柳，根深入巨石，照样年年开花。本地人说，三月的杨柳花开了，出门在外的游子就该回了。

想到花落入溪中，一溪杨柳一溪烟的样子，心中又生出了几分向往。

吹尽黄沙始到金

在湖南的东部与江西的西部之间，有一片被称为“岛海”的区域，其中最著名的当属呈东西走向长达一百五十公里的武功山，隶属于罗霄山脉北段，西起茶陵与攸县交界的杨柳山、岩公山，东至玉华山。在罗霄山脉中段，茶陵的中东部，有个严塘乡，20世纪80年代建镇后，称严塘镇，洰江自东北向西流经镇境。猷竹村位于严塘的西大门，是进入严塘的门户，由原猷最与竹坪两村合并组成。该村丘陵起伏，山势绵延，龙华农牧、万樟园林像两颗明珠镶嵌在这里。

龙华农牧，全称为“湖南龙华农牧发展有限公司”，始创于1990年。龙华公司养殖基地发展初期最重要的地方十里冲，在猷竹村的边缘最为宽阔荒凉的地区，触角伸入严塘、尧水、腰陂、洣江四镇。十里冲，在龙华进驻之前，曾是林业局的果园基地20世纪七八十年代曾是一中的实习基地。方圆十里，多荒山草地，少良田人烟。道路窄而多泥，常被茅草覆盖。村民在自己的一亩三分田里自耕自种，自顾不暇，多年来，十里冲只是山里的一个名字，用陶渊明《桃花源记》里的一句话说：“不足为外人道也。”从 2009 年到 2014 年，龙华公司用五年多的时间，先后完成十里冲一分场、二分场、三分场的基地建设，十里冲逐步被打造成为农业产业化规模化养殖基地。

基地的总设计师、龙华公司创始人龙秋华，茶陵县下东乡金星村人，瘦高个，略黑的脸上总是带着淡淡的笑意。他最初选择养猪，有其不得已的苦衷。高考因几分之差而与大学无缘，家庭生活贫困又无力支撑他回校复读。夜深人静之时，他躺在床上，久不能寐，家里人多田少，即使整日脸朝黄土背朝天，日出而作日落而息，累死累活也很难让家里脱贫致富，思来想去，觉得养猪或可蹚出一条致富路来。从小，他就觉得自己与猪有“缘”，父母喊他们兄弟去放猪，兄弟不愿干，他愿意。20 世纪 90 年代初，他借政府大力发展养殖业的东风，贷款买来两头种猪，六头仔猪，起早摸黑，喂料、扫粪、打针，没日没夜地干，开始赚取人生的第一桶金。努力出成效，事业由此起步，他把每年所赚取的利润全部又投入栏舍的扩充建设中，几年后，金星养殖场扩大投产，苗圃猪场投产，然后十里冲基地开建、多分场分批投产，然后秩堂毗塘基地、严塘东冲基地、高陇庄田基地相继投产，再然后十里冲果园、火田山田基地开建……大约他也没有想到，这一动念一行动，自己便已当了近三十年的“猪倌”。

做一件事，最怕的是半途而废，最难的是坚持。在养猪这条路上，龙秋华经历过人生的低谷。1995 年，一场突如其来的猪瘟让他辛苦养的猪几天之内死了四百头，赔进去二十六万。但他没有打退堂鼓，而是靠着钻研，虚心学习，把一个濒临破产的企业重新盘活。

从原始积累到滚雪球式的扩张，从小规模生产到自产饲料、自养母猪、自供仔猪、自销商品猪的“四自”一条龙式集团化经营，从追求利润最大化到可持续发展，龙华公司完成了它的“三级跳”。

龙华公司在努力发展的同时，富裕不忘乡亲，“事业做多大，社会责任就有多大”，龙华公司在扶贫帮困和公益事业上走出了一条属于自己的路。一是通过产业扶贫，授人以渔。早在2005年，龙秋华就谋划构建“公司+专业合作社+基地+农户”产业化组织框架，结攀贫困的农户，赊销种猪，免费提供技术指导，而且包销包盈利。二是政企联合，共同扶贫。2017年，公司受政府委托，开展产业扶贫项目，覆盖两万名建档立卡贫困对象，保底分红，同时带动更多的农户增收。三是修路架桥，改善民生。设立“龙华教育基金”，每年资助四十余名贫困大学生，每人每年5000元，直至大学毕业。

而作为龙华公司的创始人，龙秋华却始终保持着自己劳动者的本色，不但仁爱，而且谦和有孝心。公司员工说起龙总，一句话概括了他的为人：朴实，低调，是员工心中堪称典范的“大神”级人物。员工们说，直到2019年搬离严塘十里冲基地之前，龙总夫妇都跟员工一样，在食堂吃饭，三菜一汤，排队打饭。一部小车开了十几年，破得不能再破，到2018年才换车。几十年来始终保持着劳动者的本色，家里的卫生一直是自己搞，从不请人。他外勤勉，内孝顺，老母亲快九十岁了，搬到县城后，只要不出差，他都要回家陪老母亲吃饭。

也许正是因为他的这种劳动质朴的观念，放在养猪事业上，既能利己，也能利他。一直以来，规模化猪场都被认为是一个巨大的污染源，龙华公司根据“资源化、无害化、减量化”与“节能减排”的原则对病死猪及其他猪场废弃物进行集中管理，利用各种技术对粪便进行无害化处理，处理后的猪粪又为农业生产提供大量农家肥，形成猪—肥—粮、粮—猪—肥循环链发展，从而产生良好的社会效益和生态效益。如今的十里冲养殖场，绿草如茵，场内干净，无气味，已经成为劳动力高度节约的环保型、节能型、高效型现代化养殖场。我本想去十里冲看一看，但由于公司防疫要求，外来人员均须隔离消毒，三天后方能进入，无奈只能放弃，但心里却多了一层感慨：这样养出来的猪才是真正的“放心猪”！

2018 年底，位于茶陵大道旁、紧邻茶陵西高速出口处的龙华科技园办公大楼拔地而起，共十六层，2019 年投入使用。现代化的大楼内，监控室、会议室、办公室一应俱全。舒适的办公环境，气派、新潮、现代，融合现代最新科技，在办公楼内可通过国际水准的软件专用管理系统，对饲料进场、母猪配种、母猪分娩、遗传评估、防疫免疫、药品使用等一系列生产数据，进行全程数字化记录，直观了解全县各基地的生产情况以及场区实时动态。龙华农牧公司通过几十年打拼，已成为了一个集自动化、数字化、智能化、标准化、工业化、环保化于一体的安全生态养殖基地。目前公司已拥有四个现代化生猪养殖基地和一个大型饲料厂。龙华公司已走出茶陵、走出湖南，产品远销珠三角、长三角及港澳地区，企业员工四百余人，年销售收入达八亿元。

心中有梦，脚下有黄金。龙华艰苦创业几十年，换来了今天的累累硕果。龙华公司陆续赢得了“农业部标准化示范场”“国家生猪养殖标准化示范区”“农业部全部生猪生产监测点”等多个荣誉称号。龙秋华头上也有了不少光环：省诚实守信道德模范，省科技致富标兵，省十大杰出青年，全国农村实用人才，全国“五好”文明家庭，第十届湖南省党代会代表，第九届、十届、十一届、十三届省人大代表，第十二届全国人大代表，全国劳动模范。

站在科技前沿，将现代元素嵌入到养猪事业，确保了绿色生态发展，这是龙华不变的信念。龙华实行“从产地到餐桌”的全过程生猪闭环饲养，秉承“立诚守信，互助共赢”经营理念，凭着精细化的科学管理和精益求精的工匠精神，执着前行，完成了从个体小猪场到现代化大型现代农业企业的华丽转身！

时光深处的青台山

当地人说，这条河跟村庄的名字一样，叫“厂江”。

小满刚过，热量仿佛猛然充填到空气中，还好，刚下车，太阳便羞涩地躲进了灰暗的云层。车在水泥路的尽头停下，地面坑洼不平，多时没有修整，野草从嶙峋的石块当中摇摇伸出，遮了大半路面。路基下便是厂江，一条宽若三五米的河流。河面深深浅浅，大大小小的石块此起彼伏，水流经过，发出清脆的叮铃声。

厂江，由湖口的青呈、新呈和厂江三个小村合并而来。村庄延绵在一片狭长的山谷之中，大巴沿山而上，三五栋房屋，像嵌在山中最灵动的烟火。白墙黑瓦，有的新近刚建，崭新的瓷片外墙诉说着山中悄然发生的变化。没有经过修饰的泥巴抖墙，不时撞入眼帘，苍老的模样逐渐没入历史的烟尘，成为山中旧时月。远望，树木环绕，一片苍翠，排闼送青，小路隐没其中。

入得山来，天气顿觉阴凉。高大的树木和粗矮的灌木蓬勃着每一个山坡和山坳。山山相连，成为一体又互不干涉。两三尺宽的小径，曲折蜿蜒，时宽时窄、时高时低，这是山里人到山中取柴、拾蘑菇踩出来的路，看似随意却又清晰可辨。落叶的颜色深浅不一，深黑、淡黄、枯黄、浅绿，蝴蝶一样飞舞而至，完成华丽的最后一跃。脚踩在上面，“扑哧扑哧”直响，深山寂寥，树叶的响动给了这片山林最动听的伴奏，也带来了久违的人气。蝉的鸣叫忽远忽近，忽高忽低，它看得见你，你却看不见它，只有声音声声入耳。深山不见人，但闻蝉语声和溪流声，大概说的就是此地。也许，每个世界都是如此，你不在，他在，人不在，物在，各自在自己的世界里生活，与他人无关。

茶，作为一种文化，注重敬茶、品茶，从茶中感乎茶礼，了悟茶道。茶已融入到人们的生活，成为生活的一部分。茶的产地、气候、地势不同，茶相与茶味也千差万别。西湖龙井、六安瓜片、黄山毛峰、福建银针之类，早已为品茶之人熟知。近年来，又在多地发现了古茶树，云南勐库和南糯山的古茶，普洱可以追溯到周朝时期。沿山附形的青台山，海拔 1100 多米，坐落于笔甲峰山中，以产茶著称。山上长年云雾弥漫，杳不知多深，与天地浑然一体。路边的野茶树野花野草青绿着、蓬勃着、鲜艳着。野茶树招摇地开着大片的叶，这种自然的生长像脱缰的野马一样潇洒粗放。野草很多，野花也很多。九死还魂草，像蕨而比蕨青，从一两公分到一尺左右，爬满了路边的山坡。龙虾花开着细小的黄色花朵，像金银花，又像喇叭花，更像龙虾。野兰花蓬松散在地上，山血丹珠红果像顶着红花。“草木送春归去后，山花种种自然开”，素无人打扰的它们迎来了欹步而上的游客，静静地等待客人们的评判，在岁月的深处，它们学会了处变不惊。

深山里，水是其生命本源。沿路而上，厂江一直伴随左右，弯弯绕绕，柳暗花明。溪中多石，像琴键被水流撞击，发出叮铃叮铃的声音，悠转不绝。水质清澈，大凡没有人的地方，污染便也跟着减少。偶尔，有三根木头架成的桥横架其上。一路过木板桥、小溪流，跨溪越涧，山花山草相随，增添了诸多野趣。

在青台山的半山腰，一株千年古茶树赫然而立，经鉴定，有一千两百多年的历史。此茶树若两个人高，根系发达，块根粗壮，老叶深青，新叶嫩绿。安静地待在石头边，一年又一年，闻雷电，啜雨露，看花开花落，不惧、不喜、不忧，禅定一般一经千年。我们从它新发的芽尖中摘取几枚，放进嘴里，初时味苦，嚼完吞咽下去，一会儿，苦淡下去，一股淡淡的清香溢出来。四顾，周围还有几十株茶树，青青地混在一片灌木之中。韦应物说茶“喜随众草长，得与幽人言”，如果不经发现，它还杂植在众多树木中，度过自己“寒尽不知年”的时光。

当年，神农穿着兽皮衣，戴着圆形草帽，背着藤篓，用耒耜拨开荆棘，来此采草药，无意发现了古茶。“茶之东南有神茶。”据《茶陵州志》载:“青台山，在州南六十里，其上多清泉嘉木。”青台山的古老道观里，遗存有明清时期的各种祭祀碑文，以此来敬奉茶神。茶陵之茶，不单在陆羽的《茶经》里，还在神农的脚步里，在人们虔诚的供奉里。后来，距此不远的安仁、耒阳、酃县等地的人陆续来到此山中采草药和采茶，有的人便留在了此地。

太阳不知什么时候钻了出来，在古茶树下洒下一片绿荫。一只紫褐色的粉斑蝶也来凑热闹，在我们身边飞来飞去。深山总是与岁月相依，岁月不老，深山便一直年轻。青台山，一如其名，带着青苔的墨绿与深沉，带着古茶树的芳香，与时光结伴，从上古直到今天，脚步仍在继续。

生命亦是如此，阳光的普照、春风的吹拂、雨露的滋润，成为季节里的恩赐。如同那些野生古茶树，那长流不息的溪水，那鸣声不止的蝉和那些有名无名的花草，都能显示岁月和生命的禅意。

家住犀城

三十多年前，我来到犀城，一直住到现在，再没有挪过窝。还记得第一次走进犀城，犀城正在修路，到处在施工，车子一过，腾起的灰尘像一阵风扑来。汽车不多，偶尔看见一辆，很稀奇，盯着它从我身边“嗖”地通过，背后拖着一长串尘烟。

犀城不大，像一篇千字文或短篇小说，它不需要导航，如果是个农夫，尽可以挑着担慢悠悠地走，走到菜市场也不过三四十分钟。如果开着车，打个喷嚏，车子就从城头跑到了城尾，一脚油门就到了郊外，看到了油菜花，看到了起伏的稻浪和无遮掩的天空蓝，看到了一丘一丘的农作物用它们缤纷的色彩亲吻着土地。

犀城的变化是从修路开始的，先是从三角坪往左开辟了一条街，叫东阳街，以祖籍茶陵的明朝大学士李东阳的名字命名。街道腾出一块地又建了一个公园，叫东阳公园。两旁的房子飞快地建起来，一个一个的门面开起来，电器、橱柜、家纺、酒店、饭馆、足浴城……街道两边人来人往，很快便成了一个热闹繁华的地方。接着，与东阳街并排，又开辟了另一条街道——朝阳街，中间设置了隔离带，比东阳街更宽了，街边店铺如雨后春笋。车子像猛然间冒出来，把大街小巷挤得满满当当。两条街的两端，一端连着老主干道炎帝大道，另一端连着新主干道犀城大道。路面拓宽了，水泥路变成了柏油路，路的两边，渐渐排满了银行、书店、超市、饭店、楼盘，高低错落，俨然一个现代化都市。

街道上，车流有序，各种车辆在城市的道路穿行，红绿灯站在路口，准时变幻着红和绿，警惕地注视着每一辆经过的车辆和行人。宽阔的道路修得像同胞兄弟，高楼里灯火与星光辉映；晚上，音乐准时响起，广场、公园人影攒动。公园大抵少不了小桥流水，亭台小榭，曲槛围栏，清泉茂林，竹柏含韵。园林常常与字画相嵌，与历史相连，与山水同呼吸。譬如茶祖公园、东阳公园，一样有了桃红柳绿，四季花开。走进园里，粉红的樱花、玫瑰色的茶花、缩小版的油菜花般的迎春花、米黄色的桂花，以及红叶继木、荷花玉兰、香樟等各种适合观赏的植物花卉，迎风摇曳，扑入视野。

房子摇身一变，老母鸡变鸭。房子里面，透明的玻璃吊灯、到顶的墙砖、造型各异的地砖、带木纹的地板、白色的坐式马桶，一样不缺。田没了，一垄一垄的菜地没了，都市闲人多了。变为城里人的乡下人，骨子里还装着梯田千层浪、风吹稻谷香，装着瓜棚里沿竿而上的长长绿绿的黄瓜、丝瓜、豆角。乡里人喜欢串门，吃饭时，哪里有人哪里钻。晚上闲下来，谁家有牌打，就去看。大家在一起，习惯了，也不需要讲客气。有事，一声喊，便去帮忙，无须报酬，拿报酬他还生气：见外了不是？有的人还想着以前的菜田，便在新房子周边，方寸之地，见缝插针，拾几块砖头或泡沫料，围成一块小小的菜地，种点儿葱蒜、韭菜、小白菜，削几根棍儿搭个瓜棚架，架上爬着三两根南瓜藤丝瓜藤，藤上几朵黄花，风一吹，豆芽一般的小枝叶举着黄花嗖嗖往上蹿。权当种了菜，安慰了自己的菜地情结。

早晨偷个懒，外面吃粉，挺实惠。粉上的罩面儿可自选，酸豆角、脆萝卜、炸鱼块、花生米、辣椒酱，管饱。包子、饺子、油条、豆腐脑、麻子饼、烤饼、火腿、烫皮，任选。中午相约着到农家饭店，点上几个家常菜，铁锅鱼肚皮、口味鹅、擂辣椒、红烧猪蹄，再来一份鸡蒸饺，照样吃得满嘴流油。小城人实在。吃饭当口，看到熟人了，喊一句：呷饭冇？如果对方没吃，就又喊一句：没有啊，来来，到我家来，正好家里有新酿的杨梅酒，上好的谷烧酒，尝一尝！大家都知道这只是一种问候，去是基本不会去的。

小城跟人一样长大了。从平房走进高楼，从沙土路走向柏油路，低低的眉扬起来，露出跟大城一样的笑脸。宝骏、长丰、福田各种名儿的车辆逐渐多了，宝马、法拉利、兰博基尼偶尔会从街上呼啸而过。自行车也有，骑的人踩得自行车吱呀吱呀作响；有的特意弃了小车，把自己踩进健身者行列。

小城如乡音，带着一个人身上去不了的印记。走到哪里，人家一眼便能认出：噢，你是从某城来的吧？走进小城，撞上目光的，除了口红和破了的牛仔裤，还有被紫外线晒成古铜色和青黑色的脸庞，未经化妆水浸润的原色肌肤和干燥的皱纹，如果你停下来，盯了人家看两眼，对方露齿一笑，脸上还常会带上羞涩的红晕。

对于多数人来说，住在熟悉的地方，一住就是一辈子，住着住着，就住出了感情，住出了乡愁，走到哪里，都忘不了这个小小的地方了。根在乡下的，想回去，一顿饭的工夫就去了，在那里，陪家人、听蛙鸣、追蝉声、捉蟋蟀。渐渐地，便觉着小城的好来。

犀城，在属于她的地方守土有责，在时间里追赶、成长，头一扬，甩掉了贫困帽，身一转，变成了湘赣红色文化旅游县城、全国文明卫生县城。

遇一人白首，择一城终老。我来到了这里，这里就是我的家。

老篾匠

一个阳光充足的上午，我穿过拥挤的人群，在严塘墟集的边缘见到了一个卖竹编的老人。老人静坐在一条小凳子上，清瘦，矮小，脸色青黑，背微驼。脚边放着一摞用竹子做的簸箕、鱼篓，菜篮和推盘散放在旁边。

老人姓陈，官冲人，我顺着老人的手指望过去，目光穿过一大片绿油油的田地和菜地，在一片斜坡上矗着几排高高低低的房子，老人说那就是他的家。我目测着距离，表达了想去他家看看的愿望，老人爽快地答应了。

老人的家在地势稍低的土坡上，两层楼，外墙红砖裸露。见我盯着看，老人说，建了四五十年了，跟人一样，老喽。房子的右手边，有一片小小的竹林，长势很盛，窈窕青翠。老人耳不聋眼不花，热情地给我们泡了茶，是那种用麻子、茶叶和白糖泡的麻子茶，这种茶只有待贵客时才有，陈师傅把我们当贵客看了。他颤巍巍地倒茶，又端来饭茶（零食），一个劲地叫我们吃。

我从堂屋走到里间，又从里间穿到堂屋，四处转了转。堂屋里，一扎扎青青黄黄的小丛竹，有的剖成了篾，散乱地摆了半屋子。里屋地上有一砧板，旁边一堆青黄色刨花，纤细带卷。老人说这是第一道工序，刨去外面的青皮。房子里到处摆放着竹篾竹条，几只半成品仰面八叉躺在地上。我说，这房子您一个人住？老人说，他与老伴和孙女在这住。儿子儿媳在外打工，女儿出嫁了。老伴今天去女儿家了，孙女还没放学。从老人口里得知，他的篾艺是祖传，他的爷爷和父亲都是篾匠，一家子都靠这门手艺维持生活。

也许是久没顾客上门，老人饶有兴致，他拿出编好的筛子，朝我指指点点：这是米筛，这是麻筛，这是稂筛，这是小团箕。米筛的眼不能太大，麻筛的眼比米筛还要小，稂筛的眼是最大的，可以晒薯片之类较大的东西，小团箕最密实。

米筛的眼不能太大，麻筛的眼比米筛要小，稂筛的眼最大，可以晒薯片之类，小团箕最密实。织竹篾是一项技术活，以前，是一门较为吃香的行业。俗话说，无手艺田垄长，有手艺走四方，手艺好，请的人就多。听老人说这些，我似懂非懂，只是一个劲地点头。

陈师傅又递给我一只织好的筛子，指着筛子的各个部位如数家珍：最底部的一圈篾，叫团兜篾，起固定作用；最下边的篾叫兜篾，垫在底部，须厚实。此外还有织兜篾，外中、内中和三篾线；还有柔软的缠篾，将内中、外中和三篾线一起缠起、固定，一只筛子才算完成。我问他一只这样的筛子多少钱。老人以为我要讲价，有些不好意思地说：一般三十元，你买二十五元。

老人告诉我，这里以前叫篾匠冲，现在叫官冲，姓陈的居多，家家户户都会织篾。他从二十岁开始织竹篾，织到如今六十八岁，小篾匠变成了老篾匠。现在，村子里还有四五个老篾匠。接着，老人乐呵呵地说，以前我靠手艺养活一大家子，现在，我靠它养活我和老伴。儿子孝顺，隔三岔五会寄点钱回来，够了！

看着老人四处摆放的竹篾，我的记忆回到了小时候。父亲曾经请过一个姓龙的老篾匠来家。家里的篮子篓子筛子箩筐之类，全是用竹子做的，全是龙师傅编的。有时候，我放学回来，就站在龙师傅旁边，看他织。龙师傅站在屋中，剖、削、刨，或蹲或坐，敲敲打打，竹篾哗哗啦啦，像唱歌。他剖篾的动作极麻利，一手拿篾刀，一手拿竹子，锯开根部，刨去青花，从底部划开十字，用刀分开时，听到很清脆的几声响，“哗啦，哗啦”，一根粗壮的竹子瞬间变成了两块，又变成了四块。竹子一块块剖，越剖越细，没多久，一根根柔软的或青或黄的竹篾，像鞭子一样长长地在空中挥舞。龙师傅将这些竹鞭按尺寸截断，横一下竖一下，编进竹器。竹片四处伸展，像一朵巨大的向日葵。龙师傅织的时候，手指在竹篾中间快速挥动，很像弹琴，动作极是熟练。手指过去，一根根竹篾织进去了，变成工整的米字纹，斜 A 字纹，各种花纹逐步显现，丝毫不乱。几天下来，竹篾变成了筛子、撩箕、簸箕、推盘，变成了箩筐、柴筐、鱼篓、竹耙……

我说：您真厉害！

龙师傅笑道：喜欢吗？我可以织一朵花送给你。

果真，第二天放学后，龙师傅变戏法似的拿出一朵“花”来。我喜不自胜，接过了“花”。一瓣一瓣的花，一圈一圈，全部由竹篾编成，越往里越细密，小巧精致。外边是青篾，里边是黄篾，每一瓣花虽然没有茶花的红色，桃花的粉色，梨花的白色，但它确实很像花，下面还用一根稍厚的细篾举起来。我举着花，心里也乐开了花。

遗憾的是，我读大学时，龙师傅去世了。从此以后，我家再也没有请过篾匠，龙师傅织就的竹器用了很多年，用坏了，父亲便去集市上买。那朵竹篾花，在我上完大学，家里建了新房后不知所终。

吸秀亭

大凡山水空灵繁盛处，都离不开一物，那就是“亭”。欧阳修在《醉翁亭记》中写道：“渐闻水声潺潺而泻出于两峰之间者，酿泉也。峰回路转，有亭翼然临于泉上者，醉翁亭也。”峰峦对出，泉水叮当，一亭翼临于泉，真正是“江山无限景，都聚一亭中”。

学校在树木最为茂密处，亦设有一亭，上书三字“吸秀亭”。亭角翼然，如翚斯飞，其位置最是称当。亭的右后侧，是原图书馆改成的行政办公楼；右前方，是掩映在树丛中青瓦白墙、深藏若虚的洣江书院；前方，目光穿过四百米塑胶跑道，是潺声远去的洣江；左首，是原行政办公楼改成的青少年心理辅导中心，后面是教学区。值此处，可谓眼观六路，耳听八方，书声琅琅，风叶瑟瑟，心旷神怡。

学校所在地原是一片山林，其建筑大多依山傍形，吸秀亭就建在狮子山的半山坡上。不规则的水泥台阶可供上下，与亭侧平整兼具画面感的卵石道相通。旁边有几棵高大粗硕的樟树，树枝旁逸斜出，努力绽放着妩媚和秀丽，将此处遮蔽得凉风习习，太阳的光线透过树隙，好像是硬塞进来那么三五点，而亭则更为灵动生辉。一丛四季桂护在亭脚边，桂花的香弥漫在亭周围，四季不散。除此，吉祥草、迎春花、刚竹、幌伞枫高高低低，像朋友一样围绕在它周围，吸风饮露，与岁月相拥。亭里，常能看到穿着校服的学生，或一个两个，或三五成群，坐在亭下特设的长凳上，读书、交流或静坐。

吸秀亭的书卷气除了学生的读书声，还从文字里浸透出来。吸秀亭的顶部画有凤凰两只，一雌一雄，翅膀张开，相望迎飞。亭由六柱支撑，呈六边形，三边是文字，连成李白的《将进酒》，行书略草，遒劲有力，好像在劝勉同学们“天生我材必有用”。三边是白色的梅花，与文字分隔相嵌。是希望学生既要有慷慨之志，又要有梅之坚韧，不畏霜寒。亭边一壁，书有明代茶陵知州林廷玉的《吸秀亭记》，因雨水冲刷，部分字迹模糊不清，但大致可辨。开篇即：“天地间最秀者人，其次莫山与水焉。”因为山“百体千形，莫可名状”，水“浩淼渊澄，肆无际极”。至于建亭原因，他说：“予既作书院，又建亭于洣江之侧、云山之前，名‘吸秀’，因记此。”然此亭非彼亭。林廷玉所建吸秀亭早没入历史的烟尘中不可寻，此亭同样建在洣江之侧、云山之前，名称也一样，便多有混淆，一般人也难得究其是也不是了。云阳山的半山坡上有一座园林，称为“汲秀园”，与林廷玉也不无关系。

亭者，停也，驻足也。既为旅途休息之所，亦为迎宾送客之地。最早源于先秦，用于军事，如“亭燧相望”“戍亭息警”的烽火亭。后来即演变为驻足休息、避风雨之地和邮驿。所以又称驿亭、邮亭和客亭。十里一亭，十亭一乡，汉时的刘邦就曾做过亭长。再后来，亭已失了邮驿的意义，更多作为观赏之地，赋予了审美意义。

苏东坡在《涵虚亭》中写道:“水轩花榭两争妍,秋月春风各自偏。唯有此亭无一物，坐观万景得天全。”对亭的意义作了最为精辟的诠释。又如“长亭外，古道边，芳草碧连天”，这时的亭已不是亭，而是化身为情，一路牵动着你的情思了。发展到后来，凡是园林湖泊，非得有亭不可。例如苏州的沧浪亭，西湖的湖心亭，北京的陶然亭公园，更是直接以园中“陶然亭”命名。

亭，兼有“望”和“虚”的特点。亭中远望，临亭而望，望山望水，望春望秋，望着望着，就有王羲之《兰亭集序》中“仰观宇宙之大，俯察品类之盛”之感觉了。亭，四面为空，这是一种虚空的结构造型，好让千般美景全聚眼中，收拾于方寸之中。苏轼说“静故了群动，空故纳万境”，亭的静和空，带出主观和禅意来。

在学校久了，吸秀亭成了我最喜欢到达的去处。人在亭中一坐，看看树色，听听风声，偶尔，有蝉在树上快乐歌唱，它能看得见你，你却看不见它，而声音却在每一棵树上回荡。间或，有三两只雀儿飞过来，停在树枝上，落在草丛中，然后啾啾叫着飞走。云烟含翠，鸟雀呼晴，极目楚天，内心的郁积之气已是扫荡一空，神清气爽。

有亭的地方，有树，有山，有的还有小桥流水，便添了许多韵致和灵气。学校的亭，作为一个休闲看书的场所，大多时候，它安静、深沉而内敛。我想，它能吸得千山之秀色，也能吸得学校之志气和温厚，为这里的学子送上一片荫凉，一份关爱。除此，它还有更深的一层意义,希望学子胸怀开阔,目光长远,展望未来。

一池残荷

最能体现深秋的，莫过于那一池残荷。

深秋，微雨，微凉，我第二次来到高陇龙匣，为挖掘其文化遗存，经过那十里残荷，意料之中又有些意外。一望无际的荷田，残败的枝叶，像一只只灰褐色鸽子，撞入视野。荷叶片片粗黄，仅在中间部分留点儿微绿。叶片下，是褐色的根茎，有的叶子撑不住，斜斜搭在根上，留一半儿露出水面，有的干脆离了根，沉在水里，光秃秃的根杵在那里，落寞，无语。雨也来凑热闹，我们经过时，雨又大了些，在荷叶上微颤，“扑”地跌落水中，漪出细微的圈，细微的响。

我有点儿恍惚，雨这么着急跑来，是为了“留得残荷听雨声”吧？《红楼梦》里有个大观园，园里，种了很多荷花。荷叶凋谢时，宝玉觉得那一池残荷非常碍眼，说：“这些破荷叶可恨，怎么还不叫人来拔去？”宝钗笑道：“今年这几日，何曾饶了这园子闲了一闲，天天逛，那里还有叫人来收拾的工夫呢？”林黛玉漫不经心地说了一句：“我最不喜欢李义山的诗，只喜他这一句：‘留得残荷听雨声’。偏你们又不留着残荷了。”宝玉一听，立即改变态度，附和道：“果然好句，以后咱们就别叫拔去了。”宝玉察言观色，语言倏忽而变的背后，是因为爱着黛玉，而黛玉却欢喜着那一池残荷和零落之雨。李商隐的诗里充满情爱，就是残荷，也像带着泪滴，让“泪光点点，娇喘微微”的黛玉如何不喜。李商隐临终前一年，写过一首《暮秋独游曲江》，其中说：“荷叶生时春恨生，荷叶枯时秋恨成。深知身在情长在，怅恨江头江水声。”在义山心中，荷的生长凋残，是与爱恨相连的，荷在，情在，荷去，人去，残荷听雨，月如钩，心事如莲。

几个月前我来到这里时，这里还是一望无际绿波翻涌的荷田，每一片叶子都吸足了水分，饱满丰弹，叶子间裙裾悉索，荷灯闪亮。荷用最美的容颜，迎着来来往往的目光。花和七月的阳光一样灿烂，粉白、粉红的花骨朵高高矗立，在无一丝云朵遮挡的日光下，娇艳夺目。还没有散尽的水珠沾在叶面上，一动不动，在荷叶上歇息，就像女人脖子上的珠链，圆圆的，透明的，在阳光里闪着银白的光。天瓦蓝，叶深绿，红红白白，秋色浓得化不开。

而现在，花叶凋落，枯萎，泛黄的叶，堆叠于地，一阵风过，像蝴蝶一样飞舞，凉意初起，才猛然惊觉，已是深秋了啊。

荷终究是要谢的，绿荷终将要变成残荷。十里残荷，同伴叹息声声：我们来得不是时候，要是荷花开时，这里的荷有多漂亮！我深不以为然。残荷就像布满皱纹的老人，像断臂的维纳斯，像千年古镇映着青苔的老屋。从残荷里，你可以清晰地看到时光流逝的匆匆，风霜到来时的凛厉。生命不单是静气与饱满，还有萧疏与羸瘦，每一个日子，划过去，留下的波纹都在告诉你，变化才是永恒不变的真理，没有人可以用手阻拦，在奔跑的时光面前，所有的叫停都是徒劳。

留不住，才愈加珍惜，愈加懂得生命的可贵。一纸残荷，也是表达对生命的尊重与敬畏。一位画家说过，绿荷有绿荷的风韵，残荷有残荷的味道，不能偷懒，不能减料，一点儿不能马虎，手要松，心要工，尤其注意柄的穿插争让和线条的质量。残荷，就像老树，皴裂的树皮像深沟般的皱纹，厚重和沧桑写在骨子里，写在行走的岁月中，驻足时，便会想到生命的继往开来，生生不息，从而更加珍惜生命与时光。

中午，我们来到荷田之尾，有耕田机正在将残荷收纳。有人告诉我，残荷归土，可作肥料，荷田不用另种。明年，这些残荷将会重新焕发出生机，助力乡村振兴，以另外的样子进入众人的目光。龙匣文脉阜盛，先后出了六个进士、二十多位举人和五十多位贡士和秀才，其中就有元代著名遗民李祁和明朝茶陵诗派领袖李东阳，他们曾经像绿荷，闪耀一方，又像残荷一样沉寂一时。在不久的将来，或许他们又会重新走进大众的视野。

同行的琼说，我们来得正是时候，再过两天，残荷将全部被耕田机轧入泥土，就看不到了。我点头称是。

花溪处处皆春色

位于茶乡花海景区内的花溪园，集山水、园林、花卉、建筑、森林康养于一体，前有春意盎然的万亩花海，后有衔青远来的旺水沟，背倚青山环抱，白云辉映的云阳山，园内，曲径通幽，柳暗花明，深碧窈然；园外，林木苍莽，四季如春，水声潺潺，长流不息。交通便利，毗邻茶陵大道，距茶陵县城和火车南站三公里，距泉南、岳汝两条高速交汇的茶陵西高速出口仅一公里。从三中门口，沿着新修的柏油路曲折向西，不到十分钟即可抵达，不失为一个野外休闲散心的理想所在。

一

花溪，很容易让人想起“水木清华，神肤洞达”的浣花溪，让人想起“芳草鲜美，落英缤纷”的桃花源。要进入花溪，先进入花海。无论从哪个角度看，茶乡花海都让人赏心悦目，乐而忘返。

顾名思义，花海，花的海洋，这里，设有百花长廊。春天，郁金香、玫瑰、薰衣草、芝樱、石竹、三色堇，迎风而开，茶花、月季、海棠、大丽花、格桑花，随处可见。几十种花在春风里，争先恐后，绰约生姿。此外还有樱花谷、茶花名种园，有名品种茶花三百余种。春约茶乡，情动花海，群花荟萃，总是让人赏玩不够。春夏之交，百合花竞相开放，最是惹眼。百合，黄的、紫的、白的，黄黄白白花临水，碧碧清清水际天。花田里，人头攒动，大人牵着孩子，有的将孩子背在背上，有的任他骑在肩头，有的拿着相机，摆出各种造型和表情，与花合影，一时，笑语喧哗，乐在其中。

最值得称道的要数茶花。“掌中调丹妙，染比鹤顶红”，茶花开时，一树不拘多少，有时一朵，傲然而立，花瓣大似玫瑰，红也似，大朵，层递而进，看似随意却规整有序，让人不忍离开。去年首届茶花文化旅游节，正是春天花开时节，路边摆放着上百幅国内外山茶花照片。我去看过几次，对其中几幅记忆犹新。有一种茶花叫作“复色明天”，呈鲜艳的草莓红，花瓣上具不同程度的白斑和云斑；有一种叫“白天鹅”，叶绿有光泽，芽白，花瓣边缘有不规则深齿；有一种叫“十八学士”，堪为茶花珍品，树形美，花奇特，花瓣组成六角花冠，呈塔形，排列有序，还有状元红、春秋战国、正黄旗等稀奇古怪的名字，每一种都与众不同。归有光咏《山茶花》中说：“山茶孕奇质，绿叶凝深浓。往往开红花，偏压白雪中。”我所见山茶花，多是红色，而红色在我看来，最是耐看。

二

花满长堤水满溪，风景缺了水就没有了灵性。花海往上，便是花溪园，花溪之名，得于一水，名为“旺水沟”，不知起于何时，千百年来，一直在此，悠转不绝。旺水沟在花溪园的后山，有石级沿溪而上，一条清溪从山里蜿蜒而来，噌噌泠泠，清清脆脆，走在旁边让人顿生温暖。起初并不明显，越往上走声音越亮。路边，也植有茶花，树下挂一小牌，写上名字：烈香、茶睡莲、黑珍珠、牧童之神、耐冬，让人遐想。

山中水，如同山中花，山中树，都是自然之产物，没了人工的痕迹，却因时光的蕴藉，更让人怜爱。张若虚在写《春江花月夜》时，驻足发问：“江畔何人初见月，江月何年初照人？”显然，他只是问而已，并不需要人来解答，也无解。时光沾了青苔，我们也常常面对山水发问，水从何来，山何时在，也只是问而已。实际是，地上万物，丘陵平原，高山沟壑，自然风化之物，也许某一天，山忽然开出一壑，地忽然动出一沟，水便流了出来。“不知江月待何人，但见长江送流水”，旺水沟即是如此，我们所见，只是水流的一节，时光的一段，世界的一角，在这样的地方，更能体会生命的短暂与永恒。

旺水沟有了石级，便有了路，越水爬山，便有了落脚点，一路走去，一直走到一块大石头前，平整的一面朝向我们，隐约可见“南无阿弥陀佛”的摩崖石刻，问谁刻之，皆摇头。既然水有了年代，石头的年纪便也不轻，谁刻似乎也不重要，重要的是这里曾经有人来过，并留下了痕迹。目前，旺水沟还没有全部开发，所到之人不多，这也给了我们足够的时间和空间，来观赏，来感叹，来冥想。沟的一面是鸡冠山，多杂木，时见映山红夹在其中，醒目地亮相，开得有些恣肆，如同这里的未经修整的水路，走得率性，豪放中又见悠闲。

三

花溪园，园林入处设一古色古香的大门，重檐，第一层檐外上书“花溪园”几个黄色大字。两旁书一对联：“宠辱不惊闲看庭前花开花落地，去留无意漫随天外云卷云舒天。”对联特意在联尾加了一地一天，地和天，归为一，即是人间。走进去，小桥流水，曲槛围栏，竹陌如风。

园林以徽派风格为主，饰以泥墙木门、石梯小径，家具多以红木，配以飞鱼鸟兽，融合江南古典园林之格局，小巧别致，加上树木掩映，像是竹林深处人家，古典中镶嵌现代，秀雅中不失尊贵。

园林中辟有茶室，看花海、听水声、赏茶花、品茶味，体会禅茶意境，是人生一件多么美的事。苏轼曾说“独携天上小团月，来试人间第二泉”，品茶有讲究，必得好茶，用上好水，才能泡出好茶，少一点则不称。花溪园，鸟语花香，满园春色。如果来此，有花海、水声、古香房子相陪，就像王羲之在兰亭集会一样，有茂林修竹，清流盈耳。我想，如果还有几个性情相投之人，最适合喝上几杯小酒，或者斟上一壶茶，慢品。

彭老师的三角梅

最近，彭老师在朋友圈发了一个视频，他亲植的两株三角梅开得可好看了，还引来了蝴蝶翩翩起舞。彭老师的家在二楼，我一敲门，就听到里面有人高声应答："来了！"门被打开，迎着我的是彭老师笑容可掬的脸。

彭老师今年八十三岁，遇谁都是一脸笑。他径直带我来到房间的窗边，窗户下面，是一排白玉兰，两株高大茂盛的三角梅沿着玉兰树柔柔地攀爬上来，紫红色的花形成两簇，满树的花，与大朵的白玉兰花红白相衬，煞是好看。彭老师告诉我，三角梅的花期很长，次第开放，从春夏之交可以一直开到秋冬。他站在窗户旁边，让我帮他照相，嘱咐我一定要把花也拍进去。彭老师的爱人肖老师腿脚有些不灵便，拄着拐杖也过来，虽行动迟缓，却不影响她的好心情，说起这两株三角梅的来历，肖老师滔滔不绝。

二十年前，彭老师从教师岗位上退休，闲下来的他便试着扦插了这两株三角梅。三角梅可扦插，但不容易成活。清明前后，剪几枝老枝，像扦红薯一样扦到土里。扦之前，先放在瓶里浸两个小时，瓶里放百分之二的生根剂，再插到盆里。放盆里前，将适量的菜枯或鸡鸭粪放在土里发酵，经过七到十天，再扦插。最好是盆栽，常淋水，但不能多。经过一个三伏天，到了冬天，盖上薄膜防寒，如果到春天发了芽，就表示已经成活。等它长大了些，再栽到泥土里，要有阳光，要搭架。最好栽在当阳的大树旁边，以树为架。难怪彭老将三角梅栽在白玉兰旁边。我这么一说，彭老师笑着说：白玉兰开白花，大朵，三角梅开紫花，小片，形状似叶，又称叶子花。两者各有特色，互相成就。

客厅里的墙上，挂着几幅画，一幅画了一条正在水边吃草的水牛，一幅画了两株花开得灿烂的牡丹，一幅画了小桥流水人家。还有一幅，一枝红梅上画着两只鸳鸯，一大一小，相望而立，左上角写了一首诗："静立枝头细语绵，相依为伴共枕眠。风霜与共艰难度，金婚喜庆乐梅园。"肖老师作画，彭老师题诗，原来是庆祝他们金婚而作。最左边的那一幅，画的是三角梅，紫红的花上画了两只雀儿。对这些画，肖老师颇有些自豪地说："我画的！"我跟她聊起来，才知她竟然跟我同乡，她女儿在株洲，平时只有两老一起生活。三十多年前，他们唯一的儿子因为一场意外不幸去世。当时，彭老师正在长沙改高考卷，得知消息，连夜赶回，见到的却是被搅拌机搅碎的儿子，疼痛撕心裂肺。可现在的彭老师夫妇，却始终面带微笑。时光里，那些看似云淡风轻的微笑背后，得承受多少无法承受的痛。

彭老师 20 世纪八九十年代在一中教书。他说，那时当老师感觉很牛气，草鞋变皮鞋，牛粮变马粮，意思是从农村粮变为国家粮。那些年，学校的老师多是湖南师大毕业的本科生，把教书当成事业，责任心很强。每年都有学生考上北大清华。彭老师退休后，和老伴一直住在学校的房子里，每天晚上，他都会在学校散步。在路上碰到他，叫他一声“彭老”，他就会笑眯眯地应着你。

我起身准备告辞，正好退了休的贺老师来串门。彭老师笑着拿起手机，让贺老师端坐在椅子上，坐到一束新鲜的花旁，硬要为他拍照。彭老师说这束花是教师节时学生送给他的，他说不要，可学生就是要送过来。是什么样的学生还记得为一个年逾八十的曾经的老师送花呢？记得，是因为值得记得，感恩，是因为值得感恩。我对彭老师的敬意又多了一层。

此后不久，彭老师特意找到我，将他刊印的一本诗歌小册子送给我，里面是他退休后写的诗作。我想，始终不放弃对生活的热爱，用几支梅花、几首诗、一支画笔将平淡的日子点缀得摇曳生姿，彭老师与爱人五十多年不离不弃，相依相守，伉俪情深，我不禁对他们又生出了一层敬意。

而今，彭老师精神矍铄，耳聪目明，说话带笑，常常还会在朋友圈晒上几张照片，一天到晚，乐乐呵呵，好像忘了老之至，可肖老师告诉我，其实他患有很严重的糖尿病。我回望了一眼窗外的三角梅，依然骄傲地趴在窗前，展现其优美之姿，微风之中，像在向我点头、微笑。

走廊边的多肉

多肉是忽然出现在教室走廊边上的，紧挨的便是我所教的高三创新一班。小小的各色盆装着，有绿色的方形小盆，有黑色、粉色或乳白色的圆形小盆，还有个长方形的木盒，盛了三株多肉。颜色多变，蓝、红、黄、紫，还有渐变色，像画；每一片都像星星一样眨着迷蒙的眼，像一滴滴倒立着的雨。

每一盆多肉边都插着一张彩色纸片，写着："桃美人""烈焰叉叉号""蓝色妖姬""花月夜""黑王子""后羿射不着""向死而生"……起先，我以为是学生们对多肉的喜爱特意起了这些与众不同的名字，后来从一本专门讲多肉的书上了解到，多肉的名字确如多肉一样美，如"初恋""晚霞""广寒宫""红粉佳人""凌波仙子""蓝色天使"等，有中国的名，也有外国的名，每一个名字都如诗，摇曳生姿。

偶尔，有学生站在旁边指指点点。一次，班上外号叫"燕子"的女生蹲在多肉旁边浇水。她给每一盆都浇了水，我问哪盆是她的，她朝着那盆"花月夜"指了一指。我问她为什么取这个名字。

她浅浅一笑:“老师,您觉得它像不像张若虚的‘花月夜’一样美?”我看时,叶片厚实,饱满有弹性,叶缘薄如匙,有非常明显的红边,像特意镀上了一层,叶片的底部呈蓝绿色,确实美如“花月夜”!

高三最后一期,学习越来越紧张,压力越来越大,他们怎么还有心思侍弄这些花花草草!我问燕子为什么要养它们,燕子却侧了头看着我说:“这是我的幸运花!老师喜欢吗?考完我送给您!”我笑了,并不当真。

每一次经过这些花花绿绿挤挤挨挨的小家伙身边,我都会停下看一会,有时还会蹲下来,仔细端详。学生们小小的心思通过纸片上的名字在告诉他人,他们有着多么浪漫的幻想、坚定的信念和情窦初开的羞涩。花开无语,用心读才能触摸到内心,或许,这就是他们纾解压力的出口。我总觉得,每一盆多肉后面,都站着一个藏了美好和有着梦想的学生。

办公室的小玉老师桌子上也摆着一盆多肉,是教师节学生送的。柔嫩饱满,根部淡绿,慢慢上长,像一颗桃核,又像一截手指,绿色渐深,最后在指尖涂一圈儿红,像有人画上的胭脂。小玉老师说是“织锦”,织出美好生活的锦。还对我说:“你班的学生还蛮有生活情趣,养的多肉,名字都很美。谁道学生只知读书?”

我逐渐了解了多肉的习性。窗台、走廊、院阶,到处都有它小小的身影。怕雨淋,不喜肥料直接浇。夏天高温干燥,它多半在睡觉,不喜被打扰,水不能过多。不好挪窝,喜欢晒太阳,给一点阳光就灿烂。多肉,反过来就是肉多,玲珑小巧,姹紫嫣红,还会变色。不同的时间,不同的温度,不同的季节,呈现不同的颜色,却是一样的妩媚和娇憨,惹人怜爱。好像它生长在那里,就是让人来爱的。

紧张的学习之后，学生们终于迎来了高考。高考第一天，将学生们送进考场，我就离开了学校。在另外一所学校监完学考，又出去旅游了几天，再回到学校，高三楼已人去楼空，教室墙根下的多肉都不见了。办公室里却多出了好几盆多肉，像是走廊上的几盆，因没有名字，不敢相认。那盆“织锦”静静地摆在办公桌上，假期无人打理，但还是那么水灵，只指尖边的红淡了些。

从办公室出来，在教室的外边意外碰到燕子。她高考成绩不错，超出重本线五十好几分。我问她来干什么，她说来咨询填报志愿的事，还说曾答应要送我一盆多肉，来过好多次了，都没找到我。很快，她就搬来了一盆多肉，双手递给我。我一看，正是她那盆“花月夜”。我很感动，但我没有要，办公室里已有好几盆，想必都是学生们送的，燕子说过这是她的幸运花，我希望能继续给她带来好运。

望着空荡荡的教学楼，心里又高兴又有些心酸。学生考完了，注定要离开，就像鸟儿长大了，注定要飞翔。来来去去中，一如多肉，经过你我的身边，适当的时间来，又在适当的时间离去，悄悄的，但那些漂亮的影子时不时穿过心海，总能开出一朵朵浪花。

狗小二

女儿很喜欢狗，花重金购得一只小巧可爱的贵妇犬泰迪，毛色纯黄卷曲，取名“小二”。

白天，小二被关在阳台，与客厅隔着一层玻璃门。小二很不想待在那里，每次喊它去阳台，它就夹着尾巴往床底下钻，任凭你喊破喉咙，它坐在床底下一声不吭。女儿找来木棒、扫帚或者晾衣架，往床底下一扫，它才钻出来极不情愿地向阳台走去，用脚爪子使劲抓门，把门抓得咔咔响，要不就趴在玻璃门上，眼睁睁地看着主人离开，一副可怜巴巴的样子。女儿不忍，哄着它说：“乖，好好待着，等我上班回来带你出去，啊！”

只要我们回来，它立刻摇动着尾巴扑过来，身子立起，跳跃着要抱。它很黏人，我们坐在沙发上看电视，它在膝边撒欢，总想爬上身来让抱。我有时不许，故意大声说：“走开！”三两次后，它便走开。我们不许它做，它绝不霸蛮，但也不走远，躺在脚下假寐。谁一唤，它立马像弹簧一样起来，跑到谁的身边去。它聪明得很，能察言观色，谁喜欢它谁不喜欢，它都能看出来，下次再见它，它就只往喜欢它的人身上扑。

每天带它出去，是它最高兴的时刻。只要对它说："小二，走咯！"它立刻走到门边等着，门一开，就像离弦的箭一样射了出去。树丛里，草地边，低着头快速向前，这里嗅嗅，那里喷喷，急不可耐地寻找着什么。我说："小二，慢点！"它也不听。如果去远一点的地方，我们就给它套上一条狗绳。它一般不会跑很远，只要一召唤，它会一路奔跑着回来。但也有例外，有次我带它在小区里放风，起初它还能跟着我，后来趁我拿门禁卡的当儿，偷偷溜了。我找它不着，唤它也不回。女儿挺着大肚子出来了，急得眼泪直流，全家都出来找。后来，在小区大门边的一处茂密的树丛里找到了。小二鬼精得很，它躲得远远的，不想回来呢。大约它也像人一样，向往着自由的生活。

小二很活泼，也很健康，从小到大，几乎没有生过病；总觉得它精力过剩，永远不知疲倦。女儿不定期将小二送到宠物店洗澡剪毛，有时会给它穿上衣服，把它打扮得像个公主。它也很会讨巧卖乖。它从一个月大就到我家，生活简单，周而复始，初生牛犊不怕虎，好斗得很，用女儿的话说，"女孩子一点也不矜持"。有一次，小二见到一只比它大很多的狗，无所畏惧地朝那条狗冲了过去，与之厮打在一起，拉都拉不开。结果不敌，以尾部被咬了一个洞仓皇落败。

小二最后一次出走，是在将它送人之前。那天，它仍旧像往常一样，门一开，呼地蹿了出去。女儿说："没事，它跑不远。"结果半天不见回来。围着周边找了几圈，问了多人，都说不见。我们都以为它不会回来了。谁知到了傍晚，它竟然自己跑回来了，一身邋里邋遢，灰不溜秋，回家后耷拉着脑袋，老老实实地待在阳台，犯了错受了委屈似的一声不吭。以后出去，它就不敢往外冲了，总是回头看我们，我们走，它才走——它是怕我们不要它，把它丢了！狗通人性，它好像预感到了什么。

女儿怀孕了，我们劝她把小二暂时送人，她舍不得，挺着大肚子也要带着。女儿肚子越来越大，生产日期越来越近，实在是养不得了。我们又劝她，不是卖掉丢掉，是选个好人家送养，想看它时就能去看，等孩子大了，想让它回来还可以回来的。然后又加重语气道："狗毕竟是狗，怎么能与人的命相比！"

正好有个熟人，知道情况后说他愿收养，家里还有一只狗，可以做伴。很无奈地，女儿答应送走小二。刚送养那会，女儿隔不多久就会问问小二的情况，熟人总是说"好着呢好着呢"。女儿渐渐也就淡了想念，觉得小二找到了一户好人家，自己也就放心了。几个月后，女儿的双胞胎出世，生活一忙碌，有一段时间，我们根本无暇顾及小二，提及它也少了。

直到有一天，忽然传来消息，熟人的父亲去世，办丧事人多，疏于看管，小二不知怎么竟然挣脱笼子跑了。女儿认为小二是在找她，让我们开着车在小二可能出现的地方去寻找，我们找了一圈又一圈，可哪里还有小二的影子？也许小二跑出来后，找我们不着，正四处流浪；也许被好心的人家再次收养，过得比以前在我们家还好；也许——

直到现在，一年多过去了，小二没有像以前一样重新找回家来，我们也没有得到它的任何消息，我们终是把它给弄丢了！只是从那以后，在外面每每看到黄毛卷小狗泰迪，便常常指着说："是小二！"

走在茶陵的边上

生命，有时无须转弯，便可直接从这头走到那头，我还真怕日子会回过头来笑我痴长了这么多岁。三十年前，我跟随老彭来到茶陵，一直在这里工作生活。有人问我：你探访过徐霞客笔下的麻叶洞吗？我说：没有。你去过灵岩看夜月、邓阜观朝阳吗？我摇摇头。那你吃过茶陵有名的祖庵家菜“霸王别姬”吗？我还是摇摇头。日子来来去去，溅不起一些水花儿。

茶陵，我知道有李东阳，有谭延闿，有几十位开国将军；也知道茶陵有八景，三宝（生姜、白芷、大蒜），有徐霞客留下的足迹，有湘菜鼻祖祖庵家菜，但也仅是知道而已。我只是一个喜欢听雨飞赏云卷的女子，有些地方不是自己想去就能去的，有些吃的不是自己想吃就能吃到的，还得有机会，有时间，更重要的是，得有人陪着。我不是背包客，不是男人，做不到一人独闯天下。钱锺书写过一本书叫《写在人生边上》，杨绛九十六岁年纪写《走到人生边上》，我觉得自己在茶陵这么多年，也还像是走在茶陵的边上，茶陵还有多少是我不知道的呢？

“茶陵牛嘛”

我不太清楚，“茶陵牛”这名字是由洣水河边的铁犀牛称谓而来，还是因当年的毛委员说过的一句话。

我刚来到茶陵的时候，就听人说过茶陵牛。当时不懂，作为茶陵本地人的老彭（那时候得叫小彭）便带我去看“铁犀”。去是走路去的，老彭带着我七绕八拐，素来对方向近乎白痴的我早已走得晕头转向，只觉得好远。后来对它的位置有了些认知，暗笑自己隔水望月，咫尺也天涯。

第一次见铁犀，小路旁杂草丛生。旁边的南宋城墙斑斑驳驳，不知名的草儿在它的墙根下肆意疯长。洣江河水面微澜，汤汤而流，河堤杂木乱草堆砌。一亭，一牛，就静静地坐落在此，伏卧、抬头，双眸远望。我抚摸着它黑黑的略有些残缺的厚实的背，颇觉苍凉。

后来，我又去过多次。最近的一次是跟攸县作协来的朋友一道去的。我们先去看了焕然一新的工农兵政府，道路已全部铺了柏油，平整宽敞。从工农兵政府出来，左拐，很快便到了河边。右边，抬眼一望，原先斑驳的南宋城墙已然修葺，古色古香中透露出现代文明的气息。想起第一次来到这里的情景，笑了。时间是可以抚平一切的，包括伤痕。沿着河边小路走到铁犀亭，那铁犀一如既往昂首前方。

攸县的朋友问：“这铁犀有多少年了吧？”

“嗯，有七百多年了。”人群中有人回答。

时间在流逝，铁犀却一直在此，无语也千年。沧桑风雨里，有个名字一直叫守候。当年，刘子迈为镇河妖铸铁犀，大约他也没想到，一个坚守的铁犀，落在尘埃里，会吸引着如此多的来自四面八方的目光。

八十多年前，毛委员来到茶陵，对茶陵人说了一句话：“茶陵的同志很勇敢，很会打仗，茶陵牛嘛！”一次，一个外地的朋友和我聊天，聊到我们茶陵，他笑道：“茶陵，我知道，那河边不是有条牛，我去过！呵呵，茶陵牛。”

茶陵牛似乎成了茶陵人的标签。

“一辈子也忘不了！”

今年春节，我回了趟娘家，去表弟那儿吃饭，表弟拿出当地的谷烧酒招待我们。说起酒，不知怎么地就又说起茶陵的水酒来。

我向来不喝酒，老彭总是笑我，说我就是个外地妹子，连茶陵的水酒都不会喝。刚来的时候，见过老彭家父母酿酒，我还以为是我们那里的谷烧酒，其实不是，做法也不相同。我不喜欢喝已发酵完成的水酒，却喜欢吃酒糟。这时候的酒糟有酒香，更多的是甜味，跟我家乡的甜酒味差不多。掺点水，打个鸡蛋，煮沸，加些糖，便是再好不过的甜酒冲蛋了。

表弟现在也很少喝酒，他说我结婚时在我家喝酒的那次，把他喝怕了。当时，表弟一高兴，将老彭家自产的水酒当水喝了三大碗，还直说:“好喝，好喝！”我看着他通红的脸，有些担心地问:“没喝醉吧？”表弟头摇得像拨浪鼓：“没醉，这样的酒，醉不倒我！”谁知，出门在路上经风一吹，酒劲就上来了，他当即呕吐，呕得一塌糊涂。事后，他自嘲地说:“没想到，这看起来像水的酒，喝起来还真能醉人。”

这酒就是茶陵几乎家家都有的家酿水酒。有些人家酿上好几大坛，能喝一整年，甚至好几年。过了冬的酒又称老冬酒，喝起来也别有一番味道。平时来客了，水酒是必然拿出来的待客酒。婚丧嫁娶，也是酒桌上的必备品。有些人喝上瘾了，每餐都要拿出来喝那么一小碗抿上一大口，然后夹上一筷菜放进嘴里，咂巴咂巴嘴唇，心满意足得很。高兴了，还会哼上两句。口干了，还将这酒当水喝。

茶陵水酒，看起来平常，闻起来淡香，喝起来不醉，后劲足。

“这里的中学像大学”

没有刻意留心，也目睹了县城内的几所学校只用了几年的时间便破茧成蝶，由灰姑娘一夜华丽转身。

十多年前，我住着校内学生宿舍三楼最东端一间较大的房子，整个楼层没有厕所，如厕必须到楼下西端的一层平房内去完成，水要到楼下的一个自来水龙头下去接。当时我带着才几岁的女儿，天天从楼上走到楼下，又从楼下走到楼上，机械般重复着不知重复了多少遍的动作。

时间摇一摇，便又是另一种春花秋月。

如今，迈进云阳中学气派的学校大门，跨上一梯梯上升的台阶，两旁的炎帝、孔子、贝多芬、华罗庚等巨匠大师次第映入眼帘。如果从两边的水泥路往上走，路边的花正盛开，那一路摇曳的红红紫紫会将你的五脏六腑摇醉。走过假山层叠的喷水鱼池，上到教学区，高大的树木，干净的路面，休闲的座椅，欲飞的雕塑，整齐划一的教学楼，宽敞的塑胶跑道和人工种植的绿色草坪，青绿盎然，满目春意。前一任校长曾在大会上自豪地说："这里的中学像大学！"

还有一个地方，也是我日日经过的地方，坐落在茶陵一中校内修新如旧的洣江书院，追溯起来它已有五百多年的历史了。无论远望还是近观，它都是一中的一道亮色。白墙丹柱，亭台翠木，楼阁飞檐，古色古香。一中的阅览室就设在书院内，高一时上阅读课我每周都会来此。没事的时候顺便走走，看看，想想茶陵那么多的书院，在湖南在清代居着首席，想想那一百多位进士以及浩如烟海的文章，就是不说一句话，这心也早已泛澜。

一花一景，一城一心。茶陵，山不如四川峨眉，城不如丽江古城，景比不了苏州园林、杭州西湖。可是，她小家碧玉般温润灵秀，照样可赏花朝望月夕。这里的人牛一般有一股子倔劲和拼劲，正踩着晨曦描画这座小小的城这个小小的县。

假以时日，或许我也能从茶陵的边上走进来，探幽发微，阅尽其中秀色。

红朵月季

一天，我像往常一样经过走廊，忽然被花坛之上的几朵大红花炫了眼睛。

我所在的益华楼又名高三楼，每年六月高考完毕，高二的学子无论在哪栋教室，最后都会搬至这栋楼开始高三的旅程。十年中，我在这里送走了五届高三毕业生。高三语文办公室在一楼西端，出门便是花坛，平时来去匆匆，也不大关注。但今天，我却被这花惊到了。

在半人高修剪整齐的红叶石楠和绿叶四季桂中，有三处高过人头的长着小片绿叶的刺蓬状月季，两处开花，各开一朵，半低着头，却始终面向太阳，红得灿烂。

一场雨后，小院地上湿漉漉地积了不少雨水。雨水在叶上、花上，逗留不去，晶晶莹莹，像小小的精灵。我将其中一枝轻轻地摇了一下，雨在枝上坐不住了，“哧溜”一下跳到地上，瞬间不见。它们也是来看花的吧，或许是来看这里出出进进长得跟花儿似的学生的。其他枝上，雨点依然亮亮地透着水晶般的光，好像也瞪着圆圆的眼睛在看我，我担心我的鲁莽行为惹得她们不高兴了，连忙把伸出去的手又缩了回来。

月季是什么时候移栽到这里的，我不清楚，也许它早就在这里，只不过那时它还小，躲在成片的红叶石楠中，毫不起眼，不被人注意；或许它早就长高了，只不过没有到开花的季节，默默地生长，直到今天才突然绽放；又或许它早就开过花了，只不过那时我恰好不在，没有见到它的盛开。总之，我忽略它很久了。

学习广场与益华楼形成一个截面，高出一人多，褐色瓷砖铺砌，墙面镌刻古今名诗名作，形成一堵流线型凹凸有致的书法墙。书法墙上有民国时谭延闿的“清风明月本无价，小水低亭自可亲”等诗句。楼与墙之间，空出一块长约五十米、宽三到五米不等的小院。挨着走廊外边，是砖和水泥围砌成的长排红叶石楠及桂花坛，月季居中。小院有诗还有花，便觉得灵动而活泼。

此后，每经过月季花身边，我都要看它一眼。月季，又名“月月红”，看似普通，却被冠以“花中皇后”，四季开花，那刺蓬状的身子顶上，总是有几朵红红艳艳的花，炫着人的眼睛，乍一看，好像它一直开着，永远开不败。一场雨后，月季的花枝受不住雨水和花朵的重量，折了，但折而未断，细一瞧，花一侧，还有好几朵，打着花蕾，含着青苞，看样子，也都快开了。

学校荷池边有个花架，凌霄攀援而上，红簇簇十分打眼；在臻善路和益华楼一侧，有几朵白玉兰，大瓣，白色，嵌在树中，与凌霄花的红对比映衬，纯净明亮，清尘不染，有“藏春坞上忆坡仙”的飘拂之感。但六月一过，这些花慢慢褪去，便觉得校园里总少了些什么。月季花则是不受季节的支配的，从三四月可以一直开到年底。“花落花开不间断，春来春去不相关”，我感觉越来越喜欢它了。

相对凌霄花和玉兰花，月季显得矜持很多，沉默地开，院里一枝斜，尤为安静。花开不多，一次一朵两朵，待在高三教学楼边，好像沾了书香而有了书生气质一般。它们在低矮的红叶石楠中鹤立鸡群，高挑，还带刺儿，平时毫不张扬，如果不开花，形似花中杂草。但花一开，便怒放。哪怕是一朵，也将花瓣渐次打开，层层叠叠，有人欣赏也好，无人阅读也罢，都高高耸立，笑对风雨。

一天，我上完课从教室出来，像往常一样经过走廊，就在办公室前，一丛月季红像要朝我扑来。原来月季又开花了，这次竟然开了五朵花！好像在预示着什么，瓣瓣团团围坐，朵朵相挨绽开，开于一枝，好大的一簇！怪不得前段时间不见它，原来在蓄势待发。

高考后，学生陆续离去，小院一下子空旷起来。学考时，高二的学生搬了进来，秋季开学期，新的高三又开始了。学生一拨一拨地来了，一拨一拨地又走了，月季仿佛也应了这时节与气氛，开了落，落了开，永无休止。

后来，那五朵月季也谢了，一段时间后，枝上又开了好几朵新花，红红的，映着这个小院，依然灵动而活泼。

村篱小院

一个秋日雨雾漫起的上午，我们一行人来到东片区被冠以“三清三小美丽乡村”的火田镇贝水村。在段支书的带领下，我们走村串户，感受着当地的日新月异。宽敞的柏油路伸展着，房子林立两旁，此时除了我们，无人打扰。

房子与路隔着一个几米见方的坪院，原本与大路相通，了无遮拦，而今，与路相接处用木篱或竹篱围成一个小小院落。院子的篱上放上三五盆绿植，绿叶伸出篱外，探头探脑像调皮的孩子；鸡冠花却开得正豪放，呈现一片耀眼的红；紫色的三角梅趴在路边，悠闲地看着人来车往；路边的桂树，有细小的桂花点缀镶嵌。

篱笆就地取材，用竹子或旧木料裁成长短一致，刷上白色或蓝色油漆，两两交叉互相衔接。木篱每两排平放几块竹木板，作为花盆席位。庭院内，竹篱围了一排杨梅树，或围一大片移栽过来的树，渐成森林。

退休的陈老师家是一幢别墅式的院落，院墙砖砌，墙边柚子树，青黄的柚子拖缀叶下。左侧木架篱笆，葡萄藤攀爬其上，下置盆栽，黄色的桂花星子般若隐若现。架下鱼池，木板为桥，上配桌椅。庭院小桥流水，亭台水榭，花木成畦，秀美得不再一览无余。

我一直认为，院子有了隔挡，才真正可以称为院子。一隔一挡，即成单门独户。院子有了篱笆，如同心有归处。篱笆，看似离心，但隔而未隔，人心依然相通。电视剧《篱笆·女人和狗》中的篱笆墙，是生活与人心的影子。如今，那一户户篱笆似乎有了更深的含义。

回返路上，党群专干小陈陪同。他三十岁左右，当兵退伍先在外打工，刚回村不久。我问他为什么要回来，他说家乡需要。他说得轻描淡写，边走边随手捡起地上的纸屑。路边有宣传标语，墙上有简笔画，绿水青山，白墙黑瓦，一弯小桥，一条小船，中间写上“看得见山，望得见水，记得住乡愁”之类的话。远处，未收割的稻田一片金黄，收割后的稻田露出一行行稻茬，有的种了小麦，嫩绿的幼苗刚刚探出头，安静如画。

与贝水不远的龙匣是李东阳故居所在地，竹篱边上，一望无际的残荷依然残存着几个月前丰盈的美。在马吉、皇图村，紧挨房边，镂空米字花纹的砖篱笆，圈起一畦一畦绿油油的菜地。菜地里，扁豆架上的扁豆结成串，丝瓜架里的丝瓜则羞羞答答，躲在叶子边犹抱琵琶。新建的马吉村部前，荷花池岸，白色护栏篱笆一样围着，虽过了寒露，荷叶依然撑着一把大伞，恣意着绿，几朵荷花顽强开在枝头。

篱笆成为乡村符号由来已久，人们喜欢用篱笆围成一个相对独立的空间，圈起一家人的生活。“红树黄茅野老家，日高山犬吠篱笆”，晨曦初起，客人忽然来到，最先发觉的狗猛地蹿起，奔至熟悉的篱边吠叫，似乎篱笆有了壮胆的作用。“篱落疏疏一径深，树头花落未成阴”，一爿小院，几道篱笆，些许暖阳，花木小径，微香轻袭，这样的乡居，好比在心里栽梨种菊，怕是要过不够的了。

篱笆从城里到乡村，从旧时的独门独户遍及现在整个乡居环境，搭小桥，建亭台，堆假山，树种在路边，路修到家边，篱落疏疏，整体成片，面貌一新。也许不久之后，乡村，是我们最愿意奔赴的地方。

枣市的枣

在枣市侯泉村燕子家枣园，我第一次吃到了她家的酥脆甜枣。

枣园在一片浑圆而不高的山坡上，分作几大片，中间有一个人工挖的两亩大小的池塘。有几片枣园用硕大的塑料膜盖着，枣子怕淋雨，雨水过多会影响枣子的口感。有几片没有盖膜，是去年和今年种植的新枣树，今年的也已挂果。新树挂果一般要三年，这里今年的新枣树也挂了果。燕子说，枣子种植需要技术，技术不好，当年就不能挂果，挂了果也不甜。她家的枣子从八月份开始采摘，直到今天，还有枣子挂在枝头，青青红红，三三两两，一串串。她给我们每人分发了一个篮子，我们在枣园里穿来穿去，摘下红的或者红中带青的枣，全青的还要一段时间才能转红，它们要继续待在树上，让时间和雨水来给它们穿上红新衣。

有时我想，时间真是个好东西，它可以让一粒种子在土里发芽，像锐器一样钻出地面，慢慢变成嫩绿的叶片，变成金黄的丝瓜花，变成滚圆的西瓜，变成食物，小的变大，绿的变青，青的变黄，黄的变老。就说这枣吧，一棵细小的幼苗栽在土里，慢慢长大，然后就在那绿的枝丫中长出青青的小小的子儿，这些子儿见风遇雨，几天不见，它又长大了，再过一段时间，它就红了。这红红的美丽是哪儿来的呢？是光阴给的，是雨水给的，是秋风给的，这就是生命，生生不息的生命。

当我回过神来的时候，发现自己把一颗枣又塞进了嘴里。

这种枣叫“中秋酥脆枣”，呈椭圆形，个子较小，核如梭，大小如南瓜子，相对新疆枣，这种枣要小很多。我摘下一颗放嘴里咬一口，肉质嫩脆，甜而不腻，脆而不酸，吃到口里似乎还有回甘。确如她所说，颗颗都含糖量高，但又不让你觉得甜得过分。枣子不甜，吃起来没有味道，如果酸甜，会让一部分怕酸者望而止步，甜也要恰如其分。苏老师有些担心地问她，没有打甜蜜素吧？海燕当即否定，她让我们看每棵枣树中间挂的一只只透明瓶子，她说是用来防虫的，瓶子上涂了黏剂，虫子一粘上去就下不来了，这叫物理防虫法。

我们摘了大半篮，重新回房。枣园边有一排平房，是燕子夫妻的生活区和枣子采摘后的冷藏区，房前有一个长方形的水泥大院子。院子里堆了两大堆枣子，一堆约有几千斤，鸡们踩在上面啄来啄去，在里面找虫子；蜜蜂在上面飞上飞下，寻找蜜源。燕子说，种枣不可能没有浪费的，开裂的、有虫眼的都要挑出来，不能要。

也许是辛苦操劳的缘故，刚五十岁的燕子脸上额头有了沧桑，但她跟我们说话时始终带着笑容。我们五位是她邀请来的作协文友，我是第一次来，在枣园的平房里，海燕说枣市的枣历史悠久，大约起源于宋朝，当年红军部队在这里打游击，枣子是他们吃得最多的果子。她希望能在她手里把枣与文化联系起来。看得出，海燕希望把自己的枣园做成枣市的品牌。

做实业，想法比办法多。枣子全国都有，新疆的和田枣和灰枣，山西壶瓶枣，河北金丝小枣等，都成了国内名枣，文化做起来很难，枣子源于宋代，宋代以前有没有，难以考证。海燕说，商人重利，文人看重情怀，她自己喜欢文学，她不希望她的枣子“裸奔”。

枣味甘，性平，生吃煲汤均可。自古以来，人们就研究出了许多枣的吃法：红枣晒干保存，用时取出，排骨汤里放上红枣，便是营养丰富的红枣排骨汤；荷包蛋里加几粒红枣，是待客的上品；平日的茶里加上几粒枸杞，几颗红枣，便是能补气益血的红枣枸杞茶。枣有补中益气、滋阴养血等诸多功效，故民间俗语有“一天三颗枣，活到九十九”之说。

但要想吃得好，还需种得好。种果树，枣子的种植、管理、采摘、贮存、销售等等，每一环节都不能松懈，除了挂果多少，果子成熟后的销路往往是最头疼的问题。每个果农都想让枣子种植利益最大化，尽量减少浪费。东岭的杨梅上市时，我去过杨梅基地，炎陵的黄桃上市时，我也去过黄桃产地。在销售旺季，果园老板穷尽一切渠道，把果子送进客户的口中，把钱装进自己的口袋。做实业不容易，几家欢喜几家愁，如果果子来不及销售而烂在地里和仓库里，最让人心疼。

而今，枣市有侯泉、洞头等枣园种植基地，为振兴枣子产业，打造一乡一品，周海燕等果农还在不懈努力。总之，酒香不怕巷子深，产品真正好了，收获才会接踵而至。

植被深处

太阳是什么时候爬上东边的上空，灼灼放出光芒，我不清楚，我只知道它俯看苍生，在田间地头，屋前屋后游荡，角角落落都用温度煮了一遍时，天地猛然间就变热了，变成了汗水，“叭嗒”一声，从身上往下跌，那跌落的第一声我分明听见了。

抬头看太阳，太阳亮亮地瞪着我，不让我看，于是我低下头，就在这时，我看到了一口井。圆形，里面的水在离井口不远的地方透着光亮，跟其他井没有区别。但它不在人家的院子里，也不在屋檐下，而是在田地的边上，旁边，一条小河长流不息。河边，杂草葳蕤，六月的季节，禾苗还在田里摇着绿色的脑袋，浅浅的，田里的水撩开不深的禾苗，在我们眼前晃荡。

一

村妇女主任手里拿着一张纸，大声说着这口井的来历。人很多，声音被人群阻隔了一部分，又被风吹散了一部分，我只听了一个大概。我记住了一个人的名字：谢国瑜，枣市镇岩口村湖田湾人，红五十团政委（原二十三师师政委）。1933 年 6 月，谢国瑜所在的部队与国民党六十三师陈光中部在江西永新相遇交火，战斗很惨烈，战士们一个个中弹倒下，将青春与热血洒在那片土地上。谢国瑜也不例外，他打得很顽强，在全身多处负伤的情况下仍然坚持作战，直到昏死过去。等他醒来时，战斗已经结束了，地上到处是尸体，我军的、国军的，除了山风，除了这些曾经拼死战斗而现在再也不能睁眼看他一眼的人，他再没看到一个活人。他只能自救，他站起来，看着这一片熟悉而陌生的山冈，用死去战士的刀砍了一根树枝做拐杖。部队已经开拔，他负了重伤，这个样子是追赶不上部队的。他想到了自己的家乡，他看过部队地图，永新与茶陵相邻，都在井冈山脚下，目前唯一的出路便是先回家，养好伤后再去寻找部队。就这样，谢国瑜回到了家乡，伤养得差不多后，看到乡亲们饮用水不方便，一条小河，吃喝洗涮全在里头，不干净不卫生，便与兄弟姐妹们一起挖了这口井，解决了全村人的吃水问题。

如今，人已不在（谢国瑜三十一岁就去世了），只有井，年复一年，清清亮亮。现在，村民家家户户用上了自来水，这口井已失去了它原有的功能，吃水不忘挖井人，江西瑞金有口井，江西的人们没有忘记那个挖井的人，这里也有口井，这里的村民也没有忘记。我把目光伸向远处，不远处两个村民正在田里扯秧，备插一季稻。一部分田中早禾长势正盛，再过两个月，禾苗便会长出沉甸甸的谷穗，压弯它们的腰。而这口井，也会被禾稻所遮，远远望去，除了禾，还是禾。

二

枣市镇在茶陵县西南方向，离县城十五公里，因盛产蜜枣而得名。茶陵县十三镇七个乡，如果不是亲历，这些乡镇就像地图上的一个个不起眼的地名，手指滑过，如同水流过，经过的地方或平坦或高低，或光滑或蔓草丛生，谁都记不住。而今，地方都在致力于打造特色文化，通过发掘、修造，不断有新的景点闯入公众的视野。一个县如此，一个乡镇亦如此。特色文化架构起来并不容易，有深厚历史底蕴的，变成了热门景点，西湖有白居易、苏东坡、林逋，还有苏小小的爱情，名人诗作与故事如雷贯耳，来客络绎不绝。紫禁城、颐和园、圆明园，在历史书里，在教科书里，处处伸展，深入人心；凤凰城、紫鹃界，也已形成气候，游客攒动，不招自来。枣市镇是县下小镇，特色为二，一是红色文化，二是历史文化，这两种文化也是茶陵县的特色文化，扎根在这里很多年，像一块深山璞玉，尘封多年，如今挖出来，它就放出了光亮。

在岩口的老湾坳，在一片菜地的边上有一座孤坟，土是新土，显然有人整理过。旁边的菜地，辣椒、茄子长着嫩绿的芽儿，小小的辣椒在叶子底下羞羞答答。这里原是一处地势偏高的山坡，山坡不大，只容得下几垄菜地和一座孤坟。菜地的旁边是果树，桃树仅剩下青绿的叶子，柚子树上比拳头略大的柚子还缩在树叶里不愿下来。转到坟的前面，一块小碑立在坟前，仔细辨认，可见“陆军四十四军一五零师四四八团特务排”，左边有“民国三十三年”“四川广安”“黎公帝之墓”的字样。墓的东边隔着一丘田，有一棵高大的朴树，树龄显示一百零一年，按推算，这棵树见过这座坟的主人，见过那次惨烈的战斗。

我的眼前渐渐浮现出一幅惊心动魄的场景来：国军四十四军一五零师四四八团特务排与日军接上了火，两军互不相让，用最猛烈的炮火向对方倾泻而去。顿时人仰马翻，血肉横飞，子弹在人的头顶飞，火光冲天，枪炮声震得山地都在颤抖。一个姓黎的四川广安战士趴在掩体当中，他是特务排的排长，但他和其他战士一样，将猛烈的炮火对准了敌人。略显稚嫩的脸上，布满了烟灰，原先的恐惧早已被隆隆的炮火震碎，他将机枪架好，准备再给敌人一次迎头痛击，就在这时，一颗炮弹飞过来，在他的身边爆炸了，他来不及哼一声，扑倒在掩体里，炸起的碎土埋了他一身。事后，当地村民在清点人数与尸体时，才发现，这位姓黎的年轻排长已死去多时，他紧闭双唇，脸上已被烟灰与尘土覆盖，看不出原色，但他的双手仍保持着战斗的姿势，仿佛仍在与敌人奋战。当地村民挖了一个大坑，将其他战士埋在了一起，而把他单独埋在地势最高的这个小山坡，时间永远定格，不管岁月如何变迁，幸好，他永远年轻。

听人说，四十四军曾经在这里驻守，因为缺吃少穿，不断扰民，当地人对他们并无好感，如果有人做了恶事，还会来一句：怎么四十四军样？只是与日军打仗时，他们一样勇猛，那简陋的坟或许可以证明。

三

离大湾坳不远，有座大乐铺桥，是当时国民党军去大湾坳的必经之道。桥在大干社会主义时被拆除，只剩下桥墩，我们见到的桥是后来新修的。以前的大乐铺是明清时期茶陵的十三个铺递（驿站）之一，其遗址为茶陵唯一的一处铺递遗址。俗话说：不穿九重布，难过大乐铺。意思是这里处于岩口大禾垅的出口，风大。如今，桥下的水依然清澈，几个妇女正在河边浣洗，一群鸭子嘎嘎叫着，在河里嬉戏。从新桥下去不远，有一栋五厢间基脚尚存。近处为断壁，下面是老砖，上面的一截是土沙筑造而成，上面清晰可见石子，大约用了豆浆、河沙与石子夯筑，很牢固。苏老伯说，这是曾经的驿站。也许四四八团经过此时，就在这里歇过脚，也许那个四川籍的黎姓战士在这里想起过他的父母兄妹，他想通过驿站，把自己的信息传给老家的亲人。只是他没有想到，随后的一仗，竟然让他长眠在这里，永远也回不去了。

转到墙边，从开着的口子边往里看，里面种了长豆角和四季豆，长势正旺，豆角已垂近泥土。墙外，簇拥着苎麻和葎草，跟里面的菜叶一样绿，高与人齐。残壁外的小路边，有一棵高大的乌桕树，开着长长的总状花序。树龄亦有百年，亲眼见过这里曾经的来来往往，可是它沉默着，旧日的云诡风谲全部藏在它的沙沙树声里。

青石板石拱桥，架在一条小小的河上，桥很短，青石板被过路者不断踩踏，透着光亮。苏老伯说，这桥很早就有了，时间可以追溯到清朝末年。桥下，流水潺潺，田中有水奔向河中，哗哗地响。回到车上，同车的立新手里多了一颗绿色的比枣略大的果子，他说是木莲，学名叫薜荔，我们吃过的“凉许”便是用它的汁加工而成，所以又称“凉粉子”。“凉许”是茶陵话的音译，实际是一种解凉的饮品。随后，我们见到了五八年大炼钢铁时存留的一个大炼钢炉，土砖砌成，高约三米，一侧开口，顶上被一种植物全覆盖，像穿了一件厚实的衣服。叶中有果实，很像前面立新手里拿的那个果子，一问一查，果然是木莲。

四

岩口还有个著名的地方——秦人古洞，我刚来茶陵时就听人说起，因没开发，一直没有来过。秦人古洞位于岩口村长春坞西面，为茶陵八景之一。从山上往下走，下一个陡坡，听得水声响亮地流过来，路边有一条暗沟，宽约两米，水声哗哗，岸边的草将长长的触角伸出来，几乎将水面覆盖。沿溪而上，很快到达洞口，水就是从洞里涌出来的。站在溪边，洞口有古藤垂直而下，洞口约两米高，但很快低矮下去。洞里无灯，水从里面汩汩而出，我们只得止步。据说当年秦始皇焚书坑儒，那些儒生躲无可躲，发现了这个洞，便逃到洞里，过起了与世隔绝的生活，更是暗无天日的生活。不过，《茶陵州志》载："（云阳山）东南有桃千树，实有如瓜，花发无时，人得食之便能轻举。白鹿、青牛多生其所。亦称长春坞，有人经过，时闻侧家鸡鸣犬吠，如里间之声。中有奇禽，一曰仙鸡，玉距金冠，毛如锦绣……其二曰白练鹊，形如霜雪，翔若飞练，众鸟栖集，常占四隅。立秋之季，群鸟归焉。三曰元豹……四曰猿猴，岁久变白，安戏于群居中。"桃花千树，各种珍禽异兽，往来安戏，给这里增添了几多神秘的色彩。秦人居于洞，他们没有想到，没有几年，陈胜吴广振臂一呼应者云集，刘邦项羽楚河汉界，直接将秦朝摁倒在历史的泥土里，再无翻身的机会。当年徐霞客也曾来过此洞，但到底没能探得洞有多深。传说从洞里出来的水可通安仁县，洞太长，太深，夏季常常被水占住，只有到冬天枯水季节，才有可能入洞。让我想起王安石的《游褒禅山记》，夷以近，则游者众，险以远，则至者少，而世之奇伟、瑰怪、非常之观，常在于险远，而人之所罕至焉。正因为洞深窈，洞中之景到底长什么样，至今成谜。

枣市镇的景点散落在各处，养在深闺人未识，又无牌子标示，即使人至，也未必当成景点。一个普通的水井、一处断壁残垣、一座小小的被草遮掩的青石板桥、一条汤汤不息的河，一座黄土掩盖的孤坟，一片茅草长到膝盖的山坡……每一处都有来历，却都躲藏在历史的烟尘里。就像炼钢炉上的木莲，自从它在炉上着陆，俨然把那里当作了它的家，炉子早已废弃，它不用担心高温将它烧成灰烬，也就大大咧咧地无所顾忌地生长，远远看去，只有木莲的叶子严严实实地趴在那里，看不到炉子了。

上车下车途中，我们辨认着路边的花草：飞蓬、三叶鬼针草、益母草、酢浆草、地婆子……一路上，植物站在两边，高高低低，粗粗细细，长得都很滋实盈绿。远处，不高的山上绿意正浓，树色葱郁；回望，所有看过的景都湮没在绵延的山路和蓬勃的植物里，“却顾所来径，苍苍横翠微”，李白有如是感叹，我想，这一定是真的，而非他的想象与虚构。

所谓景点，就是没有到过而特意前往并驻足停顿的地方。或大或小、开发与未开发，只要有人知，便有人往，并留下一些照片、文字、感叹与笑声。如果景点尚未开发，未得人知，它便有可能仍然沉寂在历史的深处，或者，其外面也有木莲一样的植物像衣服一样将之严密地包裹。

春色满园关不住

有空的时候，我喜欢在校园里转悠，满园的春色，像在画上走来，走到哪里，哪里都锦衣美服，一脸灿烂。“嫩绿柔香远更浓，春来无处不茸茸。”春色满园关不住，处处杨柳风，鸟逾白，花欲燃。

一中的植物，矮个子以桂花、继木、石楠、女贞和海桐为最，高个子以樟树、桂树、荷花玉兰、蒲葵、罗汉松和丛竹为最。桂花小巧玲珑地与红叶石楠和女贞并肩，挤挤挨挨地排列在进出大门的大路边、洣江书院后面的生活广场上、图书馆侧的阶梯边、吸秀亭的脚底下，随处可见。有人说，这是四季桂，四季开花，也就四季飘香。仔细看，还能看到深绿色的叶子底下羞涩地挂着几点桂花呢。

最出风头的应该算红花继木了。校园内的继木我看到的有两种，一种开着白花，一种开着红花。白花是映衬，红花最为铺张。在益华楼前边学习广场的电子显示屏侧和书院后的生活广场中央，到处都是她的身影。大大小小，有的呈蘑菇状，有的修剪后与女贞一样规整，要么嵌在一大堆修剪整齐的石楠和桂花中间，要么极有气势地排成一队，叶片呈暗红色，花色比叶片要艳红。头高高扬起来，顶着满头的紫红，亮得旁边的大树小树也禁不住心旌摇荡。开的花像红缨枪的穗，又像人工剪下的大小宽窄一样的细条状花朵，像梳子蓖过的一样，鬼斧神工，令人惊叹。

其次应是海桐。海桐又名七里香，有着最优美的树形，她喜欢跟红叶石楠在一起，却高出红叶石楠一个头，像面包一样，叶子鲜绿，比一般叶子厚实，圆润。海桐不开花时全身绿色，红叶石楠颜色暗红，再加上青绿的桂花、黄绿的女贞，配上紫红的继木和赫红的山茶花，一个红情绿意的花圃就成了。校园里，老办公楼前面以及学习广场和生活广场中央，花圃生机盎然，花叶生颤。其中最朴实的要数女贞，站在石楠的身边，绝不夺了他人的眼球，仿佛出风头之类的事与她无关。虽然，春风来时，长出嫩绿的新芽，顶在头上，一样让人爱煞。

园内的植物当然还远远不止这些。高大的，要数樟树。一中的樟树是浓墨重彩的篇章。尤以吸秀亭处为最。数十棵樟树，有的至少有六七十年的历史了，树干粗大，枝叶婆娑，散开如一把把大伞。婀娜弯曲，比舞姿更妖娆。每一根枝都不直来直去，都像是用舞蹈的动作伸开去，远远一看，就像随时都在跳舞。图书馆的左右两边都是樟树，因为书的熏陶，日久天长，每一棵樟树都繁茂滋实，像人一样内蕴深厚，上面爬满了厚厚的青苔，像是过往厚厚的时光。茶陵知州林廷玉为此地所感，写下《吸秀亭记》，其中说："夫以吾之秀兼彼之秀，取彼之秀与吾之秀，是故蕴则为德，行则为道，措则为文章事业。"校园人来人往，树木秀美飘逸，与之相得益彰。站在大路边的樟树，大多为新生代，叶子薄，颜色浅，呈现出淡黄色，它们像卫兵一样，日夜守护着这座校园。

桂花树除了艺术楼前的两排，大多散植在各处。八九月，经过树下，趁你不注意，她会将浓烈的花香送到你的鼻子尖。你抬头看她，“折得一枝香在手”，心情顿时大好。

在球场边和益华楼的后面，荷花玉兰宽大的叶子，像扇子一样扇走了炎热。不过它的花喜欢留到秋天开，白色的，大朵大朵挂在树里，真实得不像是真实的，走过她身边，还以为谁做了花装上去的呢。棕榈树大部分排列在办公楼和教学楼的边上，各两排。树与树中间是车位，汽车躲在里面，免除了不少强硬的阳光。她喜欢住在广东南部温暖湿润的地方，待在我们这里有点委屈她了，蒲扇般的叶永远带着部分的黄色，像营养不良似的，但她坚持顽强，十多年来，一直守在这里。还有高大的雪松，厚实的鹅掌柴，细密的罗汉松、爱群居的丛竹、柔软的柳树等等，杂植在各处，随风起舞，细数时光。

有人说，树是留给天空的，它装点了天空，让天空不再单调。其实，树又何尝不是留给人的，留给每一个需要它的人。一个学校，想象一下，如果没有了树，会是什么样子？树站在那里，一年两年，多年，也许你会忽略它的存在，可是它一直存在，而且不能否认，你需要它，我们都需要它。

低矮的植物和高大的树木之外，校园内还有一些点缀是少不了的。有着像玫瑰一样花瓣的山茶花，眼看着打好花苞，开出一朵朵艳丽的花，数不清的花朵，插在头上，满头的大红花呢，是她开给自己的奖赏吧？蜜蜂又怎会错过如此娇美的花朵呢？看，那一朵，两只蜜蜂在其中争相采蜜，嗡嗡的叫声是它们唱出来的歌。不时出现的苏铁，有时站在石楠的旁边，有时站在继木的边上，温柔地看着对方，仿佛在给予对方力量。吸秀亭下边靠近路边，像柳条一样伸出来的迎春花，同时伸出来的还有它小小的花朵。金黄的，跟油菜花一样的颜色，花朵精细，远远地看，像星星一样，散在其中，让这个地方增趣了许多。吸秀亭边的吉祥草，矮小，像一群绿色的路边草。起初，我还以为是沿阶草，它也确实像沿阶草一样普通不打眼。然而，这名字摆在这里，又让人多么欣喜呢？

要看荷花池里的荷花，须得到夏天。现在，最打眼的是小桥流水边轻扬的柳条。刚展新绿，疏影横斜，却有春风似剪刀，万条垂下绿丝涤的意境。

世界上，没有一样植物是没有用的，它们站在一个地方，吸雨露，迎长风，逐渐长大，不言不语，却抵挡了岁月的单调，给了我们温暖，开出的花朵，给了我们最美的秀色。因为它们，世界才如此美丽，因为它们，我们才握住了生活的缤纷。

从植物们入住到长大，校园来来往往。我的学生们，也一批一批长大了，飞走了。可是，我相信，他们只是候鸟，飞出去后，还会有飞回来的时候，因为这里，有他们无法忘怀的人和事，和这些无法忽略的、生机勃勃的植物们。

字　牌

小建是我最小的弟弟，在县城繁华地段租了个门面，开了个小店，生意清淡时，便约了朋友在店铺的小里间打牌。久了，朋友不请自来，来的人多了，还没他的份，他也不恼，坐地做庄，乐得奉陪。

小建所打的牌，叫“碰胡”，也叫“字牌”。一副字牌从一到十，分大小写，共八十张牌。小建自从识得打字牌，麻将便基本束之高阁，一心一意与字牌这玩意儿过招。

这种牌为长方形，长五六寸，宽一两寸，比扑克长而窄，一手轻握，很轻便。三张牌数目相衔可吃，成对可碰，二七十可连，碰与胡，都与钱进出有关。一般打牌，都要带点彩头，字牌更是如此，碰起、跑起、提龙、三大、胡牌都要钱，钱在桌子上飞来飞去，因此，打这种牌，得十分用心。有人为了赢，还用上了心计，算计，甚至欺瞒。譬如已听牌，犹豫着不知打哪一张，便问：你们听牌了没有？其中一人说：没有，放心打。等你大胆打出感觉有危险的那张牌，结果恰好是刚才说“没有”的这人胡了你的牌。

你一边拿钱，一边笑骂。牌桌上说上几句骂人的话是常事，大多不当真，下次照瞒不误，也有受不住骗与骂而争争吵吵的，很久了还拿这事来说，不过也只是说说而已，不会拿他怎么样。虚虚实实，真真假假，兵不厌诈嘛，谁让你不晓得自我判断，要听他的？打牌也会成瘾，一旦陷进去，一天不打手痒，两天不打心慌，跟吃了毒品一样。无事的婆姨以及做完事的男人，常凑一桌，有的给自己订下计划，上午做事，下午打牌，晚上健身，有的一天能打两场。

这种字牌十多年前在湖南攸县和茶陵一带兴起，迅速受到老百姓的喜爱，成为这些地区最为热门的娱乐方式之一。几年前，手机上又发明了一种网上字牌游戏，打牌的方式跟线下一样，只是更为方便，洗牌开牌自动操作完成，手一点便已排兵布阵。不必四人凑在一块，只要有空，无论在哪里，认不认识，随时随地凑一桌便可开战。速度很快，慢了，还有语音提示砸过来："快点呀，等得花儿都谢了！"打牌要开房间，开房间要钱，最后赢的当然还是庄家。刚开始兴起那段时间，打牌成风，问题不断，网上欠费的，把钱发错群的，上班偷着打牌的……后面便有了禁令，上班时间禁止打牌，群的人数与付款数都有上限，如有违反，手机 APP 直接关停。渐渐地，网上打牌便少了些，上班毕竟是上班，脸面要紧，真来个网上问责，面子上也挂不住。

打字牌还是过年拜年时的主要娱乐方式。走亲戚，吃了饭，碗一放，便嚷嚷着谁谁来打牌，有的已摆好了桌子，自家人凑好一桌两桌，开战。母亲从不打牌，对他们打得大一点就不满："自家人，打那么大做么子，玩玩就好呗。"有时又在旁说："唉——不打牌就留不住人，吃了饭嘴巴一抹就走，又觉得冇味。"母亲爱唠叨，他们也不作声，不知听到了还是没有听到。偶尔在牌桌上也会说起特朗普、美伊两军对峙，听风是雨，断章取义，也不求证。正说着呢，有人猛喊一声：“胡了！”于是话止，重回牌上。

女人们居家过日子，到底把细，打得小些。退休的女人，如果不要带孙子，是最闲的时候。女人们凑在一起，谈论着家长里短，儿子孙子，谈到谁家的儿子在哪里当老板，谁家的孙子送到名校去读书成绩好，也会“啧啧”两声。大部分老百姓都是以玩乐为目的，小赌怡情，大赌伤身，这样的道理他们都懂。输赢几十几百，习以为常，也不放心上。

缺人手时，小建便将姐夫硬拉进来凑一腿。姐夫勤快，却爱打牌，去年，做了六十大寿，脸庞还是那么瘦削，眼角的皱纹比以前深了些，但身体健实。姐夫拗不过，硬着头皮上桌。姐不乐意，在旁边不停唠叨，好在姐夫凑一腿的机会不多，对姐的话，他习惯了不争辩，也不下桌。

年前，母亲去世，悲伤过后，该打牌还是打牌，该干吗还干吗，生活继续。如今日子好过了，打牌，唠嗑，做着自己该做的事，赚着自己想赚的钱，过着自己的日常。日子周而复始，去了，来了，吃穿不愁，生活简单，平静，安定，幸福。

心中的“城”

2022 年 10 月 1 日国庆放假的第一天，一位老总邀约本地文人一聚,地点在他的“城”。我以为他的“城”已经建好,过去一看，一条土路还坑坑洼洼，边上的草还撂着荒。我问他什么时候可以建好，他摇摇头说还不晓得。

吃了饭，我和文友在城里错落的房子中间慢慢走，中间的路还没有修好，从高低不平无路的地方走到谭公馆。公馆外面的门柱一人合抱不拢，里面的柱子也粗大结实，据说将来会在这里做个饭馆，做“谭氏家菜”。穿过已成规模的李公馆，转到古城的西门前，门洞建于南宋时期，乾隆时期重建，现在已经有好些地方破损了，不过上面的字还清晰可辨。文友说上面的字为老总所写，老总的书画在当地颇有些名气，很多地方都留下了他的墨宝。林先生为此还写过一篇介绍其书画作品的文章，尤其推崇他的山系列画，其中一幅，上面还题了我的一首诗：“一线无人径，萦纡屡逐风。泉声枕流石，日色架飞虹。万岫重重绿，三坡点点红。清沟生旺水，烟景四时同。”

除了书画，老总还爱好收集古玩，在城郊的半山腰，他筹建了一座园林，因势造形，近有小桥流水，远有烟雨云山。站在园里最上面的台上，可饱览山上的风光和城的全貌。馆内陈列了他的许多字画，这个地方成了他爱好的展览馆。他尤其爱好收集古建筑上的东西：青砖、黑瓦、地砖、牌匾、青石板、圆石柱、雕花石缸、朝天吼、门珰、户对，内里包括老对联、金丝楠木太师椅、八仙桌、已被岁月侵蚀看不出原木色的红木沙发、老式雕花木床等等，他一股脑全搬运过来。园里摆不下，他申请到一大笔资金，以传承历史建筑文化为名，在城墙边划拨了一块土地，建起了这座仿古城。

我第一次来是 2020 年 12 月 8 日，城已初具规模，老总陪着我围着城看了一圈。他说只要有现成的材料，一栋看上去古色古香的房子很快便可建成。经过像鸟巢一样飞盖和飞檐的门楼，这门楼只有江西庐陵、吉安、茶陵一带有，我在本城还没见过这么气派的门楼，门楼上已刻了四个字——“矜而不争”，为老总亲笔书写，做了旧，看不出是当今人的笔迹。

来到临时办公的一处看上去很老的房子里，这房子原先是个知府的，整体看起来比较朴素，用的是杉木。这知府大约是个清官，花厅是用来专门接待客人的，一般人家用杉木造，讲究的人家用柏木，最讲究的用金丝楠木，地板是全石板，从浙江千里迢迢运回来的，可花了力气。里面放了一张很长的办公桌，用的是整板非洲花梨，也是花了几十万买运过来的。李公馆正在建，门和门楼都是明朝的原物，门匾翻过来写了“×× 宅第”，署的是三部（户部、刑部、兵部）尚书兼协办内阁大学士彭维新的名。李东阳祖籍茶陵，回乡祭祖一次，住了十八天，他可能登上过这里的城墙，但公馆是没有的，他在明朝做到大学士，位列公卿，名气很大，茶陵人因他而感到自豪。我问这个公馆将来干什么，老总说做展厅、宾馆或会馆。出来路过一栋正在建的房子侧厢，见到两位老师正在墙壁上作画，已经画了好几幅了。除了字画，这里的一砖一瓦，一石一木，都是原来的，有的柱上还有钉子及钉子的眼，有被白蚁吃过的痕迹。老总充满信心地说，房子建得快，预计年前可以参观展出。

这次来已是两年之后，房子又多了几栋，进展比较缓慢，现在还不能正式展出。李公馆建了起来，戏台也搭成了。戏台两旁的两根主台柱上，镌着我应邀写的对联："小脸谱大剧种纳八方戏客，一湘城半楚界听四海弦声。"主门柱旁的侧门柱用了我的另一副对联："台下清平，你不是局外客；戏中富贵，我亦非剧里人。"对联不是用牌匾挂在柱子上，而是刻在门柱上的，须得近看才能看清楚。

出来的时候，我再一次站在城门边，感受着古老与现代的交接。门外，是老街区，离门不远还有些低矮的老建筑，远一些，有两层三层的或白墙或瓷砖的现代房子，更远一些，能见到河边高挑醒目的楼盘和马路上的车来车往；门内，原本有许多民房，我刚来时还有三四户没有拆，现在基本拆完了。

而今，这座"城"还在建，展出还得要一段时间。但我想，老总的心中一定有座城——已经完工的"城"。

其实，我们心中何尝没有座城，一座用梦想砌就的城。这座城有的已经建好，有的却因财力、心性、眼光和格局，无法达到预期，甚至成为一生的遗憾。

密林深处青松岭

弃了船只，一走进离我家仅半小时车程的桃水乡夏乐村荀子潭青松岭密不透光的半山坡，明晃晃的天气忽然就暗了，像黄昏不约而至，树林内外两重天，我甚至有了一种呼吸不畅的感觉，我站在一个先陡后稍平的坡上，待气喘平了些，静下来观察四周。

一棵棵枞树、水杉、松树、香樟都伸着脖子，踮着脚跟像要站得更高些，每棵树都在竭力往上长，碗口粗的身子骨，看起来还是瘦长瘦长的，偶尔有几棵粗壮的，便觉得它占了天时地利。树的荫蔽使树下的杂木不够茂盛，杂草却疯长着，一路走来，虽有小径可上，我还是小心地披荆拨草，走得颇为辛苦。

越往上，竹子如雨后春笋，一棵棵全冒了出来，高高矮矮的竹子越来越多，层层叠叠，成了这里的主人。去年的或更早的竹子在时间里慢慢变成浅褐，变成深褐，叶子落到地上，变成枯褐色了；今年的新竹，竹竿上还有层淡淡的绒毛，留在竹上的叶子翠绿着，伸着笔直的腰，像健壮的小伙子，有着足够的力气指向天空。上山的路很陡，新修的台阶一级级往上，我走得还是气喘吁吁。走上一段路，便要歇一歇，竹林也不嫌弃，始终在我的左右跟着，我走它也走。往来路看，深邃清澈的东阳湖，刚才还碧波荡漾，青黛如螺，此时都消失在密翳的竹林中。竹木依然参天，竹林里阴凉阴凉的，偶尔会露出一角含了水分略显沉重的云朵以及白色的淡成丝缕的云絮，在湖的上空慢悠悠地荡着，一会儿就躲进了竹林里，不过也就一会儿，新的云絮又来了。一级级的台阶沾了人间的烟火，一如当年红军路上的火把，指引着前进的方向。

上得山来，阳光扯着一缕缕的丝线，几乎要朝我横陈过来，有的干脆挡在我的前面，白白亮亮的，强过蛛丝，我走过去，这些丝便缠在了我身上，随着我的身躯起伏，似要把我绑起来，可当我跨过去，它就即刻松了绑，又在我后面横陈了无数条线。虚虚实实的阳光，让我好生痛快，微凉的风吹过来，把我的喘息渐渐吹平了。蝉声远远近近，忽高忽低，不用竖起耳朵，就与我的耳朵来了个亲密拥抱。到了山上，蝉声更大了，弥漫了整个山间，最大的声音明明就在眼前的高树上，我顺着蝉声，放大自己的目光，可无论怎么努力，那蝉像个隐身者，只把声音放肆地一阵一阵地抛过来，像是欢呼，又像是拒绝。一只鸟儿啁啾着，忽地从眼前“嗖”的一声飞到另一棵树上去了，接着又是一只，又是一只，这里的世界本来是它们的，但愿我的到来没有打扰到它们。

山上有一大块平地，靠近陡坡的一侧，竖着一块与人差不多高的大石头；另一侧，两栋颇有年代感的房子呈丁字形站立，墙壁淡黄色，夯筑而成，当地人叫“抖墙”，墙壁上裂痕横七竖八，张牙舞爪。我走近其中一个大门，大门上挂着一把锁，这屋原来住着一位护林的八旬老人，现在已经不在了。几年前我来这里，老人还健在，矮小清瘦，在这里住了近八十年，他曾跟我说起这里发生的故事。

青松岭下的当地人祖辈以农为业，山高林密，地处僻远，他们很少外出，过着男耕女织、不为外人道的世外桃源般的生活。他们就地取材，架木为屋，劈竹为器，挖井为水，直到日军打过来，红军走进山来。青松岭好似一道铜墙铁壁，把敌人死死地挡在山岭之外，红军进可攻，退可守，一面避敌，一面歼敌，打不赢的时候就躲在山里，时机成熟就出去，与敌人干一仗。日寇投降后，红军撤走，这里又恢复了往日的平静。

山上除了几栋房子，满眼都是竹木苍苍，翠绿窈然。几个月不见，坪里的草又长高了，坪前的几棵大树，似乎也高大壮硕了些。最大的那棵，标牌显示是“木荷”，山茶科，已有两百六十年树龄，树身上的皮像鱼鳞一般，一片一片贴在树身上，呈黑褐色，却非常牢固，身子还是那么笔直，一直往上伸，似乎要参破天去，树叶依然浓密而茂盛，岁月的风霜只是添加了它的厚重与伟岸。与这棵树一丈来远，有棵小一些的“马尾松”，距今一百年。还有几棵，有的在坡边，有的在更远的坡上，都笔直地站着，茂密着一树的叶。这些树长在这里，成为这里的原居民，惯看秋月春风，又好像这里的哨兵，始终保持着谨慎的直立姿势，它们听到过这里的炮火，看到过这里的人们出出进进，为着更好的未来抛头颅洒热血，只是此时它们都沉默着，将过去的轰轰烈烈都深藏在沧桑的年轮里。

房子的前坪草茎在风中蔓延，高可及腰，草丛中，一口漂着落叶和浮生物的大水缸静静地矗着。从此处穿过丛深的草木和偶尔横过来的阳光，左行一百米，一栋两层建筑从茂密的树林中露出头来，已基本完工，几个月不见，这里又悄悄发生了一些变化。从楼梯进入二楼阳台，东阳湖朝我的眼底奔来。我曾经中洲、滋坑进入洮水，坐上简易的木船，驶入万顷碧波的东阳湖。茶陵是我的第二故乡，是个拥有四十三万亩耕地的农业大县，但历来农业基础薄弱，旱涝灾害严重，苦涩苍凉的历史与现实如一把钝齿的锯，苦思冥想之下，洮水水利工程东阳湖应时而出。而今的东阳湖像颗明亮的珠子嵌在起伏的山中，良好的自然资源为水禽栖息提供了大量的食物来源，赤腹鹰、雀鹰红隼、白鹇、领角鸮等珍稀鸟类在此栖息、繁衍；山岭上，单单瘦瘦的南方红豆杉、叶子平行呈两列的篦子三尖杉、有着灰绿色树皮的花榈木、有着迷你小香蕉般果实的喜树等国家保护植物在这里落户，山清水秀风光旖旎，让不少旅游爱好者慕名而来。

我站在二楼栏杆边，眺望东阳湖，湖面波光粼粼，微风轻飏，湖水从山中浩浩荡荡出来，衔山倒映，几只白鹭在湖上飞过来又飞过去，“白鹭行时散飞去，又如雪点青山云”，我只觉得神清气爽，心旷神怡；一条船正在劈波斩浪向远方驶去，直到成为山中一点，消失在苍茫之中。我享受着习习凉风，感受着湖的辽阔与山的逶迤，感受着岁月的苍凉和此时的风景如画，也感受着山水辉映相看两不厌、自然与人文的更加融合。

从山上沿路返回，再次来到湖边。“东阳湖号”船静静地待在那里，不知什么时候，阳光躲进了云层。湖周围，一座一座的山，在我面前排着队，高高低低，哪座是青松岭，我又看不到了，回首来时的方向，满山的竹子与树木，只剩一片苍翠，原先看到的新新旧旧的房子、大大小小的树木、铺满落叶的台阶、被荒草掩映的水井、蓄满着水和浮生物的水缸，还有那一山呼噪的蝉声……都躲进了林中，一如消失的旧时光。

第二辑

当我长大，羽翼渐丰
影子划过梦里的小河
声音依然拽住村庄之尾
而我，已在别处飞翔
世上所有的风景
都是为了安抚一颗流浪的心
——《为自己流浪》

桃花五章

一

四月三日，清明时节，天朗气清。

三五朵白云，好像跟我们一样，放了假，在空中游来荡去。久雨不晴的天洗去了一身疲惫，太阳露出了温和的笑脸。湿润而料峭的空气，渐渐温暖袭人。

人间四月芳菲尽，山寺桃花始盛开。我要去的地方不是山寺，是炎陵的瑶乡。上得高速，又下高速，导航渐渐将我们拉向了弯窄的山路。

山路九曲十八弯，沿着峡谷蜿蜒而上，我的心也跟着山路忽左忽右。我知道，那里的诗经，正在朗诵一首《桃夭》。

二

山势很陡，再往上，是郁郁葱葱的树林，树不高大，却玲珑青翠。树木边，开出的一块一块空地上，一树一树的桃花灼灼生姿。

站在山坡上，桃花里，俯视，公路下面，散落着一些房屋，或新或旧，或群居或独立，跟外面并无两样。对面，高高低低，同样梯状的山坡上，粉红的桃花烂漫成一片，远远地与我们隔垄相望。

抬头，粉粉的花朵充盈在前。一朵一朵，一枝一枝，一树一树。粉嫩的颜色，幻化成一张脸，一张无需胭脂也像桃花的脸。

久了，那张脸慢慢淡去，慢慢变成心事，嵌进了花笺。

三

忽然，在我的左前方，出现了一朵耀眼的白。

一袭及地的白长裙，一把精致的透明小雨伞，一束红色的绸巾飘在脑后……在一棵硕大的桃树边，或前或后，或左或右，抬头，低首，弯腰，微笑，缓缓移动的身影，如凌波微步，飘忽若神。

是桃花仙子忽然驾临吗？我朝她走过去，喜悦伴着意外怦然来临。

那一刻，我想起了崔护的都城南庄。

四

秩堂的菜花黄了，靖州的梨花白了，平乐的桃花悄无声息地红了。她们穿着不同的衣裳，从不同的地点出发，飞奔进季节，仿佛去赶一场春天的盛会。

桃花是住在哪里的呢？她是住在唐伯虎的桃花庵，白居易的大林寺，还是陶渊明的桃花源？

其实，桃花是不拘地方的，给一片地方，就开一片花，给一场春光，就掀起一场灿烂。田野，山坡，路边，屋旁，层层叠叠，蓬蓬勃勃。

譬如，我追逐的地方，就是桃花盛开的地方。

五

回来的时候，我拾得两朵桃花，一朵深红，一朵浅红。

花呈五瓣，全部舒展开来。里边几十个雄蕊护着一个雌蕊，这么多的雄蕊！心中隐约有一种不安，这两朵桃花，如果让它们待在树上，七八月成熟的时候，会不会华丽变身，破茧成蝶，变成两只甜而大的黄桃？

如果喜欢，让她在树上开花。

席慕蓉就写过一首《一棵开花的树》，只是时光的指尖轻拨，有些句子记不太清了：如何让你遇见我，在我最美丽的时刻——

愚　溪

天边几丝飞絮，若走若留，天空像被雨水洗过，呈现湛蓝色。风在树叶间轻轻移动，带动树叶温柔地摇晃。前几天下过几阵雨，青石板更显光滑而洁净，在太阳的照射下，发出油亮的光。

天气是猛然热起来的，仿佛一夜之间，从春天进入了夏天。一进入柳子街，这种感觉更强烈。街的青石板被阳光切割成了棱角分明的两边，一边躲藏在阴影里，一边晾晒在白日之下。太阳升高，人群一会儿走在逼仄的阴影里，一会儿又走进白而亮的光里。尽管如此，来来往往的人还是很多。

街边，卖竹笛的老人高而瘦，不吆喝，坐在老旧的房子大门边，有人问，他才答，似乎并不着急将他的东西卖出去。他的房子青砖黑瓦，与街上其他房子并无二致。左边的房子大多经过修缮，比右边的房子好很多。小摊一律排在左边，傍着房屋摆放，并不喧嚣，就像这条古老的街。

我努力寻找着柳宗元的痕迹。他写《茅檐下始栽竹》和《新植海石榴》，住永州十年，喜欢栽植柳树、仙灵毗、海石榴、木芙蓉，还在他后山上种植了大量柑橘。如今，这些都在哪呢？

柳宗元于810年迁居愚溪东南，此时，他老母已去世，携之革新的王叔文被赐死，朝廷新立太子，大赦天下时，他却不在赦免之列。他也就断了回京的念头，干脆构亭筑屋，住到了冉溪边，并将冉溪改名为愚溪，陆续写下《永州八记》。

柳宗元不幸，便从永州的山水中寻找快乐。以前的永州，荒凉偏僻，他在这里艰苦十年，如今却成为永州人心中永不能磨灭的印记，成为永州最熠熠闪光的着色。有些来到永州的人，随口就能说出“永州之野产异蛇”之类的话。幸与不幸，在漫长的时间里，面对着不同时代的个人与群体，变成了绝对与相对的组合。如同杜甫草堂和汨罗江，杜甫曾经为茅屋所破而歌，屈原彳亍江畔，他心中的万千苦楚只能倾给滔滔的江水。可是现在，历史的车轮碾过，早已磨灭了悲伤，剩下的骄傲让这些地方年复一年的人来人往。

站在愚溪边，四面张望，小石潭不知所踪。沿着潭边慢慢寻找，钴鉧潭的木牌，西小丘的介绍，一一找到，可是潭和丘都不见了。愚溪边经过了美化，两边有大路与小径可通，处处确乎嘉木美竹奇石。边走边问，从愚溪的一边跨过水声轰鸣的木桥，终于在小路边看到了小石潭的木牌和一块写有“小石潭”三个字的大石头。潭边“青树翠蔓，蒙络摇缀，参差披拂”，景致依然，比以前更为精致。然而，“潭中鱼可百许头”是没有的，不但鱼没有，潭也没有，无论我怎么用心寻找，也终究没有小石潭了。

愚溪的水缓缓流淌，千百年来，不淤不塞。经过木桥的时候，在其不远处有一条小木船，船上无人，安静地靠在岸边，打发着悠久的时光。愚溪仍然是安静的，两岸的游客也似乎打扰不了它。

回来的时候，那位卖笛老人依然坐在门边，嘴边横着一支竹笛，曲声悠扬。细听，是《南泥湾》，旁若无人，神情专注。

我忽然想起柳子庙里高悬的一块牌匾，上书“都是文章”四个字。世事变迁，文章千载，没有了小石潭，柳子仍然千古。

沿着神农湖走一圈

第一次看水幕电影是在神农湖边。

神农塔下，棕褐色木椅，梯级排列，巨形看台。当水如《白蛇传》里青蛇妖娆地扭摆而出，当水柱变换着各种形态，在水上整齐地舞蹈，当雪白的水柱伴随着音乐的高亢激越从神农湖里冲天而去，当一个故事通过水以图像的形式讲述，我为之震撼不已。以后，每次过来小住，吃罢晚饭，老公必定对我说：神农湖，走起！

从黄河北路到泰山路，神农大道B段，新修，宽敞、平整、笔直，车流有序。经过地下通道，到达神农文化艺术中心一侧。再往前，便是神农湖。湖边，沿山塑形，一路杂植了紫薇、卫茅、槐树、香樟、罗汉松、白玉兰、海棠、旱柳、茶花、红叶石楠，一年四季，碧玉妆成，丝绦垂拂，春意盎然。山边，石板小路下面，细水长流的河道，石头挤挤挨挨，像在开会。

湖边水上，油漆木板路曲折前伸，两边杂植水葱、香蒲、芦苇、芦竹，四季常青，蓬勃繁衍；水边，一条赭红色塑胶路蜿蜒而过，供自行车骑行或散步健身。外围，是更为宽阔的汽车道。人车分流，各取所需。每到黄昏，路上人来人往，少男少女牵着手走，老夫老妻一前一后慢慢走，带着小孩的推着喊着走，牵着狗的追着狗走，独身一人的兴冲冲往前走。累了，路边的木椅可供休息，渴了，自动直饮水机，打开龙头，将龙头嘴朝上，嘴对着龙头，水就汩汩到了嘴里。神农大剧院旁边，最是热闹，海盗船此起彼伏，孩子们快乐的叫声在飞；旋转木马、空中飞椅、碰碰车，孩子们玩得不亦乐乎。湖里，三五只船慢慢悠悠地在水中游荡，夕阳的余晖照在水面，波光粼粼；远处，株洲工业大学的红顶在夕阳中相映成辉。

散步，即散心。选一个有花有草有水的地方，走一走，看一看，既为健身，也为休闲。人居环境的提升，人们更愿意走出家门，就近逛一逛，或者在公园，打上几套太极，跳上几曲舞蹈；想出去了，背上背包，来一场说走就走的旅行，去另一个有山有水的地方。神农湖边的居民或远道而来的人，小住也好，长住也罢，最愿意去的地方，和我们一样，便是这山清水碧、落日熔金的湖边了。

神农湖湖面汪洋，视野开阔，湖边植被浓郁，高低养眼。神农城以炎帝广场和天台公园为核心，以神农文化为主题，小到一块石头，大到水循环，都突出低碳、环保和可持续发展的理念。边走边看，来到神农塔下，如果时间恰好，撞上周日或节日，集声、光、电于一体的水秀节目会在晚八点准时开始。这里早已坐了很多等待观看的居民，有的手里拿一盛满温水的杯子，有的就近买了零嘴，孩子们手上举着买来的玩具风车、玩具水枪、胖乎乎的小熊，跑来跑去。一派盛世祥和景象。

株洲，洲原为“州”，是为水中陆地。《尔雅·释水》解释说：“水中可居者曰洲，小洲曰陼（同渚），小陼曰沚，小沚曰坻。”株洲，因水而名，也因水而美。2015 年，株洲启动全国水生态文明城市试点建设，治理水环境，优化水生态。经过改造，湘江水质清澈、两岸绿树环抱。公园向居民打开大门，路面宽窄适中，园中的树，摇着红黄蓝紫欢迎你。神农公园背倚湘江，树木荫翳，楼阁林立，曲径亭廊，修篁成翠；石峰公园碑林石路，翰墨闻香，樱花盛开时节，樱花灼目，游人如织。每一处，园林景观与人文景观相映成趣。前不久，市作协组织去了一次云龙示范区，印象最深的是其规划理念：“城乡结合、绿色交通、健康城市”，像是一幅蓝图，画在人们心里。万丰湖、天鹅湖、栗雨湖，活力沙滩、缤纷花海、通幽小径，冬绘梅花春写樱，每一次踏足，心情都不会落空。

神农湖提质改造，湖面各种水秀、火秀、灯光秀、舞台秀、音乐秀及水幕电影轮番登场。湖中碧波荡漾，湖边小桥流水，楼阁水榭，古色古香与现代气息相拥，走在其中，如在画中，心旷神怡。夜空中繁星点点，月亮有时也会提早来报到，在东边上空笑得眉毛弯弯。如果碰得巧，还能享受到湖边小食带来的香味与美味，欣赏到过灯会展时各种形态的灯光秀。

一次，碰上在湖边散步的某装饰公司已为老板的学生，他热情地领着我们进了他的公司。他向我们介绍了公司制作的一键式房间操作系统，只要在手机上按一下，房间里的电视机柜、窗帘、灯具、会议室的扩音器和音响等便会自动开启。人不在本地，也可以在手机上进行操作，不影响效果。现代科技与生态文明，就像鱼与水，相得益彰。

经过九曲水廊，樱花园，看过水幕电影，走过观鱼台，穿过林荫小道，重新步入神农大道，短短的一两个小时，沿着神农湖走一圈，回望，晚烟、光影，空濛，像幅水墨画。神农湖，笼罩在一片黛色的朦胧之中，之前的园与台，又“云深不知处”了。

散步时，老公常常指着某株树说：刚来时它不及我腰，现在，有我两个人高了。指着一片山坡说：那些小树苗，现在，成一片树林了。就连水中的菖蒲和丝茅，他也一惊一乍，呀，又长高了！买房定居时，神农大道刚修，神农湖修造完成不久，时光慢展，我们见证着它的成长。我们居住的小区，如果从地下车库走，可以直接出大门，如果从一楼走，则要绕一大圈。可是，散步，我们必定选择一楼，从两边蓬勃的植被中蜿蜒穿行而过，宁愿绕一大圈，就是因为触目皆绿。

花草树木，通过修剪、错置，放在适当的地方，便是最好的风景。青山行不尽，绿水去何长。生活中的山水画意，让人与自然相与为一。

云龙区里转一转

从云谷酒店开完作协年会出来，雨还在下，在水里画出无数圈涟漪，地上湿漉漉，一层薄薄的水粘贴在上面。酒店前面的花草树木，各具形状，精致幽雅，在雨里默然，仿佛不想搅扰了作家们的兴致。大家的兴致也确实没有受到影响，没有人打退堂鼓。年届七十的聂鑫森和叶之蓁两位老师在大巴车里，坐在最前排，两位老友不愿放过两人同车同座的机会，彼此说说笑笑。聂老师说着“看破”和“看透”的区别，叶老师不同意，两人因此争论不休，像两个老顽童，给整个车厢带来了生气。含蓄内敛的万宁坐在第二排，偶尔搭腔，并不多语，说话时一脸温和的微笑。

本次年会，一是对去年的作家作品做一个总结，该表扬的表扬，该鼓励的鼓励。对去年成就最大的发表文章最多的作了重点介绍，譬如聂鑫森、张雄文、玉珍等，或许是机缘巧合，他们正好是老中青搭配，成为本市几个时代创作中的出色代表。他们都作了发言。张雄文谈体会时，用了很形象的话来说明创作。作品不是单纯事实的罗列，一件很简单的事，可以写上五百字、一千字，要加许多“废话”，有时候，这些“废话”必不可少。其实，这些话上升到理论的高度，该叫作“延迟法”。卡尔维诺的《牲畜林》，围绕着朱阿开不开枪，就多次用到此法，使得原本紧张的节奏舒缓下来，各种动物得以依次登台表演。不过本次年会，还有一个特殊任务，参观株洲经开区、云龙示范区。

株洲经开区、云龙示范区位于株洲市北长株潭腹地核心，融城中心。云龙示范区是国家首批的长株潭城市群五个绿色生态示范区之一，分为三大板块：文化旅游景区、职教双创新区、新型产业园区。我们在区负责人的带领下，陆续走进各个园区参观，听取有关人员对各园区的规划介绍和未来蓝图设计。重点参观了新型产业园区。七年时光，整个示范区区位优势逐渐凸显，轨道科技城、龙母河水城、职教科技园几大百亿工程，将成为带动云龙整个区域发展的重要引擎。一边听着介绍，一边看着视频，一个个生鲜的词汇从脑海中穿过：奋力创新业、五年夯新城，特区地位、特别权限、特殊政策，两型示范、融城先发，生态城、文化城、旅游城，一院两园五中心，低碳、环保、可持续发展……

坐上大巴，从一园区转向另一个园区，云峰大道宽敞平整，雨却越下越大，作家们打着伞，有时就站在雨中听取介绍。有的地方正在规划，目前还是一片黄土，有的地方正在建设，尚且不能进去，有的地方已建好，从各地引进的高端专家业已到位，工作室里，穿着白大褂的技术人员，正在专心工作。花圃里的花开得尤其灿烂，竹芋的叶片厚实，纹路清晰，像是画上去的；红掌最多，翠绿的叶与娇红的佛焰苞花序相映，十分夺目，整个花圃都是它红艳的身影；蝴蝶兰紫红色，像蝴蝶一样张开着翅膀；还有深绿色叶片的琴叶榕、粉红色细碎花朵的长寿花等等，争奇斗艳，让人不忍离去也不忍打扰它的安静开放。

一个地方的发展，离不开政策的支持、建设者的努力，以及先进的理念、前瞻性的发展目光。在这方面，云龙经开区审时度势，走在区域发展前列。在规划内容上，强调城乡统筹、城中有乡、乡中有城，注重贯彻创新、协调、绿色、开放、共享的发展理念，以活力、生态、健康与和谐为主题，推动云龙示范区经济发展再上新台阶。习主席在2019年中国北京世界园艺博览会开幕式上说，中国的生态文明建设进入了快车道，天更蓝、水更清将不断展现在世人面前。可以想见，在未来的三五年之内，这个地方将会是一座宜居生态城、一座休闲旅游城、一座轨道智慧城，在这里，更美好的城区生活在等着我们。

返回的路上，我搭乘王亚的车，可巧，车内副驾驶位上坐着叶之蓁，聂鑫森坐在后排。聂老师跟着大巴走了一圈，毫无倦意，他侃侃而谈。说到做菜，他跟我讲“豆腐包肉”这道菜的做法：油豆腐切成寸许，将剁碎的肉腌一下，加入适量的葱、盐、糖，塞进豆腐，两边用调好的淀粉封好，放油锅里炸。他说这是美食达人汪曾祺“回锅油条”的做法。我说，下次我学着做。

社会的发展，已进入快车道。云龙示范区的生态发展，如同菜品的不断翻新，看得见美好生活在招手。

西湖之西

一

无意中翻到张岱的《湖心亭看雪》，便被吸引住了：在茫茫的雪夜，张岱一个人拏着一只小船，独自去了西湖的湖心亭。张岱去湖心亭，是想在西湖找着一处地方，安顿自己的身心。我对张岱好感大增，想去西湖的想法忽然就生长了。

以什么样的方式去西湖呢？自驾游，刨去山迢迢水长长的弯弯绕绕，直线距离还有七百四十二点六公里，又累又不划算；小城无高铁，也无飞机场，坐高铁，要么去衡阳，要么去株洲，背着大包小包搭车不方便。最后决定，坐火车去。火车站离家最近，打个车十五分钟。

卧铺票已经卖完，行程已定，只能买硬座。爱人阿明笑说，花钱买罪受，就是这样子吧？说乜斜着眼看我，意思是，慢火车，硬座，看你怎么熬过这二十多个小时。可我已管不了那么多了，在自动取票机上取了预先订好的票，提着行李便与阿明上了火车。

凌晨四点，准时抵达杭州东站。路上，与同座聊了一会儿，迷糊了两觉，就到了，并没觉得有多么难受。我们等了一会儿，一辆白色的面包车来接我们，司机很年轻，带着我们来到酒店，拿着我们的身份证去开房间，然后便让我交剩下的旅游费用。我问他要合同，他给了我一张纸，纸上说明了这几天的行程，字是人工写上去的，很潦草，其余公司名称、违约责任啥的什么也没有，我想要去的几个景点也没有注明。我要看他证件，他说没带，只有驾驶证可以看。我心里想，这导游不专业啊。我担心上当，不肯交费。想着房间已经开了，我们决定先休息，睡一觉再说。

来杭州前，我在网上约了一个导游小媛，和小媛谈好了价钱。这次没有交费，我心里七上八下，担心行程取消。早七点，我们醒了，起来吃了早点，没有人叫我们坐车，我只好打电话给小媛。小媛说要先交费，我只好答应，按照她的指点，我们上了大巴。没多久，昨天的那个年轻司机上来了，见到我们，还是让我们交费。这次我二话没说，按导游说的将费用全部交齐了。司机给了我们一张纸，是某公司的合同，指定今天的行程。我看着上面有“西湖”，暂时舒了一口气，今天的行程总算落实了，后面的行程后面再说。

当西湖以真实的面目出现在我们面前时，我脑子似乎“嗡”地一下，在白居易、苏轼的诗里，张岱的文里见过无数次，当它真正出现在我面前时，我还是有点不敢置信。导游指着一条人流密集的马路告诉我说：“这就是苏堤。”我吃了一惊，我见到的是一条与我家门前差不多的一条马路，马路上熙熙攘攘的人流，上了年纪的法国梧桐和香樟在路上洒下斑驳的阴凉。靠湖的堤边，立着一面半透明的墙，左侧书“苏隄”，导游说，为什么是“苏隄”，不是“苏堤”，是因为苏隄不是用来看的，是用耳朵来听的，听这里的历史，听这里的文化。有了这几个字，西湖就在我眼前了。

上午坐船游西湖，导游远远地指点着，嘴里蹦豆子一样，一句连一句，格外吝啬标点。我远远地看。下了船，我们沿着西湖边走，经过“花港观鱼”“曲苑风荷”。赏荷正是时候，荷叶伞状铺开，亭亭玉立，荷花粉色一片，白色一片，高高低低，迎风轻摆，站在路基下水中，朝我们招手。西湖六月，风光不与四时同，到了八月，依然妖娆不止。

天气很热，天空中飘着几丝云絮，一会儿就不见了踪影，云仿佛被晒化了。西湖边，长势茂盛腰杆很粗的樟树桂树不少。桂花是杭州的市花，桂花酒被称为杭州的茅台。杭州有四香：桂花香、茶香、藕香、书香。巨大的樟树仿佛一位时光老人，枝叶繁茂如擎天伞盖。旧时人家生了孩子，就种一棵树。种桂花树代表生的是儿子，取早生贵子之意。然后树下埋一坛桂花做的酒，叫“状元红”。如果种的是樟树，代表生的是女儿，树下也埋坛酒，叫“女儿红”。

西湖，又叫“西子湖”，杭州姑娘称“西子姑娘”。湖边有北高峰和南高峰，即“双峰插云”。从双峰插云的方向远观，两山交叉之犄角，像条龙，杭州的山叫龙井山，也叫龙脉。有个酒店叫“西湖国宾馆”，以前叫刘庄，是清朝末年刘学询的园林别墅，后来他的第八房姨太太把它捐给了国家。带我们游西湖的导游是个九〇后，姓葛，伶牙俐齿，也许是导得多了，嘴有点贫。他笑说，三伏天，就是三十天伏在家里，这么热的天出来干啥的？玩呗。“玩”字怎么写？一个王爷的“王”，加一个元宝的“元”。古时什么人出来玩？王爷。手里还不能空着，拿着元宝出来，这个叫

"玩"。他接着"导":"千里迢迢来西湖",为啥？半为西湖半为绸。江南，又称锦绣江南。锦就是丝，绣就是刺绣。就像云南叫七彩云南，湖南叫湘绣湖南。这里的龙井叫西湖龙井，丝绸叫杭州丝绸。杭州的丝，苏州的绣，上海的裁缝，做出来的旗袍，那才完美。我后来才明白，导游说东为西，一半为了西湖，一半是为了杭州的丝绸。

下午去了岳飞墓，然后导游带我们进了茶馆，说"一杯水，二杯茶，三杯四杯水精华"。我也不懂，大约是要我们买茶叶吧。

二

第二天，我们决定不跟导游，还是去西湖，这次我们去了孤山。

孤山，比我想象的要小很多，像西湖边画上的墨花一支。一盏茶的工夫，我们便从这头到了那头。游客不多，树木多为杂木。听说当年林和靖隐居于此，植梅养鹤，最后葬于此。当年孤山上要建皇家寺庙，其余坟墓全部迁出，唯独留下林和靖。如今，孤山上仍有放鹤亭。宋室南渡之后，杭州作为帝都，孤山，曾是康熙、乾隆皇帝的行宫。而今，时间似乎风干了痕迹。或许是为了保存它原有的风貌，孤山没有大行修整。山上，一条小径可供通行，有木长凳可供休息。孤山，傍了西湖，视角的冲击是多方面的，目光伸远一些，我们便会看到许多不一样的、让我们倍加欣赏与感叹的景物。孤山下，是颇有几分诗意与古典的三层小楼"楼外楼"。站在孤山上可以看到她的背影。"楼外楼"外表很安静，白墙、青瓦，朴实无华，依山傍水，树木掩映，一艘两层画舫（也是餐厅）静静停泊于楼前的西湖中。

“山外青山楼外楼，西湖歌舞几时休”，楼外楼，号称中国第一楼，杭州最有代表性的中式餐厅。真正的楼外楼建于清朝道光二十八年（1848 年），上映于 2018 年的三十六集电视剧《楼外楼》，即根据杭州的楼外楼拍摄而成。上个世纪，鲁迅等许多名家都在这里用过餐。2016 年，G20 杭州峰会，第一顿午餐就定在楼外楼。前任美国总统奥巴马在楼外楼用餐，经过走廊闻到一种很香的味道。一问才知，那是楼外楼最贵的一道菜：叫化童子鸡。船游西湖时，导游对楼外楼大加渲染：“什么叫童子鸡？是没有找过小母鸡的小公鸡，公鸡中的战斗鸡。六七两重，去皮褪毛，开膛破肚，肚子里放上楼外楼特制的十八味中药，用西湖的淤泥裹起，煨上三四个小时，外焦里嫩喷香的叫化童子鸡就成了。”还说楼外楼环境一流，服务一流，菜品一流，价格一流。如果愿意奢侈一回，可在这里吃到杭州最有特色的四个菜：东坡肉，叫化童子鸡，龙井虾仁，西湖醋鱼。但一般人进不去，我便也不作妄想了。南宋时，“楼外楼”内歌舞不休。歌伎苏小小的故事，传之至今。如今，楼还是那楼，人已非那人。湖水东边旧时月，夜深还过女墙来。想起刘禹锡的《石头城》，人生如此，来来去去，就像钱塘江潮，一年复一年，去了还来。时间拓宽了故事，旧的故事还在嘴边，新的故事又像浪一样翻了过来。

孤山往前不远，便是西湖十景之一：断桥残雪。断桥没断，桥面铺了柏油，可过汽车，但汽车不往这边来。杭州有三怪：孤山不孤，断桥不断，长桥不长。还有另一种说法：孤山不孤寡人孤，断桥不断肝肠断，长桥不长情意长。梁山伯祝英台，十八相送，据说都在此处。我们在断桥上溜达，断桥上人头攒动。一个精神健硕的老人在放风筝，一人放三只，老人看到人多，有些兴奋，将风筝手柄摇啊摇，把线都摇完了，才猛然收手。风筝在很高的空中飘，吸引了很多目光。

西湖上还有另一座桥——锦带桥，又叫新断桥。《新白娘子传奇》中，白娘子与许仙相会一节就是在新断桥取的景。但这座桥我没去，走了一天，有些累了，便在老断桥的草丛边，在西湖的身边，我们坐下来，感受西湖千年来的呼吸与心跳。前面是泛着波光的湖水，风较前大了一些，湖水的波一浪推一浪，却没有声音。西湖是安静的，温和的，小小的浪花像她轻绽的笑脸。后面，是绕过断桥的小西湖，湖上是墨绿的山，山上托着一轮圆圆的金黄的落日，几棵小树枝围着，又像是挂在树枝上。我便又想起“雷峰夕照”来。雷峰塔，坐船时抬头可见，却无法靠近，只能静静地听人指点。这样想着，回头一看，太阳没入了山中，留下霞光还在山头张望。

此时的西湖美得无与伦比，她的山、她的树、她的水，还有属于她的夕阳，我有幸赶在了黄昏来临之前，把这一切尽收眼底。没有暮霭席卷，西湖的水，泛着涟漪轻波，没有水漫金山的狂扼，当年苏小小与阮郁在此泛舟之时，应该就是这个样子。微风轻澜，夕阳红曛，树影婆娑，人们来往不绝，一切都是最好的模样。

因为是单独行动，导游曾说好的负责接送都到不了位了。只好打车，上第一辆车，的哥一听说去杭州新区，便说他要去接老婆孩子，只愿意送我们一程，最后没要我们的钱。问第二辆车，的哥听说去新区，说地铁就在前面，你还不如搭地铁。听他这么一说，我们便去搭乘地铁，果真就在不远，钱省了不少。我便觉得，杭州的导游不好评，但杭州的哥却是真实诚、热心。

三

随后几天，我们去了苏州、寒山寺，去了乌镇、横店、千岛湖等地，跟着导游，走马观花，但收获也是不少。最后一天，我们第三次来到西湖。看看脚下的土地，拱形的断桥上，白色的荷花边，那些杂乱的脚步声，仿佛历史深处的心跳声。

这次我们是打车去的。的哥是河南人，来杭州工作十多年了，老婆孩子在老家，他负责赚钱养家，逢年过节回去。他每天早晨两点起床，洗漱之后便将车开出来，跑到下午两点，与另一位的哥交接班后开始休息。天天如此，生活简单单调，却又执着。日出日落是一天，人们来来往往，走近他们才会发现，生活需要扎扎实实的工作，没有哪一种生活是那么容易的。

从四宜路到河坊路，经过一片郁葱的杉树林，长势茂盛的绿色麦冬，西湖边已有不少的人。湖对面便是雷峰塔，离得很近了，我又一次坐在西湖边，遥望对岸雷峰塔，想着那个久远的故事，体会当年法海横加干涉许仙与白娘子的爱情时白娘子的刚烈与柔情。

西湖，在微风里泛着轻波，想着即将离开，凭空又添了许多不舍。我望着西湖，西湖在多少人的凝望里已处变不惊。我问自己，为什么要一而再再而三地来西湖？忽然又想起了张岱，想起他所处的时代，他的思想与个性，作贰臣还是向孤独，最后他选择了后者。或许，你是什么样的自己，就需要有什么样的西湖。张岱看懂了自己，所以他宁愿选择在大雪三日之后，人鸟声俱绝之时，一个人来湖心亭。那样的天气，那样的景色，一个人静静地、观赏，无意碰上的两人，算是此行的意外。明朝汪珂玉说：西湖之胜，晴湖不如雨湖，雨湖不如月湖，月湖不如雪湖。张岱也是懂的吧。

西湖在杭州西，越往西越西湖，意思是越往西越好看，所以叫西湖。当初取名的时候，大约没有想到西湖这名字会从历史的烟尘中磨炼出来，而且越磨越亮。湖到处都有，杭州西湖却只有一个，关键在一个“西”字，西湖之“西”，有了这个字，湖才变得卓越而让人期待，让人向往，充满诗意。

在来西湖的火车上，无意看到一本年轻的女孩看完扔在桌子上的《读者》，我随手翻了翻，里面有篇冯骥才的短文《藏》，说中国文化的特点，不外乎一个“藏”字。最好的小说像“桃”，吃了桃后，还有桃核。有修养的人，不会轻易丢掉核，而是用小锤子砸开吃里面味道不一样的桃仁。里面还举了一个例子，齐白石的一幅画，一张纸上面什么也没有，只有最下边有一片黄叶，叶子上趴着一只蝉。边上写了一句诗：“秋蝉抱秋叶，及地有余声。”这是一幅有声音的画。西湖，看似与别处一样的湖面、假山、池榭、楼阁，其景不突出，但我觉得，如果说她是一幅画，也是跟白石老人的那幅画一样，纸有多长，声音便有多长，是一幅有声音的画。

经了时光的浸染，岁月的深痕，西湖的静，西湖的慢，西湖的深藏若虚，走马观花、浮光掠影难以深及，西湖，需要时间慢慢来读。

回家的时候，我仍然选择了慢火车。

雨中武功山

清晨，拉开窗帘，雨声以一种更为响亮的姿势钻进了屋。下得楼来，站在厅屋大门口看门外，远处的山近处的屋，蒙上了一层奶白色的雾，越远越不分明，计划要登的武功山也被雨雾包裹，朦胧得像个谜。门前的积水池，一滴一滴的水落进去，在水面荡起一圈又一圈。屋旁边不远的一处竹林，竹子像听到了什么命令，齐刷刷弯向一边，发出阵阵沙沙的响声。

不久即传来消息：因风雨，索道暂停售票。怎么办？大家七嘴八舌，最后决定，既然来了，就去看看，没有索道，自己爬上去！我为登武功山，做足了准备。在酒店买了轻便的塑料雨衣和雨鞋，收拾妥当，打着伞上了路。

刚出门，雨下得又大了些，风从四面吹过来，沿着新修的水泥路边砖砌人行道走了没多远，武功山的轮廓展现在面前。起伏的山峦慢慢延伸，堆叠成各种或耸立或敦实的形状，天上的云雾像幕一样降下来，遮掩了山的头部。云雾流动极快，一会儿露出一座山的轮廓，一会儿又将山拦腰斩断。与其说雾在山里，不如说山在雾里，“类烟飞稍重，方雨散还轻”，山兼了雨和雾，似乎更具情趣。依我看来，山如果没有了雾，就少了一种朦胧之趣，雾里看花，雾里看山，如同荷塘月色，月色下的荷，不失清幽。雾的动衬托了山的静，使山凭空多了灵性和生气。

宽敞的砖石台阶上面，高大的牌楼上“武功山”三个字遒劲得跟后面的山一样厚重。大家冒雨在牌楼前照了相，走走停停，溅起的雨水打在套着的塑料鞋上，风吹着雨衣，不时将雨衣的帽子吹下来。乘坐索道的大厅墙上正播着生态检测站的实况：温度13.8度，负离子等级:优，自然氧吧……一问，一级索道可以开，二级索道关闭，我们就买了一级索道的票上了山。

武功山位于江西省中西部，属罗霄山脉北支，国家4A风景区，主峰金顶一千九百一十八点三米，为江西省第一高峰。如果说，明月山是以诗词和奇石引人注目，那么，武功山则是以断崖和金顶夺人眼球。明月山山脚，沿路蛇行，处处可见诗与词，路边的小溪水流潺缓，大大小小的石头在溪边堆得奇形怪状；武功山移动的云雾，雨水冲刷得光滑的断层崖，还有一大片一大片金黄色的草甸，吸引着我们冒雨上山，一睹她的风采。

沿着青色的石板路弯曲前进，两边不时有沾满青苔的树木展示着岁月的沧桑，有的树干粗壮，有的绿叶婆娑，有的光秃如一棵枯死的树。有的树干上标着树名:“尾叶山茶”“鹿角杜鹃”“多脉青冈”“银木荷”……当路的树则在上面写着“该低头时要低头”“请不要和它硬碰硬”等字样，话里有话，耐人寻味。

雨渐渐地小了，地势越高，风也越来越大，山水的潺潺声渐渐被霍霍的风声淹没。雾越来越重，向山上飞速移动。偶尔，云雾消散，远处的云峰清晰可见，山的开阔处露出一截儿金色来，像金顶而非金顶，但很快，雾漫上来，浓烈得遮天盖地，刚才还清晰可辨的山、树、云以及金色的山坡全都不见了，取而代之的是更强烈的风，呼呼——呼呼——塑料雨衣哗啦啦，吹得我们差点站不住，似乎要将人吹跑。

气喘吁吁爬过陡峭的好汉坡，终于到了吊马桩。雾更浓了，乳白色的雾将山的高度遮得严严实实，除了雾，什么都看不到。先到的人说，玻璃桥就在前面，我们当然要去看。走过木板搭成的桥路，桥边有供游人换的蓝色塑料鞋，上到陡崖边的玻璃桥。恐高的梅子小心翼翼地站在桥的内边，一步一步移；矮小的美子却毫不惧怕，走得大步流星。我不恐高，自然也不怕，雾遮住了一切，只有眼前的玻璃桥，由着我们在上面拍照，走来走去。

木桥边山坡上，一尺来深金黄的草甸静静地敞开怀抱迎接着我们。像座山一样的草甸，上面只有草，几乎看不到树。春夏时节的草甸，绿意盎然，秋冬季，则披上了金黄的外衣，直到第二年开春，重新生长的绿草将它们覆盖。一年年，周而复始，在这金黄与绿色里，默默呈现其独有的姿态。一路上，狂风肆虐，浓雾弥漫，细雨霏霏，晚上还得赶回上班，我们不得不止步于吊马桩。

沿路返回时，雨住云收，天边露出了太阳的亮色，仿佛雨是专为我们登山而来。天地一下子宽敞起来。远处的山坡上，有白色的雾嵌在其中。石梯的边上，是一面光滑的墙一样的断层崖，据说是因为地质构造中的断裂活动造成的陡崖，又高又陡，深褐色，有的地方爬满了青苔，有的地方在滴水，有一处还取了一个好听的名字，叫“滴水观音”。随着我们下山的脚步，树木越来越多，金黄的草又被满山的青绿色代替。

山脚下，坪里高大的缺萼枫香，已落尽深秋的红色，光秃得只剩躯干和枝条，弯曲的枝仍在努力妖娆地伸向四周。走远回头，山顶上仍盖着一层雾，原先走过的玻璃桥远远地嵌在山边上，像一根白色的弯曲的线。

一个人的边境

北仑河

2021 年 6 月 22 日下午 3 点 30 分，东兴口岸。

酒店外，是国门商业街，在一家粉店吃了碗“越南鸡粉”，沿街走了一个来回。下午五点多，街上除了守店的，基本没什么人了。店内摆满了紫檀花梨、越南美食、貔貅手串、平仙凉鞋、蚬木砧板、玉器摆件等家具、特产、手工制品和生活用具。店主们有的凑在一起闲聊，有的坐在店中发呆。卖特产的铺子，多挂了越南的名头，卖些越南芒果干、越南榴莲饼等。我买了一包越南椰子片，往河边去了。

酒店出门右转，是国门大酒店，前面横着一条两车道的水泥河堤路，再过去，便是中越界河——北仑河。

承载了两国人民往来的中越友谊大桥横架河上，为 1979 年被炸断之后重修，1994 年恢复通车，全长一百一十一米。站在桥下，看上去很普通，不气派，像个毫不起眼的灰姑娘。桥的这一头是东兴口岸，墙上写着“中华人民共和国”几个大字。这座桥已有四十多年，年代的沧桑感显而易见。当地百姓买东西，习惯从东兴口岸穿过中越友谊大桥，去越南东北部最大的边贸市场口岸经济区芒街，疫情发生后，东兴口岸便关闭了。越民不能过来，原本用身份证便可过境的国内居民，也过不去了。

河边，有约三米高用瓷砖砌好的墙，墙下有容一人通过的人行道，墙体高出水泥路一米左右，特意抬高的地方可以作为观光通道。北仑河宽处百来米，窄处几十米，河水缓缓流动，像一位在时间里沧桑却依然健朗的老人，河边卵石裸露，最浅处可以涉水过河。整个河面没有船只，也没有人。一河之隔，河这边，华美达广场酒店、五星级的维也纳酒店、名声斐然的国门大酒店像巨人高耸，房屋迭起，高低错落，商铺林立，路面宽敞。对岸以中越友谊大桥为界，左侧是一片没有经修饰的绿地，安静而荒凉，远远可见部分房顶，静静地掩映在一片深绿的树丛中。桥的右侧，一条路沿着河边蜿蜒远去，路那边，三四层的房屋随处可见，有的正在建。一台挖掘机正在河边不远的地方开挖，不时轰隆一声，声音清晰地传来。靠近友谊桥的房子为白色元宝穹顶，掩映在一片绿色中，两面越南小旗插在前边飘扬。

河堤边，几个戴越南尖斗笠的当地女人边走边兜售牛角梳、万金油、泰国青草膏、民国九年的发黑的“袁大头”、镀金项链手链、跌打损伤膏贴等小商品。她们戴着口罩，露出上面一截黝黑的脸，看不出年纪。游客不多，买的人极少。新修的瓷砖装饰的挡墙，中间镶嵌厚实的透明玻璃，隔段距离便有高台走廊可观赏对岸。河边有三个年轻人，两个站在凳子上，趴在堤墙上，一个坐在堤墙上，钓鱼。脚下的地面已有三条罗非鱼，我经过时，“啪”

一声，一条鱼差点摔到我身上，鱼在地上蹦了几下，张着大口喘气，另外三条不知是摔死了，还是摔痛了，或是被地面的热气蒸死了，一动不动。年轻人这么钓鱼，想必这河里的鱼有一半的越南血统，钓上来有一半的进口味呢。

河边的特色饭店，几张桌子摆在饭店前面，没有一个食客。两个女子坐在桌子边东张西望，见人便说：吃饭吗？我从陈济棠旧居所“陈公馆”回来，在特色饭店点了两个菜：蚝蛎煎鸡蛋加越南野菜。野菜有点老，味道远没有我家乡的野蕨好吃。

河堤边，立了一块石碑，上面写着“大清国钦州界”。右有一行小字：光绪十六年二月立。左边书：知州事李受彤书。李受彤曾任地方立界总办三品衔知州，与法方立界总办商谈界务，李受彤从竹山至北仑河等地立下数十块中越两国界碑。竹山的一号界碑“大清国钦州界”几个字写得雄壮有力，极有气势，但眼前这块碑字体歪扭，笔画拙嫩，尤其是“大清国钦州界”几个字，大清国三个字还好，后面几个字失去了笔锋，间距不等，一“界”字写得挤出了碑外。李受彤曾任钦州知事，是科举考试选拔出来的官吏，除了文才，第一要紧的便是书法。界碑旁的树下坐着一个在这里做事的防城港老人，说界碑是他们从河里捞出来的，当时没有字，两年前政府立。我心想，难怪呢。

第二天，下了半夜的雨停了。在中越人民友谊公园旁吃了一碗海鲜粉，红虾、海螺、鱿鱼拌细粉，管饱。再次来到北仑河边，东兴市公安局设立的临时边境管控执勤点，一个穿制服的坐在旁边。来这里，我一直忐忑不安，一个人，人生地不熟，会不会遇到强盗，遇到不良商家，会不会迷路，会不会有危险，看到穿制服的人坐在身边，心就安了。北仑河边，河堤路穿北仑河中学而过，并在路上设了门岗，因此，我选择了往回走，过国门老街，木栏路，到达国门大酒店。游客比昨天多了些，有几个年纪较大穿着花裙子的女人正在观望对岸，还有一群人正走过商业街，看来是组团来旅游了。

北仑河依旧不慌不忙，悠悠而去，淡定悠闲，似乎两边的生活都与之无关。河对岸，沿河的路，边上有护栏，一栋栋平房，三四层或七八层的房子，平顶、尖顶，也有灰瓦顶，错落杂排。此时，那边非常安静。

我知道，那些房子里，同样有人在生活着，有情感有思想也有哀愁，但一河之隔，语言不通，风俗不同。他们很近，又很远，近得呼吸可闻，远得今生不能相见。天空呈现纯净的蔚蓝色，飘着几朵白云，仿佛只是为了点缀，倒映在河里，相看两不厌。

北海之海

两千多年前的一个秋天，匈奴单于把苏武流放到中国的最北端常年冰雪的极寒之地北海，即现在的西伯利亚贝加尔湖一带放牧公羊，而在中国的最南端，位于广西南部，南接北部湾和南海，也有个网红城市北海。

6 月 24 日下午 2 点 20 分，我搭上了去北海的一辆豪华大巴，直到既定发车时间过了，偌大的车厢里还只载了四五个人。司机又等了几分钟，才不甘地上了车。跟车的女售票员把住车门，还在抓住最后的机会："北海，北海的啊，走吗？"

一路上，售票员上车下车，走走停停，一百多公里的旅程，挨过四个多小时后，终于到达"北海南珠汽车站"。

第二天，在酒店囫囵吃了早餐，旅行社派人将我送到上船处，刷健康码，打印船票，安检上船。船有两层，能容纳好几百人，分A舱和B舱，B舱没有坐满，我选择靠右边船舱的第二个无人位置坐了下来。刚坐下，太阳刚好出来，将船舱两边照得暗白分明。左边，阳光很亮，水面涂成淡红色，浮光跃金；右边，天色灰蒙，仿佛太阳忘了还有一片蓝天，海水深蓝，几片白云俯视苍茫，水波跟阳光那一面一样，沉沉涌涌，船随波起伏，像摇篮。

经过延伸至海的长长栈桥，打卡，刷脸，进入涠洲岛。导游武先生来接我，我以为是跟团，上车才发现，武先生今日只接待我一人。他身兼导游司机两职，还带专车。武先生说，现在是淡季，人多的时候，一天能拉百十号人，没人的时候，一个也拉。武先生三十多岁年纪，皮肤黝黑，东北吉林人，来涠洲岛三四年，与人合伙开了个民宿。从海边看，汪洋上有两个模糊的小岛，近点带一片绿色的叫猪仔岭，远一点的叫斜阳岭。今天缆索在修，所有船只都不出海，只能远看，不能上岭。涠洲岛由火山喷发堆积而成，岛上到处是没有经过人工处理的山地、树木、杂草，没有大树，灌木居多。一条新修不久的柏油路在山中穿行，走在山路上，如同走在偏僻的小山村。香蕉树、玉米等成垄成行，民宿、民居除一部分用珊瑚石砌的房子，基本与内地同化，用上了水泥钢筋，三层平顶或青瓦覆盖。

到海边要走过一段长长的木板路，两旁的龙船花、蓝花草、五月茶、使君子等小小的花浅浅地开着，沿着木板路到景区，再从入口往下走，可以走到五彩滩。武师傅说他在车上等我，我下到沙滩，一直走到海水冲刷到我脚边的一块石头边。这里已有不少的人，有人站在海水里，有人打了伞站在水边，有人在打水仗，有人坐着快艇在水里飙。一个父亲模样的人带着自己四五岁的孩子坐到了快艇上，快艇上下颠簸几次，箭一样射出去了。

蓝色的天空边上，白云成片，有几朵厚厚的像要飞出来。海水蔚蓝色，比天空的蓝深些，越远越深，挨到天边才把白云一刀横断。斜阳岭像只船浮在水面，又像谁的一只鞋落到了水面。海水波光粼粼，泛着涟漪，一直推到沙滩上，才又恋恋不舍地退回去，如此反反复复，不知疲倦。推近时，水波泛起白色，一处紧接一处，整个海边都是这种白色的波纹，要将海水染成亮色。

五彩滩，又名“芝麻滩”，取其形似芝麻，黑白相间之义。绿色的青苔海藻，湛蓝的海水，黑的、黄的、红的岩石，经过太阳一照，五彩斑斓。经海水数亿次的冲刷，沙滩上那些火山喷发留下的角砾、灰浆慢慢形成了层层叠叠的平行纹理、海饰沟槽的火山石砖。我小心地踏上去，总担心将它踩塌，其实，我是多虑了，这些海边纹理地和山墙非常坚硬。山体靠海的一边尤其明显，山上稀稀拉拉长着几棵不大的树，山边则长着仙人掌和一种叫作“露兜”的草。怪不得这里的渔民拿此来建房屋。以前这里交通极为不便，于是渔民就地取材，用黑色而坚硬的火山石砖来打地基，用轻而白的珊瑚石砖来砌墙，从而形成独特的珊瑚石屋。太阳热热地照过来，海水却很温和，除了一些波纹和一道道白浪，放眼望去，仍海平如镜。

从五彩滩返回，已是十二点半，天上的云一下子多了起来，不一会儿就黑了，乌云翻滚，还没到饭店，雨就追过来。等武师傅带我到饭馆坐定，雨也瓢泼而至。再看海，已在迷蒙的雨雾中只剩下了一个轮廓。

雨停，武师傅把我送到码头，离开船还有一个小时，我又去了离码头最近的海滩。这里没有游客，风大了些，海浪也高了，海扑向沙滩的轰吼声像一群狮子，张着大口嘶吼。我紧盯着海浪最前沿的水沫翻滚着，漫过我的脚背，像被一种不可知的力量在推着，带动着，一遍遍亲吻着沙滩。这力量又大了些，推着海水冲向沙滩时，泼在岸滩一大片，冲上来又退下去。沙滩右侧两百米处，有座房子，身后是一座山，山上的杂木浓着绿意；左边看得见我们上岛的浮桥。

海水像无数条蛇一样翻涌着，在海边打着筋斗上来又翻下去。当又一波海水冲上沙滩的时候，我离开了此地。

6 月 26 日上午，银滩。

银滩沙平、水净、浪软，号称中国第一滩，也是中国十大美丽海滩之一。我住的东方夏威夷酒店，就在银滩后面。正门搞建设临时关闭，到银滩得绕道一公里，途中经过正门，正门里头潮雕广场上为庆祝建党一百周年正在组织唱红歌。女人穿着红衣，举着小红旗，随音乐齐唱《没有共产党就没有新中国》，正门右侧约四百米有一小门，扫码可进。

银滩前，是一大片绿地，留着长胡子的橡胶榕像一位沧桑老人，龙眼树上长着金黄色的小如指甲大的龙眼，大花紫薇正开着紫红色花朵。银滩入口，有一个卖帽子凉鞋游泳衣之类的摊位，有洗浴换服装之处。我径直往海滩走去，沙很白、很细、很软，再过去有一层薄薄的泥沙，运动鞋、凉鞋勉强可以通行。沙滩上成千上万的小圆洞，小如浓缩螃蟹的小家伙在跑来跑去。这些小家伙有好几个名字：沙蟹、招潮蟹、泥蟹。我小心翼翼地走，担心踩到它们，也担心柔软的沙滩会吞没掉我的鞋。

沙滩上每个帐篷下放着一张简易桌子，两条或四条塑料椅子。

我在一顶帐篷下刚坐了不到一分钟，一个戴着尖斗笠、晒得黝黑的女人走过来说：坐，得收钱。我问：多少？她说：一百元。我并不打算久坐，于是连忙起身，在沙滩上站了一会儿。靠近浅水滩，有人脱了鞋站在水里，有人穿了凉拖鞋在水里走，有一辆冲锋舟载着两人冲过浅水区域，屁股后面像撒尿一样喷着水。沙滩上人来人往，海水温和，轻轻拍打着沙滩，阳光灼热的气浪却总想往脸上扑。

我对水有着天生的恐惧，水能载人，也能顷刻间将你吞没。与海水接触最深的一次，是在泰国，脱了衣服戴着帽子入深水去看海底珊瑚和鱼。工作人员一再告诉我们不能侧身，要直立下去。结果我一下去就往后仰，水灌进了我的耳朵，我像溺水之人一样乱抓乱舞，赶紧将大拇指往上指，这是事先约定的信号，如果想上去，就竖起大拇指。但此时，没有人把我往上托。水里的工作人员也许看多了，淡定地帮我扶正身子，一位同事站在旁边朝我笑，我才慢慢安心。

银滩上大部分人都在靠近海水的地方，站着，看着，远处到更远处，海的面貌一一呈现。海与天相接成一线，线上，由灰白、浅蓝再到青蓝，越往上着色越深。云越到天边越厚，像棉花一般，慢慢扯开，越来越薄，到半空中时，变成一缕缕丝絮，像有人拿着白布擦拭着天空，让天空干净如洗。大海恰好相反，颜色越远越深，深成黑色，视线慢慢收回，海水由深黑色到青黑色，再到青蓝色、蓝色，再到浅蓝、灰蓝，一直到眼前的灰色和白色。海水涌动，泛起轻微的波浪，翻起的白色浪花像与人轻言细语，好像在说：来吧，来吧，来我怀抱中吧，貌似温和而平静，我欣赏着，敬畏着，面对着它的召唤，依然不敢过多触碰。

从银滩回到酒店，我退了房，另选择了一个民宿。

接待我的是个即将临盆的年轻孕妇。我最后选了四楼的一个房间。房间不大，一台二十九吋电视机，一个小圆桌，一个挂衣架，两条小圆凳。床头柜是很小的黑色木架，玻璃为板；床头上方挂了一个绳子装饰的圆竹木一段；左边墙上有幅大小和形状都似窗户的画，画着两扇开着的窗子，海上一条栈桥，栈桥尽头有多栋圆形尖顶的褐色房子。房子简陋，这幅画却是点睛之笔。此民宿设施自是不能跟酒店相比，但它有个好听的名字：匆匆那年。

从四楼下，经过二楼三楼，墙壁上有一些或温馨、或励志、或调侃、或回忆的青春版文字。“在我认识的人中，你是最出色的。当我真这么认为时，对不起，多了一个‘出’字。”“快乐不是因为得到的多，而是因为计较的少。”“我不知道是大学上了我，还是我上了大学。”“青春写什么？写一首漫长漫长的诗歌。青春留什么？留一个没有遗憾的遗憾。”这样的民宿，属于八〇后、九〇后，有点回忆，有点沧桑，有点执着，有点情调。我是花草中掺稗草，自认不适宜，但我还是来了。

冠头岭在北海西尽头，与我住的地方有七八公里，坐公交车不方便，我在网上订房都要考虑到与想看的景点距离的远近。一路走走看看，看到哪里是哪里，不急，不催，不给自己添堵。几天来，坐火车、地铁、轮船、大巴，搭摩的、网约车、观光车，逛边境超市、河边海边，吃小炒海鲜旅游餐，一切都顺顺畅畅平平安安，原先设想的不安全一个也没有发生。建党一百周年之际，无论在中越边境东兴，港口城市防城港，还是北海涠洲岛，到处都有红色标语和标志，也有扫黑除恶、创卫共建美好家园之类标语，这些在家里天天见不觉得，在外见到这些，就像出门在外的人见到亲人，信任感和亲切感马上提升，一个人走，也不觉得那么怕了。

当我打车去冠头岭海滩时，有了意外之喜：海涨潮了！

刚到停车场，就听到“吼吼吼”的声音，看到白色的浪花卷着边儿。我去时，海滩已被淹没。海边有座庙，称为大王庙，大王庙即妈祖庙，北海人和澳门人一样，供奉妈祖。大王庙前坪，比海滩高出一米左右，正好可以作观海台。观海台不大，我在台前，最近距离感受海的喧嚣与声动。宋朝潘阆写酒泉子观潮，“长忆观潮，满郭人争江上望。来疑沧海尽成空，万面鼓声中。”这里不是江，是大海，叫北部湾。弄潮儿向涛头立的场景不可能有，要不，海涛为什么叫“怒涛”呢？

海浪翻滚着，泛起白色的浪花，一浪叠着一浪，一浪高过一浪，然后猛地翻下去，钻进海的洞里，我以为不见了，却又马上翻滚出来，一如前浪，吐着海沫一直延伸到我脚下，才不甘愿地停下来，慢慢退去，留下满地白色泡沫状的浪花余沫。海浪朝前猛扑，温和平静的海被一种看不见不可知的力量激发，变得暴躁易怒。深蓝的海，藏蛟卧虎的海，忽然就动了，像醒来的孩子，蹦蹦跳跳想要活泼。

观海台上聚集了不少人，几个摄影爱好者拿着长焦镜头对着大海使劲拍，大约还嫌不够，其中一个走下台阶，下到满是泡沫和垃圾的海水里，再拍。台边，有个卖帽子和贝类装饰的小摊子，此时没有生意，人人都被海吸引去了。没涨潮时，海滩上有当地人做生意，游客可以在海滩嬉戏，在“海枯石烂”处拍照留念。“海枯石烂”是一只根据滩石形状雕刻成的乌龟，背上驮着一块大石头，石头上写着这四个字。我来时，潮水已漫过此处，见不到任何痕迹了。本来左边有条木板路，水泥为基，一直伸到海中一百多米处，此时，海浪翻过基脚，跃上路面，也已封闭。

五彩滩的五彩，银滩的银白，冠头岭的潮，海有海的相似与特别，广阔深沉，浩渺无边，洪波涌起，气象万千，有时像一个谜，永远无法猜透，有时像一位闺中少女，文静温和羞赧，有时又像一头猛狮，怒吼着直想往你身上扑。静默如处子，跃动如猛狮。我面对着她，就像面对着一个人，一个会笑会高兴也会发怒的人，一个胸怀宽广、思想深邃的智者，回首自己，更觉是天地一沙鸥。

天高地阔，人行走其中，如匆匆过客。生如逆旅，为何而来，又为何而往，阳春烟景，大块文章，因寄所托，放浪形骸。最想看的景，最想讲的话，最想抒的情，都在自己的脚步里。每个人心中都有一座佛塔，尘埃常扫，静悟有时，内心才有所皈依。

在建水

2021 年 9 月 17 日，我从景洪去建水，三百多公里长途跋涉，下午五点半，到了建水客运站。

我第一个想去的是一个叫“静庐”的地方，写了《建水记》的作家于坚每次来建水，都会住在这里，静庐的主人姓李，是位艺术家，与他是朋友，静庐是他房子的名字，前为民宿，后为家。我从书里知道了这个地方，便想来看看。沿着长长的巷道进去，终于在路边的一栋有围墙的房子前找到了“静庐”二字，深灰色木板，浅黄色左墙最上方靠边，繁体，下边一根电线杆，几根线牵连出去，把字遮了一部分，大门不大，深褐色，此时，门是关着的，外面没有锁，门应是从里面关着的，敲门却没有人应声。

我站在门边，里面寂无人声，这静庐的主人大约怕人打扰，把民宿关闭了吧，或许是因为疫情，不想开了。当年，于坚过来，与主人畅谈，我无缘相会，停了半晌，还是往前走了。

人家不希望被陌生人打扰，特殊时期，关闭的民宿很多，大约他家只是其一。现在两年过去了，也不知重新开放了没有，如果真不想被打扰，那不开放便是最佳选择。房子是他的，开与关都是他的事。我只是一个过客，知道这里曾经来过一个作家，写过《建水记》，于坚来建水多年，对建水的每一条街巷都了如指掌，不像我，匆匆而来，三两天便要离去，脚步只能到达有限的几个地方，见到有限的人与物，至于此地的风俗，民情，我只能走马观花而已。

静庐不能住了，我换了一个叫“临安故事”的客栈。沿着青石板镶成的临安路往前，在路边我找到了它，整个房子有三层，民宿只是其中中间的一部分。古色古香的门楼上方写着“临安故事主题文化客栈，主题文化餐厅”几个白色大字，门楼下面写着“央视《味道》栏目拍摄点，《十二道锋味》摄制组指定供餐点，《爸爸去哪儿》剧组指定供餐点，云南电视台《我要去远方》栏目拍摄点”。大门前，放着叶子浓密的发财树，开得金黄的菊花，二楼三楼的阳台上，放了很多红红绿绿的花盆。比静庐更像民宿，也更有质感，我一下子便喜欢上了这里。

从过道走进去，里面没有开灯，很暗，也不见人。二楼，一个年轻女孩坐在桌子旁。我问她可以住宿吗，女孩说她也是来住宿的，刚打了电话。不一会儿，一个老伯过来，把房卡拿给我们。在网上付了款，拿到钥匙，房门为原木色木门，打开门，里面是紫红色木门，卫生间很大，洗脸盆呈黑色，圆形，内有苏轼词《水调歌头·明月几时有》。床头和卫生间木门上方有简约木格，镜框和灯罩也是简约木格，桌子暗红色，有古典味。房间不大，设施齐全。

吃了晚饭回客栈，我又观察了一番。客栈进门是个过道，左右两边画着几幅简笔画，配有文字说明。一为建水古城来历，重点介绍了文庙、朱家花园、东门朝阳楼、古井及紫陶等名景点；一为疯摇城传说，几幅画就是讲他的故事。疯摇城为充饥用毡帽煮沙莜，疯摇城在东门楼结草绳挂大钟，施巧计救一家人等，传得越来越神。据建水县志记载，确有其人，关于他的传说渐被赋予了神话色彩。

一楼靠左楼梯处放了不少盆栽花卉：高的有发财树，散尾葵，矮的有朱蕉，绿萝，水仙等。楼梯边上有文字配画，左边是："人在途中，心随景动，如果心有远方，只需勇敢前行，等你……"右边是："不一样的临安故事，安放您旅途的心情，小憩，萌想，发呆……"上到二楼，老伯仍躺在懒人床里没动。听老伯讲，他是客栈请来的浇花工，来这里四年，每月工资两千元，每月两天假回老家东山。老板办客栈八年，疫情前生意很好，订房得提前三天才有。现在人少了很多，昨天四个人，今天三个人。房费比以前便宜很多，房子是租的，基本处于亏本状态。虽说房东减免了几万，仍解决不了问题。说完，老伯似乎替主人叹了一口气："唉，有什么办法呢？"

第二天，一觉睡到自然醒，出门，发现临安路大部分店铺都还没开门，街上人很少，街道安静得像睡着。刚刚下过雨，街面凹凸不平的石板还带着湿润，空气仿佛也受到了浸染，一呼一吸都带着水汽。我走在石板上，踢踢踏踏，像是自己的心跳。

我要去的第二站是“临安饭店”。这也是于坚提过的地方，他在《建水记》里记载临安饭店开业七十年，“这家烧卖的做法是明代传下来的，肥油和面，馅儿是肉皮和肉糜。大锅猛蒸，熟透后装盘，每盘十个，五角一个。”价目表上没有烧卖，只有“烧馒”，七元十个，大约价格也是随时间和经济涨落变化的。饭店在临安路边，是一幢两层小木楼，一楼门两侧放置很多绿植花卉。我去时，临安饭店已开门，门上方“临安饭店”几个字下面，写着“央视《味道》拍摄点”的字样，门柱上分左右写着：建水《十大名店》，《十二道锋味》拍摄点。我想，你就是不说，这临安二字也是够分量的，何况还有《建水记》。我点了一碗小米线，罩面是煮得很烂的猪肉，一点葱花，看上去如白水一般，清爽而不油腻。有酸菜和鸡血自选，我都夹了一些，另点了一大碗豆浆，吃了个饱。

临安，从元明清走来，历经一千两百多年，是“雄镇东南”和“天南锁钥”的边陲要地。1382 年，明军平定云南后，在建水设临安府，设临安卫。四座城门（东迎晖、南阜安、西清远、北永祯）牢牢捍卫着它。尤其是高大的朝阳楼，又称迎晖门，小桂湖在其旁侧。一湖两城，被称为乡愁之旅。

我的第三站放在了完整而大气的旧宅——朱家花园。朱家花园是清朝末期当地富商大贾朱成藻、朱朝瑛的住宅。在翰林街一侧，历经三十年两代人才建成。两万多平方米的面积，二百一十四间房，四十二个大小天井，纵三横四布局，层进叠进，迂曲隐幽，雕梁画栋，鳞次栉比，堪比山西平遥乔家大院。我在里面转来转去，眼看花了，人都快要转晕，才走了出来。而今，这家的旧主人已逝去，后人也移居国外。朱家花园曾三次被抄，后逐渐破败，政府接管后加以维修后对外开放。

门楼是一户人家的脸面，象征着财富与地位，从屋顶、斗拱、台基等，装饰与搭配都特别讲究。朱家花园的门楼是歇山顶、三开肩、五段独立式八字形垂花门楼，三层檐方的雕饰有鲤鱼跳龙门、旭日东升、四喜临门的祝愿，福禄寿平的期望等等，寓意深刻。大凡官宦巨贾，在建造家宅时都有很多讲究，譬如朝向、房屋架构，门窗楣上的雕镂等等，不能有差池，风水不能破，这样才能保自己一世平安，子孙昌盛。

从朱家花园出来，经过临安春秋商业步行街，是文庙。从文庙出来是北正街。北正街一边是现代建筑，一边是古色古香的褐色木楼，形成鲜明对比。

下午，我忽然想再去静庐看看，昨天门从里面关上了，今天会如何呢？

经朝阳楼往左，城隍庙转朝阳北路，穿过小巷，来到建水龙井。一个不大的地方挖了四口井，挤挤挨挨凑在一起，井口不大，井沿有很深的勒痕。这些刻痕，是曾经的生活，烟火气远远地传来，我翕动鼻翼，仿佛还能闻到。

我开了导航，经过小学，穿过狭窄的巷道，路依然是青石板，不平整，有的已然开裂，但都被脚步磨得光滑。不时有摩托车从身边过，汽车偶尔一辆，因实在太窄，一般不会开进来。房子排在两边，有的门关着，有的打开一扇，可以窥见里面的桌椅和庭院。房子低矮，房间小，物什多，显得非常拥挤。门是雕花的红漆木门，时间磨蚀，红漆已褪色。门楼布满灰尘，不过仍保存完好，屋面、角梁、斗拱、云头和彩绘毕现，显示这儿曾经也是一户比较殷实的人家。

我慢慢走，慢慢看，一直走到快要出巷口了，才猛然醒悟，静庐呢？我竟然在不知不觉中走过了头，再次失之交臂。有心返回，后又一想，也许这是天意，静庐，一座静静的房子，不希望人打扰。能见的自然可以见到，见不到不必强求。我并不认识其主人，只是在于坚的文字里，有了一面之缘，也许，它只适合在文字里相遇，两次都错过，我又何必再去呢？

傍晚，我来到朝阳楼，此楼是建水县城最气派的城楼，下面有一个主门洞，可供进出，楼前后都有一个广场。正面的广场正对着迎晖路，左为朝阳南路，右为朝阳北路，广场外是三岔交会处，人来车往，非常热闹。其实我下午来过一次，当时只是经过，广场人不多，几个老人坐在花坛围凳上，静静地数时光，细雨霏霏，两个老人戴了草帽，有个老人什么也没戴，也不躲，就是一个人坐着，好像在看，又好像什么也没看。广场外的车来人往与他无关，细雨也惊扰不到他，他活在自己的世界里，外面的世界仿佛是完全与他无关的另一个世界。

晚上人多了些，我也加入了呆坐的老人行列。朝阳楼前是个半圆形的广场，广场外三角交叉路口，汽车摩托车和行人依旧来来往往，不停不息。左边两排灰瓦褐木老房子，沿着道路呈月亮弯。左侧天边上有一堆黑云，黑云边上，太阳将最后一抹余晖在山顶上露了一下脸，顷刻就不见了。黑云失了陪伴，不久也走了。广场上有大妈们开始跳舞，有一列穿着红衣的女子过来，每人发了一把葫芦扇，扇上是一建材家具城搞的三节（中秋节，国庆节，孔子文化节于 9 月 27 日开幕）同庆广告。

我身边坐了一位瘦瘦的六十来岁的老人，本地人，散步到这里。他原先住在北正街，现在搬出去了。他一辈子没离开过建水，原先的老房子还在，但现在不能拆，不能建，也不想住，于是搬出去了。他有两个女儿，大女儿出嫁，小女儿留在了家里，现在他的生活就是含饴弄孙，晚上走上二十分钟过来，坐在长木凳上看来来往往，生活没有起伏，平淡幸福安稳。

生活如同东升西落的太阳，极有规律。

在《长江文艺》上看到一篇采访，被采访者是获鲁迅文学奖的吕新。他说，要做自己想做的喜欢做的事。一只蛾子飞来飞去，干扰厉害，主人拍死了它。吕新说，如果蛾子不乱飞，也许现在还活着。又一想，也许它活着的意义就在于飞舞，趴着不动，没人赶没人拍，也许会活得久点，但这是它希望的生活吗？

精美的石头

大山阴翳的树林里，暮色总是喜欢提早一些。围拢来的时候，轻轻悄悄，从远山裹挟着雾迤逦而来。雾从山顶盘旋而下，到了山腰，像是来会一个久违的朋友。近旁的杉树，从树尖传来一丝寒冷，便早早为自己披上了一件半透明的薄纱衣。

一位朋友累了，在一处花坛边坐了下来。我和另一位朋友在寻找返回的路，恰好一条路伸到了我们的脚下，一米多宽带着树的花纹从我们的视线里向一侧延伸，转个弯消失在一片丛林中。手机导航提示，离目的地还有三百米。我们跟着导航，沿着小路，转了几个弯后，一座亭子屹立于浅水之上，一块硕大无比的石头赫然立在我们面前！

好大的一块石头啊！

我从未见过这么大的石头，高过头顶，高过土坑，坐在巨大的坑边，像在沉思，又像在观望，时间悄悄地从它身上跨过去，它浑然不觉。我不信它是真的，跑到跟前，摸了又摸，用手指用力压，硬！淡淡的凉透过指尖，青苔嵌在深深浅浅的细纹里，用斑驳沧桑的目光皱着眉头打量我这个不速之客。石头上刻有三个字“壮士石”，真是石头里的壮士！

路上，各种各样的石头远远近近，大大小小，散落在树林里，似乎都在跟着我。我一边走一边跟它们打招呼，有时拍拍它，有时站在路边与它对视。这些石头像从一个娘胎里出来，有着共同的基因，有着大致相同的模样：整体圆形，有的下呈锅底状，有的上呈锅盖状，有的就像一个圆，圆润得鬼斧神工，少部分有擦口、压蚀坑等冰川遗迹。森林中装了旱滑、水滑和过山车，我们在爬山的路上，这些石头会猛然从树后露出头来，像是跟我们捉迷藏，有的把半边身子靠到路上，像是在山中憋久了，要与我们攀谈。

在涛泉湖，冰窖出口的基岩冰坎上，五指石和七星岭道路两侧，能看到一块石头累叠在另一块石头之上，像调皮的孩子爬到父亲的背上。我不知道它是什么时候爬上去的，爬上去就不下来，是想登高望远吧。大围山确实是一个让人看不够、待不够的地方，原始次生林和人工林将这片山林遮得严严实实，如此多的植被，负氧离子多得永远也用不完。爬过无数的山，从没见过这么多的石头集体躲在树林里，这么大，这么圆。尤其是栗木桥到龙泉溪一带，块砾碛非常多。在玉泉湖库边的湖面上，还有一块羊背石，原本深陷泥中，上面分布有宽而深的擦痕，现在已安然地躺在了大围山地质公园的博物馆内。

壮士石所在的地方，后来才知叫大坝子，离住地确实不远，但我们被满山的树弄得晕头转向，就是找不到回去的路。看到这巨大的石头，我还以为住地就要到了，我兴奋地跟那位休息的朋友发信息：“人呢？”他回答得很干脆：“上面。”意思是他坐在原地，根本就没有跟来。我们只好继续前行，导航显示，离目的地三百米。跟刚才出发时距离一样，原来我们刚才走的路不是回去的路，路依然在延伸，路侧，清亮的水喷涌而下，发出噌呟的声音，但目的地似乎更远了。石头依旧在树林里，东一块，西一块，前一块，后一块，始终不离不弃。

大围山山体是花岗岩体，这种砾石主要为花岗岩，是第四纪冰川后期消融的产物。它们来到这里安家后，亿万年来就从没离开此地，它们才是这片山林的主人，是这片山林的真正拥有者。我们在森林里转来转去，除了树，便是这些石头，默默地看着，等着，似乎想要告诉我们什么，却无法开口，只好随着我们的脚步一块接一块地跟着。暮色又重了些，我们调整方向，加快脚步，转了几个弯，走过一个未完工的吊脚房，一抬头，目的地终于在我们面前张开了怀抱！

下山时，汽车盘山而下，大围山渐渐在我们身后被迷雾笼罩，湮没在群山中，可我脑子里依然堆满了那些大大小小的石头。如果说更行更远还生的树木像一行行文字，这些古老的石头便是一个又一个句点，它们在这片深密的树林里生活了一辈子，早已把自己融入森林，成为森林不可或缺的一部分。

多少年后的今天，大围山以最美丽的面目迎接着我们的到来，同时迎接我们的，还有这些带着历史沧桑的精美石头。对了，这里的石头还有个美丽的名字：漂砾。

雨中神农架

站在天燕景区漆成黄褐色的栏杆边，眼前是一片乳白色的浓得化不开的雾，细小的雨落进去，无声无息，无波无澜，深到下临无地，浅到手轻轻伸进去，就可触摸到山体和山体上经年站立的树及树上的绿叶扶疏。

从峭壁中延伸出来的路，随山势上下，现代技术修筑的路面平坦宽敞，下过雨的地面濡湿滑溜。一边是峭壁，一边是悬崖，因为雨雾，悬崖收敛了阴险，变得温柔而慈祥。雨小了些，仿佛怕打扰了我们的兴致，轻轻来，又轻轻走，留给我们一些错觉，雾很轻，轻得可以随时像云一样飘起来；雾很重，重得千斤的担子也挑不起。此时的雾凝重肃穆，将山严严实实地遮盖，山原无法旷其盈视，所有的世界，就只剩下眼前的这条路，我们的到来，也没有让它心动。

从神农架林区松柏镇一路蜿蜒车行到这里，又步行在山腰边上。这里是否是神农到过的地方，我不得而知，如果他来到此地，自然不可能像我们一样，有四个轮子的车可乘，山边上有平稳的钢木板可走，他只能架木为梯，筑木为屋，没有衣服穿了，扯片叶子遮了私处，饿了，找些果实以充饥。这位一生都在路上在山上，愿尝百草以解民苦的人，从几千年的传说中走进大众视野。

史载，神农氏生下来就与众不同，长着人的身子牛的头，两只角像牛角一样斜向两边上方，因其部落生活在姜水边，便以姜为姓。后来，他带领部落的一部分从家乡的随州历山出发，向西北的深山老林里走去，战胜一路上的狼虫虎豹、饥寒病毒，一直攀到山顶，看到各种药草，以身试药并一一命名。《淮南子·修务训》中记载："古代民茹毛饮水，采树木之实，食蠃蚌之肉，时多疾病毒伤之害。于是，神农乃始教民播种五谷，相土地宜燥湿肥境高下，尝百草之滋味，水泉之甘苦，令民知所避就。当此之时，一日遇七十毒，神而化之，使民宜之，天下号曰'神农'。"神农采草的山顶，被称为"神农顶"，神农搭木架采药的地方，被称为"神农架"。

不巧的是，三天的行程，就下了三天的雨！从神农架高铁站下来，雨就没有停过。地上是湿的，山上是青的，雾却活泼得很，横过雨幕一下子围拢过来，拥抱我们，又忽地荡开去，在我们两侧的山中，在前方的山影里，来来去去，若即若离，魔术一样变幻。

天气骤然变冷，沿着新修的宽阔柏油路到达神农架林区，我把带来的衣服能换上的都换上了。晚上，坐上大巴去酒厂，窗户把雨挡在玻璃之外，窗户上一层厚厚的雾，外面的街道、房子越来越模糊。我心里打起了鼓，这次重走神农架，能成行吗？果然，来到天门垭、燕子垭路段，雨依然窸窸索索，白絮一般的雾重重叠叠。雾的下面是连绵的山，起伏如我们的呼吸，深黛色的树，沿着高山峡谷，蔓延着一样的绿，春的浅绿到秋的深绿，年年月月，貌似沧桑却永远年轻，但此时，它们全都不见了踪影。山重水复，柳暗花明，雨雾中的神农架欲展不展还依依，“何如且会此中趣，别有生涯天地间”，这样想着，心情便又开朗起来。

从天燕景区下来，来到木鱼镇，情形又不一样了。雨声沥沥，能见度却好了很多，透过雨幕，起伏的群山都露出了真面目，只在山腰和山脊，雾辗转不忍离去。从茶祖博物馆远眺，几片茶园映入眼帘。此时的茶园在细雨里与周围的山融为一体，茶园上方不远，几缕云雾蛇伏在那里，慢悠悠地从山里钻出来，速度之缓，不细看，它们就是静止不动的，好像根生在那里，这里一横，那里一撇，或豪放，或玲珑，像一幅画，越接近天空，留白越多，直到与天空完美融合。这雾或许是神农架画作上最完美的装饰和点缀，画龙点睛，画面生动鲜活，摇头摆尾，腾云驾雾，似要飞上天去。从神农架高铁站，到松柏镇，再到木鱼镇，我们走远，雨也追远，雾也追远，远看是它，近看还是它，始终不离左右。有感于此，作诗一首以记之：

半山修雾半山葱，雨脚斜行一色重。
地好接迎区外客，酒香来召天上鸿。
俊才有幸成新友，岖路无涯隐旧踪。
茶祖园中说茶祖，神农架里叹神农。

故事却在这雨雾里清晰起来。

历史上流传有茶神诸葛亮、茶祖神农和茶圣陆羽的故事，博物馆内有他们的塑像。尤其是茶祖神农，他的足迹遍及大江南北，从神农架辗转来到湖南株洲茶陵地段。茶陵，又称为茶祖炎帝之陵。《茶陵志》载:“神农至云阳，辨姜、蒜与白芷，后遂为茶陵三宝。”神农的贡献远不止此,除了尝百草明医药,还在陶器、市集、农具、乐器、弓箭、绩麻、建房等方面做出了大胆尝试，后来的人感恩他，也记住了这个为民谋福祉的祖先。神农架有茶祖博物馆，在株洲，市里有炎帝广场、茶陵县有茶祖公园，茶陵分支出去的炎陵县有炎帝陵,就是与茶陵毗邻的攸县也有个小炎帝广场。炎陵的黄先生笑说，炎帝生活在神农架，葬在炎陵，湖北、湖南堪称“生死之交”。

神农架从养在深山无人识到探索发现,再到如今的绿色发展,由原先的穷乡僻壤变为乡村振兴示范区和旅游打卡名区，契合国家生态文明发展、人与自然和谐共生的理念，像一颗冉冉升起的明珠，像一幅点染不尽的巨画，留在目光里千万描摹。

三天的行程转瞬即逝，因为下雨，神农架来不及多看，纵有百般不舍，还是得走了。回返的路上，多天的雨水冲刷，路面的积水在疾驰的车后水花飞溅，偶尔从山上“哗”的一声倾下一片瀑流，把我们吓一跳，香溪河闪着金黄一路奔腾一路喧嚣，似乎在欢送着我们。

我边走边回头，那些雾还在远远近近的山里朝我们瞭望，跟我们告别，我悄悄地挥手，不带走一片云彩。

芙蓉山上风雪夜归人

诗跟散文一样，有写境也有造境，造境无论是写作技巧还是写作水平都是写境上的更上一层楼。从手法上来看，写境偏重于写实，造境偏重于想象，但两者没有截然区别，造境当中可有写境，写境中也能体现造境。刘长卿的“日暮苍山远，天寒白屋贫。柴门闻犬吠，风雪夜归人”（《逢雪宿芙蓉山主人》）这首诗，就是写境和造境的融合，无论从写境上，还是造境上，这首诗都堪称经典。

先来看第一句“日暮苍山远”，这句写了两个意象：傍晚的太阳和苍远的芙蓉山。年过半百的刘长卿走在山道上，刺骨的寒风吹过他的脸庞，暮色不知什么时候围拢过来，远处的山笼罩在一片苍茫中，轮廓依稀。诗人远行至此，时已黄昏，还刮着冷风，飘着大雪。我们不禁会问：这么冷的天，他为什么还在行走？要去哪里？苍山，即题目中的芙蓉山。芙蓉山在湖南宁乡西部，刘长卿贬任随州刺史时，曾以转运使身份出使湖南，游历于长沙一带。此处离他的老家安徽宣城千里之遥，比他后来迁居的洛阳更是山长长水迢迢。刘长卿一生命途多舛，考试多次落第，做官两次被贬，颠沛流离，居无定所。到达湖南，一颗心常常无处安放，便与友人四处游历，在长沙，他走了很多地方，访贾谊宅，雪后去看湘江，春天在好友魏万成建的湘水亭宴饮，到望城桥驿镇的黑麋峰，去感受那里“空谷无人径，深山少落晖”的空寂。去想去之处，无关天气与时辰，这是诗人第一个诗境的营造。

为了突出心境，很多诗人都喜欢在诗中用上“日暮”“黄昏”“夕阳”“远”“深”之类的词。例如“茫茫江汉上，日暮欲何之”（刘长卿《送李中丞归汉阳别业》），“烽火城西百尺楼，黄昏独坐海风秋”（王昌龄《从军行》），“斜光照墟落，穷巷牛羊归”（王维《渭川田家》）等等。并不是所有的诗用上日暮、夕阳之类的词就说明诗人心情不好，例如王维的这首就恰好相反。刘长卿当时的心境如何呢？

再来看第二句“天寒白屋贫”，在漫长的旅途中，诗人又累又困，这时看到一座被雪掩了近半的小屋静立在不远的芙蓉山下，顿如溺水之人捞到了救命的稻草一般，内心喜悦。可是当他看到家徒四壁，喜悦又转为深深的担忧。经历过安史之乱的长沙，还是个荒蛮的化外之地，老百姓的日子自然也好不到哪里去。“柴门闻犬吠，风雪夜归人”，这夜归人是小屋的主人吧？天寒地冻，他干什么去了？为什么要等到天黑才回来？也许，他只是迫于生计，不得已外出，家庭的贫困让他不能安稳地闲在家中，哪怕是到了严冬，可是熟悉主人的狗为什么叫呢？或者，他压根就没有先进去，是主人听到狗叫，才将他这个夜行人迎了进去，但为什么要称归人？极简的勾勒，极形象的画面，看似随意的留白，却传神传情，让我们想到无数种可能。

一首用白描手法写成的诗歌，短短二十个字，内容看上去都是写实，诗人却极巧妙地将造境融入其中，他有着极高的造境艺术，就是声音，犬吠之外，还有开门的声音，扑打身上雪花的声音和低声交流的声音，都是需要我们去想象的。那座芙蓉山，那座茅屋，那风雪夜归人，这种境似乎只属于诗人自己，但细一想，又不全是。人的一生，总会经历一些艰难，刘长卿那次游历，只是他艰难生活的一个插曲。“寂寂江山摇落处，怜君何事到天涯”，他怜贾谊，何尝不是在怜自己。他在另一首诗中写道：“荷笠带斜阳，青山独归远。”（《送灵澈上人》）灵澈上人荷笠带斜阳归入青山，诗人则于风雪中寻找归宿。每个人都在寻找归宿。诗人看似无心却用心所造之境，不知打动了多少像他一样的“风雪夜归人”，这才是诗的魅力所在。

一个人的中秋

一个人，异乡。

半年前，我不会想到有一天，会离开工作了三十多年的地方去一个陌生的异地谋生；今天，我却真实地站在异乡的土地上，中秋之夜，遥望故乡。

今晚的月是真好，很大、很圆、很亮，像我小时候躺在凉凉的竹床上，任由月亮的光芒滑过田野，滑过屋檐，滑过夜色微茫的树木与花草，滑上我的手背。爷爷一边用棕葵叶做的大蒲扇为我们扇着风，一边讲月亮里吴刚的故事。吴刚是一个有着十分力气的壮汉，他每天被派去砍树，但月亮里的树是仙树，砍了马上又长出来，所以他永远也砍不断，也砍不完。我问爷爷：那他为什么要砍呢？爷爷说，因为他触怒了天帝，于是被罚到月宫中砍树，这是一种惩罚。我又问，吴刚犯了什么事？爷爷说，那我就不知道了。然后爷爷说，爷爷没有读书，很多问题都不懂，你们要攒劲读书，读了书才知道世上的事。吴刚犯了错，就该得到惩罚，你们也是一样，犯了错也要受到惩罚。处罚总是难受的，所以要尽量少犯错。我似懂非懂，在爷爷的唠叨声中和月光的爱抚里睡着了。

学校放假了，校园一下子空旷起来。疫情紧张，请假手续繁琐，时间又不宽裕，便不想舟车劳顿，把自己圈在了异乡。离家近的老师都回去了，离家远的老师走亲访友，大多也不在学校。我刚来，认识的人不多，又素来喜欢安静，便独自走在这月光下。今晚的月光是属于我的，这一片天地也是我的，我可以胡思乱想，可以自由驰骋，开学第一周是最繁忙的，我刚从忙碌的状态下解脱出来，此时的我是个闲散而自由的人，难得这份清静，我且受用这无边的月色和无边的清静好了。

图书馆一角，是花草最繁盛的地方，被月光凝成的寂包围着，看不到花木的热闹。我走在其中，倒有了一种冷的氛围了。但我是认识这里的花草的，我来过多次，想必这里的花草也该认识我了。水池边，比手掌还宽的春羽和蒲扇一般的芭蕉，细密的水蓑衣，暗红的桂木，都在扶疏的暗影里默默地注视着我。我看了一会儿，还是走开了，今晚，它们是属于月光的，不属于我。

去往田径场的路边，栽了一排高大的大花紫薇。中秋时节，它们依然顽强地把花举着，一缕一缕挂在树上，不肯凋落。挂在树上的还有一串串琵琶状的坚硬果实，经过夏日高温的磨砺，这些果子练就了一身硬本领，就是花边的萼也坚硬得像刀刺，风里雨里，千锤百炼才能达到这步田地，慢慢地适应环境，变得坚挺，变得无惧。而我，就像刚移栽到这里的一棵树，在未来的日子里希望也如这紫薇和上面的果一样坚强。其实，历练久了，遇到问题不再像以前一样变得手足无措。一个人坐公交，打的，坐高铁、地铁，背着行囊游走远方，累了，找一处凉亭，一块草皮;渴了，买一瓶矿泉水，困了就回旅舍，漂久了就回家。就是现在，一个人，异乡，似也不惧。有时我甚至想，难道我天生就是游子，只属于远方？

我知道我不是。深谧的长夜，依然希望身边有个人能为自己遮风挡雨，女人，再坚强的外壳内，也有一颗柔软的心，渴望被关照。只是生活的打磨，使自己不得不藏起那些柔弱，露出坚强。想当初，我也曾是母亲身边的宝仔，母亲像护鸡仔一样护着我们。生活琐事基本是不用管的，母亲每天第一个早早起床，把饭菜做好，我们才在母亲的催促声中不情愿地起床，吃饱了背着书包去上学。上学回来，书包一放，母亲说：去，看牛去！去，割猪草去！我就在母亲的命令声中乖乖地去看牛，去割草。等到天黑回来，母亲已把饭菜做好了。饭后，什么也不用管，搬了一张竹床，或掇一条父亲亲手做的木制椅子，在夏夜的萤火光里，月光的朗照下，乘凉去了。现在想来，那真是一段幸福的时光。

如今，几十年一晃过去，爷爷在我读高一那年永远地离开了我们，两年前，父亲也离我们而去，母亲失了光明，在兄长的照护下一天天度着日子。

有些人，走着走着就散了，而自己，走着走着，也不再少年。人在走，光阴也在走，人却抵不过光阴。只是这月，仍如从前一样，很大，很圆，很亮，圆圆缺缺。“人生代代无穷已，江月年年望相似”，月可以长久，人不能永存，所以人有了薄情与深情，有了柔弱与坚强，有了怀念、伤感、珍惜，也有了无尽的等待与期待。

这样想着，走着，不觉已到了屋舍前。

今夜，月色依旧，今夜，乡愁如水。

新校园季四题

校园季

学校的围墙边，栽了一排的木棉树。我刚到广州时每天都很忙，它也在蓄势待发，并没引起我多大的注意。直到 10 月的一天，我经过它的身边，树上忽然闪闪地开了很多紫红色的花。

南方春夏，一树一树地花开过，木棉就来了，在众花谢落的时节，一展娇姿。花在风里飞舞着，我手一伸便接住了一朵。花瓣呈渐变色，到花蕊处颜色渐淡，花边妖娆着艳丽着一直婀娜斜伸到尾部。天光、雨露、清风，是如何揉捏，才能让它不大不小、不高不低、不多不少、浓淡适宜的呢？我不得而知。云淡风轻的背后，万物都在雕琢属于它们的美工，不疾不徐，不慌不忙。

木棉也叫“红棉”，又叫“攀枝花”，还有另一种称号：广东市花。在广州处处可见，路边、公园、屋旁，花有白色的、粉色的、紫红色的，大朵大朵。广东番禺的清代诗人张维屏写过一首《木棉》：“攀枝一树艳东风，日在珊瑚顶上红。春到岭南花不小，众芳丛里识英雄。”舒婷写过一首《致橡树》:“我必须是你近旁的一株木棉,作为树的形象和你站在一起。根,紧握在地下;叶,相触在云里。每一阵风过,我们都互相致意。”我从此记住了橡树身边的这一朵美丽。

十二月初,木棉花渐渐地谢去了,树干上仅剩的数片花瓣在风中摇曳着,酒瓶状的干依然是满满的刺。距异木棉数丈,呈丁字形排列在宿舍前面的是红花羊蹄甲,这种树比异木棉要高,叶子也更为浓密,我目测过它的高度,大约有宿舍五层楼那么高。同样是紫粉色的花瓣,仿佛是为了接替异木棉继续开花,优雅,浓而密。

我极疑心这红花羊蹄甲是用来陪衬异木棉的,就像木棉陪在橡树身边一样,相携相扶,永远相依。花从来都不是单独存在的,花的身边还有花。教学楼下,就有一种假连翘,淡蓝色,小小的,像星星般点缀在蘑菇般的树丛中,叶子和果实都有毒,淡蓝好像又不全是,深蓝又没有达到那个层次,颜色似乎飘渺着,像天使般的小精灵,静静地待在路边,静静地看着来来往往。图书馆前的水池边除了水,还有很多树木和花草的种类:春雨、使君子、兰花草、芭蕉、红背桂花……

后来,异木棉完全谢去了,叶子也渐渐落光,就在这时候,围墙内侧的紫荆树的花忽然像鞭炮一样绽开,粉粉嫩嫩的,满树都是,围墙边,马路边,世界好像都是她的了。地上也铺了厚厚一层,像是一个精巧的花篮,要把花都收藏起来,待到来年,这些花瓣便会重新跳到树上,于是树上又开出满树满树的花来。

图书馆边俏丽的风铃木黄花则开在人间四月天,我去看时,虽然有些迟了,但就是剩下的那一部分也极是耀眼,黄是任何颜料都无法涂抹的纯粹。风铃木下面的黄蝉也不示弱，开着和风铃木花一样颜色，无蕊无心，没有“花心”，颜色也是极艳丽的。

吃罢晚饭，我在校园散步，便常常看到了这些永不甘寂寞的花们，一月接一月，一个季节接一个季节，轮番开着。有的我极疑心一年开了两季，譬如红花蹄甲，冬季开过，夏天去看时，那红红的蹄甲花还在树上灼灼生艳，飞飞落落，心也便跟着摇曳起来。这些花有着天生的个性，变幻着，白白红红，此消彼长。花瓣里装着时间的轴，装着技艺最精湛的美工师，悄悄地，一转眼便是万紫千红，独自开落，精裁细剪，美轮美奂；每一朵花都在认认真真地开，如湘绣，如画作，关注每一个细节，不马虎、不潦草，不怨、不怒，不悲、不喜。

离开了校园后，我时常想起他们，那些人，那些事，那些花。我知道，在我曾经待过的地方，学生们还在，花还在，生活依然按部就班。六月份，高三的孩子们飞去了一批，很快地，高三的教室里又坐满了新高三的学子，一年又一年，在岁月里花一般一批一批地开。我有时想，要是自己能变成那一树树次第盛开的花朵，该多好。

窗外

窗外有一个国际酒店，远一点有一个新能源汽车城。酒店的下面有一条马路，马路上车来了一辆，又来了一辆，然后奔着另一边去了，不知道从哪里来，要到哪里去。因为外面的灯光，天还是那么清晰，远远近近的房子，高高低低的树，在灯光里画着它们的影。

马路边是围墙，围墙边有一排的树，白天里见着，粉红的，在阳光里涂了胭脂，闪闪地像要将你的眼球夺了去。那是美丽异木棉，开始我以为是紫荆花，后来才看出不是，它的树干像大椰棕，我在厦门大学里见过，在中山公园里也见过，粗壮如水泥墩，中间大，两头小，很光滑，但是异木棉的树干并不高大，光滑中还有一些刺，像是专为花而设，似乎在告诉人们，有些美丽只能观赏，不能破坏。在金秋的光里，这种花开得最惊艳，十月，南方的天气依然温暖，曾经的繁花似锦在这样的天气里慢慢地消退，但是异木棉却恰好在这时敞开了胸怀，尽情地舒展着自己的身子，看起来，它像觅着春天，嗅尽春天的味道，在这里一树一树，去了枝叶，脱去外衣，展现着它最灼灼的身姿。每次我从它们身边经过，都要停一停，想听到它们开花的声音。它们似乎也懂了我的心思，其中一朵飘着，飞近我的身边，或者，它是来看我的？不枉我天天来看它了。花谢了，又开了，花不只属于春天，它只是在春天多待了一会儿，然后来到夏，来到秋，每个季节它都不会放过。因为它，我的心在沉寂里也开出了一些斑斓。

我住在第七层，是一个不高不低恰到好处的高度，在这样的窗户边，看着外面，不至于因为太高或太低而失了它的韵致。围墙边有很多电动车，同事的电动车被偷了，从此以后，他就很少出去了。他在这里工作了五年，外面近的地方他大都已走过见过，现在的他，更愿待在工作地尺寸的范围之内，过着自己的生活，安稳的，不需要奔赴的一种生活。

围墙边，白天去过的还有一个小小的花园，那是这里树木最浓郁的地方。一个哑铃形状的不规则水池中央，横着一座小桥，站在桥上，便可看到这里的全景。高高低低的树木花草簇拥在水池身边，靠得最近的是大如蒲扇的芭蕉和手指一样摊开成羽毛状的春羽，稀疏而宽大的叶子斜斜地探向水中，粗粗的枝干上无数双眼睛看着，有点“照水学梳头”的样儿。站在它们身后的是叶子深浓的蒲桃和细叶轻垂的垂枝红千层。深秋的天气里，它深红的絮状花也谢得差不多了，留下三五枝，似乎是留给秋天的不舍。而一群壮实的红背桂花挺直腰杆站在树的下面，像听话的孩子牵着大人的手；在红背桂花的对面，瘦瘦密密的水蓑衣在风里四处张望，显得格外调皮。水池的尽头有个弧形的花木架，三根使君子正手脚并用弯七扭八攒着劲儿往上爬，已经爬上去的坐在架子上舒舒服服地伸展着枝叶，将架子打扮得一片盈盈。风越过浓密的枝头吹过来，站在桥上，竟也有了丝丝凉意。在桥的另一边，转过一个弯，有一棵黄葛树，两棵菩提树，两棵垂叶榕。榕树已很粗大，根四处伸展，爬到树上则盘根错节，枝干上，垂下来的褐色须根像胡须一样老长，成为特有的风景。学校建了不过十年，榕树却如此粗大，是本来就在此地，还是后来移栽过来的，我不得而知。这些在这片地里生活着的植物，不惊不扰，如果你不去打扰它们，它们永远也不会来打扰你。

时光匆匆，一晃便是两个月，有些生活需要慢慢去体验，有些人文和情俗需要慢慢去感受。人对待陌生，总有一种期待，疲惫也好，欣喜也罢，或者暂得安稳，都是生活的方式。山水是永远看不够的，但我依然希望，今天的树，明天依然茂密着；今天的花，明年继续盛开着，不管我来与不来，都不说别离。

围墙内很安静，左侧的楼内灯光明亮，灯光里，风华正茂欲指点江山的人正在为着一个共同的目标而奋勇，而埋头苦干，希望将来某一天，蓦然回首，那个目标就在灯火阑珊处。

今晚没有月光，外面车的声音不时传来，传达着现代的气息。天上的街市也时不时传来飞机的轰鸣，抬头看时，远远地像有人提着灯笼在走，去了又来，来了又走。空寂的夜里，有多少双眼睛醒着，又有多少远行人在计算着归途。

路遇

广州的春季，阴或晴的时候居多，过完年才下过几次小雨。高领衫搭一件风衣就能度过整个春天。天气干燥得很，手指尖上脱了薄薄一层皮，网购了一个联苯苄唑，没起什么作用。我极疑心是新买的塑料盆刺激了手，但又不确定，便去了药房。

出门，一扫房子里阴凉的感觉，像冬天从树阴里走进密实的阳光。围墙边，原本光秃秃的异木棉枝上不知什么时候镶上了一树嫩绿的叶子，有的嫩得发着黄，像刚出生的孩子的胎毛。最先感知到季节变化和气候的，要数路边铺张高调的粉紫色花瓣的洋紫荆了，它们为了花，是连叶子也可以忍痛割爱的。另一个路边，矮矮的紫中带白的鸳鸯茉莉、红须万根的朱缨也绽开了笑脸。

右转，一个十字路口，有个学校招牌，行书体，来来往往的人一眼就看得到。左边，有个很大的汽车修理城。城两边，有个老年公寓兼粤菜馆，我随大流去过几次，是典型的粤菜，总感觉没湖南菜入味。还有一个方方正正的大理石肯德基屋子，外面的优惠广告永远是：五人八折；六人七折；七人六折；八人五折。我去过一次，要了一杯拿铁，没打折。右边，是个国际酒店，酒店下面，跟其他地方一样，是饭馆、小超市、理发、美甲之类的铺面。

主路是宽阔的八车道，中间有白色条状隔离带，上面有座天桥，上下都是台阶，望上去都有点恐高了。我每走一次都望而生畏，腹诽为什么不像其他天桥，斜铺上沥青或塑胶，快递哥骑着共享“嗖”地从你身边经过，走天桥都不用下车。车道上的车多得像从天际冒出来的，永远也驶不完，过去一辆，又来一辆，紧排着队，“嗖嗖”地经过身侧。两边有锈红色塑胶单车道和长方形青砖人行道，还铺了盲道，设计很人性化。

天桥对面是个九成新的欧式建筑风格的小区。一楼商铺，早餐店、超市、文具店、药房、牙科诊所等一应俱全。进了药店，里面除了一个穿白大褂的年轻女服务员，没其他人。我走进去，她看我一眼，也不说话。这边的服务好多都这样，你不问，他不理。我问她有没有治皮肤的药，并把手伸出去给她看。她一看便说，你这是缺乏维生素。我半信半疑，以前有人也这么说，但只烂嘴边，从没有皮肤脱皮的现象。她肯定地说就是缺乏维生素，还说她弟弟就是吃维生素好的。我最终买了一瓶多维片，保险起见，又买了一瓶抗真菌的喷剂。

返回时从天桥下来，路上的车在等红灯，车前排副驾驶座一个三十多岁嘴唇往外凸的男子手里夹着一根烟，伸出车窗。一边跟驾驶座的人说话。我经过他身边，想听他说什么，他叽里咕噜，一口广东腔，我一个字没听懂。

而后去了一个养发馆，门上写着“首次进店免费”。里面一个单间，用一个木制组合柜隔成两部分，外面上药粉，负责吹干。有一张茶几和一个三人座沙发，茶几上有个烧水电壶，壶里泡着红色茶水，看不出是什么茶。里间有两张床，用来洗头。最里面隔出了一个小卫生间。老板娘四十多岁年纪，圆脸，蓬松短发；另一个合伙人年纪稍长，长脸，头发松松地系在后面，别一个发夹。一个年轻小伙子坐在门边，驼黄色头发高高向后翻，两边做了“一”字式简单造型，是当今最时尚的款式。他边上写着：洗剪吹，三十元，剪吹，二十元。他是广西人，原先跟着的那个老板不干了，失了业，暂且寄身于此。

组合柜里堆满了写着不同名字的小盒子，墙壁上贴着几张优惠广告和价目表。圆脸回答我的问话说，免费的只做最普通的护理，功能性的要交钱。她把我带到配料区，一张乌黑的桌子上摆着一些瓶瓶罐罐，精油、蜂蜜、枸杞、何首乌之类，还有十来个鸡蛋。言外之意，第一次最好交钱，好使。我还是在那里交钱洗了个头，问东问西半天，不花点钱都觉得不好意思的。

回来的路上，本班一学子骑着一辆紫斑色自行车，看到我，立刻停下车热情招呼，他车把上挂着一个袋子，袋子里装着一包包的零食。走不远，又碰着学校的某君，退休后继续发挥余热，看上去比实际年龄年轻许多。他看到我，摘了口罩朝我温和地笑，说有人请吃喝，去赶场子。右边，是一排溜的饭馆，“湘村民肴”“重庆毛肚火锅”“养生冬瓜盅”“生态山坑鱼”……我在此吃过一顿饭，湘菜，辣而适中，还有免费的西瓜、豆浆和玉米汁，随取。

一路上，那些涵养了一个冬天魔术般变化着的叶和花，奔跑的车辆，开车的，骑车的，步行的，认识的，不认识的，都朝我走来。不可思议的感觉。明明独立，与我无关，没有深交的，“哦”的一声，便没了下文，就好像张爱玲《异乡记》中的那些人物，冯骥才笔下的刷子李、泥人张、快手刘之类。人大概也跟那些花草一样，自带了时间，悄悄长叶，开花，结果，凋零，然后换个模样轮回。

几天后，我的手竟然也好了。

彩色的秋光

开学忙了整整半个月，吃了晚饭，便想出去走走。图书馆边是学校花草最盛的地方。水池中央横着一座小桥，风越过浓密的枝头吹过来，站在桥上，也感受到一丝凉意。阳光已走远，白天的燥热也已收敛。不知什么时候，一轮明月悄悄地挂在空中。天还未完全黑，月亮似乎有些迫不及待地想要来了。我心想，她是不是也跟我一样，喜欢这暮霭初起却仍然花木扶疏的黄昏？

一株带着淡紫颜色的花正撑着一条船慢慢朝我游来，陪同它一起游来的还有两条重约半斤的鲤鱼，一条红，一条花白。它们一声不吭，悄悄游到桥边脚下，停住，似乎在打量我这个不速之客。花是美人蕉，绿色的叶配上紫红的纹饰，平添了许多妖娆。它站在一个淡蓝色的花盆里，乘风而漂，漂到我脚边仿佛要靠在我身上，而鱼钻进桥下不见了。

在桥的另一边，转过一个弯，有一棵黄葛树，两棵菩提树，两棵垂叶榕。榕树已很粗大，根四处伸展，爬到树上盘根错节，枝干上，垂下来的褐色须根像胡须一样老长，看上去很沧桑。这棵榕树是本来就在此地，还是后来移栽过来的，我不得而知，但这里的重重花木却给我留下了深刻的印象。

从图书馆一角转到大门围墙边，一株木槿举着一朵醒目的大红花，一路走，还看到有紫红的朱蕉，开成满天星的变叶珊瑚、马缨丹和打着花苞的薄荷。绿色养眼，红红白白的花给人的心情上色，站在它们身边，不用说一句话，心情也能开出美丽的花来。

一个月前，在附近的一个湖边，粉色和红色的紫荆花满树满树地开着，睡莲和浮萍组成的池塘里，叶色残黄的荷花池里，一朵一朵粉色和白色的花依然比赛似的鲜艳，一树一树的红紫薇开得灿烂，矮矮的蓝花草因为刚下了一场雨，在路边水灵灵地招人爱。园子里，重木叠翠，高低深绿的树木和金黄的黄帝菊、黄秋英、褐红的千穗谷，不离不弃，相互关照，好像相约要一直守着这片土地，等着一群群的人来观赏。秋天里，其实不缺红花也不缺绿草，秋的感觉全在于人心。

再转到桥边，高挂空中的月又明了许多，花木却还在水池里映着清晰的影，在淡淡的月光里婆娑着，在静静的秋光里，绿得一往情深。

南方温暖的气候适合许多花木生长，虽是秋天，花已不多，但草木的茂盛不输春色，一举足，一抬眼，便是满眼的绿。有的花草经秋不凋，所以在南方，曹丕的“秋风萧瑟天气凉，草木摇落露为霜”只感觉到一半，更没有黄巢所说“待到秋来九月八，我花开后百花杀”的衰落之景。一年以后，我离开了这所学校，但我依然能感知那里的满园绿意。花与树静静地生长在那里，与时光为伴，为秋光上色，人来与不来，在与不在，它都不会在意。

人生来来往往，花开花落，彼花开过此花开，无处不在。张晓风说：“树在，山在，大地在，岁月在，我在。你还要怎样更好的世界？”每朵花、每根草、每棵树都在它们待着的地方呼吸、生长，蓬勃在我们的视野里，让人间无限温暖。

注:2022 年 8 月至 2023 年 7 月,入职广东佛山超盈实验中学。

故园三十二年

外婆道

临近外婆道，我想起了我往外婆家去的那条小路。母亲牵着我的手，走过茅草高过人头的塘边路、山边路，穿过装腔作势的狗吠和乡里人赶狗的呵斥声，远远看见外婆袅着炊烟的房子，那心无来由地雀跃欢喜。印象里，山路的那头总连着一个外婆。

韶山冲与文家大屋隔着连绵的小山，无数的竹子和树。远远望去，龙头山慢悠悠地在不远处爬行，牛形山牛一样低着头，像在埋头吃草。老沙坝是入山的起点，一栋房子立于眼前。这是一栋修葺过的平房，走进红漆大门，是客厅兼茶室，靠墙摆着一个长而宽的茶几，茶壶里泡着红茶，一个上了年纪的人友好地将泡了红茶的茶杯递给我们。左边墙壁上挂着一把古筝和两把小提琴，茶室正面有副对联，“茶浅半盏静悟水善，酒满千杯醉问鱼欢。”茶室后面有栋小屋，是书法室和厨房。房子右侧即为毛泽东小道，时代变迁，生活里再无炮声枪声，筑屋于此，只为广约天下客，喝茶听泉，弹丝品竹，储藏幸福，感受日子的丰满与惬意。

喝茶小憩一会儿，我们沿着凹凸不平的泥巴小路往前走。野草不时挠着我们的腿，与我们打着招呼。草丛中有两块标牌，一块写着“毛泽东小道”，另一块写着“百步云天”。“毛泽东小道”又名“外婆道”，总长八公里。路有新开痕迹，泥土与石块混杂其中，雨后天晴，黄红色的泥土松软弹糯。路基下，小溪潺潺泠泠，一路欢歌。山势绵延，翠竹青青，绿色盈目。我们依山势而上，来到明珠般嵌于山中的滑油潭水库边，从韶山吊水洞（后称滴水洞）东茅塘走到文家大屋，必得走过这样一段弯弯长长暗藏危险的山中小路。在这里，毛泽东曾多次遇虎。其中一次，他从外婆棠佳阁回来，遇老虎而不慌，他听爷爷说过，老虎只走直路不走弯路，毛泽东退至树后，与老虎对视，后来老虎真的离开了。

此刻山上很安静，没有游客，除了那茶室，再无人与屋。山上竹子居多，棵棵高耸，沿着山势逶迤。西斜的太阳透过竹隙洒下一片明亮光芒，阳光未至之处，则阴阴凉凉，蝉声四起，在眼前的树上扯开嗓子鸣叫，又放肆又得意，不知道是欢迎我们还是讨厌我们。我不知道毛泽东遇虎的故事是不是真的，但山深树密，就是现在，我仍然感到阴森，寂寥得心里打起了鼓：虽老虎已绝迹，要是有只熊或豹子，我能像他一样互视眈眈后放各自离去？阿祥却说这地方他来过多次，到山里采药材比这路难走多了。阿祥自己开店，为了采药材四处奔走，早几天还特地去了趟贵州，胆子也练得越来越大了。他说当年毛主席那么小都得走，现在的路比以前修得好走多了，还怕什么。我想也是，便又壮起胆子继续跟着他往前走。

两岁到八岁，毛主席在外婆家度过了六年的时光，这六年里，毛泽东牵着妈妈的手，无数次往返在这条阴翳的山路上。当年的毛泽东在外婆家是怎样度过——看书识字还是调皮捣蛋，我不得而知。我想，在外婆道的那头，也总有一个外婆的。毛泽东的外婆家姓文，是一个大家族，人丁兴旺，热闹和睦，有房屋九十多间，田地一百多亩。二舅父在家办了个私塾，耕读并重，毛泽东在那里接受了最初的启蒙教育。

天已黄昏，浓密的竹林衬得山里更为暗淡，我们最终还是往回走了。心想当时的毛泽东只有几岁，山路锻炼了他的意志与体力，外婆家沉淀了他的求知渴望，他就是在这样的山窝里这样的小道上积淀梦想，坚定信念，最后走出了大山。

外婆屋

在早餐店里吃了一碗手工面，又到妹的店里做了一次肩颈药敷，阿祥出诊回来了。昨天就跟阿祥说好，今天去毛泽东的外婆家文家大屋。阿祥说，在韶山，外地牌照的车开不进去，得开他的车，他自告奋勇做我的车夫。我乐了，这样的好事，谁不想呢？

下午睡完午觉，已是两点半。这是七月初一个阳光喷火的下午，刚出门，就被火辣辣的太阳逼退了几步，这几天的气温像泡发了的面，忽然膨胀，天气预报的阴天变成明晃晃的晴天。我带了伞，阿祥什么防晒用具也不肯带，他笑说男人不怕晒，晒黑是种美。我们先按导航走了两公里多一点，周围除了两栋民房，便是一些大大小小高低起伏的格子田地。阿祥调侃说导航有时也不准，接着又信心满满地说，这些地方我熟，出诊来过，跟我走！

车在田间转了几转，上了宽阔的柏油路，又上了一条小路，经过约两亩大的池塘，被几栋房子挡住去路，路到此打住，过不去了。房子大门里，有几个人散坐着，打着闲讲。一个瘦瘦的中年男子探着头朝我们望，我问他毛主席外婆家怎么走，他站起来，走出屋外，打量了我一眼，说：这里就是，这一片都是。我四下里打量，这一片房子挨着房子，有的东向，有的北向，两层或三层，白色水泥或瓷砖外墙，大多八成新。我疑惑不已，哪里是毛主席的外婆家？

另一栋房子里，一个七十多岁的老人站在门边说着什么，口齿含糊不清。我听了个大概，这里叫大坪乡大坪村，这里的人都姓文，都是文家子孙，这一片曾经是毛主席外婆家——文家大屋所在地。不过，现在老房子都没有了，子孙各自建屋各自住，都散开了。子孙后代大多成了普通劳动者，房子跟其他人家的房子已经没有区别。那个美丽的名字“棠佳阁”，只有在回忆里想象了。

毛泽东在外婆家待了六年，与外婆家的人感情深厚，表哥文运昌曾陪着毛泽东走进东山书院。中华人民共和国成立后，文运昌找到毛主席，希望能帮他安排个工作，毛主席没有答应。周恩来对亲属也是严格得近乎苛刻，侄子周尔均在北京钢铁学院工作，想将外地妻子调入北京。周恩来说，人们都想从小城调入大城，你为什么不能从大城调入小城？后来，周尔均真的从北京调到了妻子所在的小城。不是这些伟人没有感情，而是党性与原则促使他们不能为自家人谋私利。《礼记》说：“大道之行也，天下为公。”唯其无私，才赢得了民心。

池塘边有几棵枫树、松树和樟树，还有椤木石楠和青皮树，很茂盛，树干纹路很深，像垂垂老者。看牛的老者说，这些树有上百年了。这些树是这一片土地的见证者，它们看着文家大屋慢慢破旧，慢慢拆裂，慢慢变成现在的白墙灰瓦，子孙融入当地的百姓中；它们是否也看到了小时的毛泽东在这里如何调皮，如何学文化，或许，也在此树下看过牛，它们能否预料到这个幼小的孩子将来能在中国掀起一场轰轰烈烈？我望着这些高挑的老树，此时的它们静静地站着，在七月的骄阳里和我一样肃然起敬。

岁月漫漫，只有人事在风里摇曳。如今政府正在规划重建文家大屋。时光筛掉了许多陈年旧事，有些记忆却随着时代的远去反而越来越清晰。一些名字，一些故事，在书中网上和人们的谈话里，就像潜入土壤的种子，遇到一阵雨，遇上一股风，便会破土而出。

莲花院

第三天，我们去了离韶山二十多公里远的东山书院。七月白亮的阳光以最热烈的姿势迎我，低矬的青砖黑瓦门房也以其特有的低调姿势在迎我。

门上方，毛泽东于 1958 年 9 月 10 日题写的“东山学校”几个大字依然闪着金黄色的光。1910 年秋，毛泽东挑着行李，怀着对未来的憧憬，与表哥文运昌走过二十多公里的崎岖山路，当他满头大汗来到书院，在门房的书桌边将《言志》一挥而就，堂长李元甫惊觉毛泽东是个人才，破例收下了已十七岁个子高挑的他。

书院分为东西两斋，教室寝室结构对称。斋房内别有洞天，有天井可供采光，门外有走廊，斋房后面的大教室有能遮雨挡阳的过道。大教室内有二十八张桌椅，我们一直向往的小班制，在 20 世纪初，毛泽东就提前体验过了。

站在天井里，我想象着晴明的日子阳光从天井斜斜地漏下来，明明亮亮将光明送到学子眼前的情景；细雨霏霏或大雨滂沱时，毛泽东坐在这间教室里，隔着窗看雨幕，听雨弹奏的乐曲与读书声相和，没有“无边丝雨细如愁”的哀怨，没有“朝来寒雨晚来风”的无奈，有的只是“孩儿立志出乡关，学不成名誓不还”的豪迈与激情。

书院外是一条人工挖成的便河，呈半环形，后有大教室将之分开。内方外圆，充分体现“礼乐相成”的儒家中庸思想。我站在正门外的便河石桥上，仿佛站在时间的隧道前，毛泽东正从桥的那头气宇轩昂走来。

书院青砖黑瓦，朴素庄重，原址像一朵盛开的莲花：月牙形的便河像莲花的裙裾和底座，与青黛的远山相呼应，有凤凰山敷文书院联“萦回水抱中和气，平远山如蕴藉人”的意境；中间的天井和六十余间层层推进的房子像莲花的花蕊，后面教室未打通处如同花梗。院如莲花，这朵花与季节无关，在每一个有晴无晴有雨无雨的日子，都会安静地盛开。理学鼻祖周敦颐酷爱白莲，舅舅为之构亭植莲，周乐游其中，深得其趣，一篇《爱莲说》如莲花般绽放。院如莲花，大约也是希望书院里的人如莲一样，“香远益清，亭亭净植”，成为“花之君子”。毛泽东在这里半年，春暖花开时，他“猛志逸四海，骞翮思远翥”，像鸟儿一样展开翅膀飞了出去。

从书院出来，那些青色的房子一一退去，在树影里若隐若现直至看不见，但它如暖阳，留下的仍然是炫目的光辉和永远青春的记忆。

故园三十二年

1959年6月25日，毛泽东回到阔别三十二年的故乡，回忆峥嵘岁月，看沧桑巨变，感慨万千，挥笔写下《七律·到韶山》："别梦依稀咒逝川，故园三十二年前。红旗卷起农奴戟，黑手高悬霸主鞭。为有牺牲多壮志，敢教日月换新天。喜看稻菽千重浪，遍地英雄下夕烟。"

三十二年前，父亲毛顺生把九岁的毛泽东送进私塾——青砖青瓦的南岸开始受教育。我们像当年毛主席一样站在他曾经读书的横梁之下第二张位。这张位没人愿意坐，因为站起来横梁容易碰头，毛泽东却主动坐了上去，他说横梁底下出栋梁。从那时起，他就立下青云志，"不破楼兰终不还"了。

韶山的山不高，但柴木深密，称韶山冲。所谓冲，即群峦绵亘、树木荫秀、人烟稀少之地。"韶峰撑起半边天，一峰如新一峰连"，这样的地方多少年来，交通不便，百姓日出而作日落而息，生活清苦，难抵温饱。俗话说："韶山冲，韶山冲，红薯柴棍过一生。"当年十三岁的文七妹许配给东茅塘毛家十岁小子毛顺生，仅仅是因为文家祭祖有个落脚之处，婚后，文七妹生下前两个儿子都夭折，第三个拜个石头做干娘，果真这个被称为"石三伢子"的命也如石头一样硬。毛泽东走出韶山，走向人生的渡口，从此百折不挠，义无反顾。我坚信他是背负着使命来到人间的，不断被离别载往远方，我们都只能看到他的背影却看不到他的泪水，我相信他只是不想埋没自己"欲与天公试比高"的理想。

而今，韶山冲已成为韶山市，烈士陵园、铜像广场、纪念馆，雨后春笋般的楼盘、饭馆、道路、公园、学校……彰显着盛世繁华。时间之轴转过几个三十二年，韶山已不是昔日的韶山。

近中午，我们来到毛泽东旧居，游客仍然摩肩接踵。故居前有两口山塘，大塘清清亮亮，小塘中的荷花亭亭绽放，粉红的花骨朵也骄傲地抬起了头。我喜欢荷，总感觉这荷，还有东山书院的荷，我与之恰时相遇，像是一场经久的等待，还好没有错过。据说，这两口山塘是在毛泽东未满月时他的父亲所开，一大一小，像龙的两只眼睛。懂风水者认为，故居前有水背有靠，堪为福地。我想，当初他父亲开塘的时候，对这个三儿子寄予了太多期望与祝福。儿子执意天涯，那些离别的疼痛，被他们藏在岁月的深处，不肯轻易示人。

吃了晚饭出来，暮霭重浓，山下已是万家灯火。人民广场音乐传来，悠扬不绝，广场上几拨健身者，把幸福安放在笑脸上，长裙短袖，尽情起舞，曾经的艰苦卓绝换来了今天的放心安稳，人们正在安享太平。

韶山，让成千上万的人奔赴而来，我每次来，都能感觉到人头攒动，好像这些人从没有远去，但我知道，秋水苍颜，不复往日，就像河流，看似滔滔不绝，但水已不是曾经的水，只是山势没变，故居没变，山依然青翠如初。四季轮回，时光流转，那人已荣耀归来，永不离去了。年华和年华长出的记忆，在心里生根，你看那一路上，不是依旧来来往往吗？

本文获“重走伟人路，讴歌新时代”全国散文征文大赛二等奖

城中的湖

几年前，我在株洲买了房子，房子离神农城不远。晚饭后，从黄河北路沿着神农大道去神农湖边散步，成了我的日常。

神农湖依河塑形，沿路两旁杂植了紫薇、香樟、罗汉松、海棠、旱柳、红叶石楠等植物，高低错落，红绿盎然。山边石板小路下，河水在挤挤挨挨的石头上欢快地流动；靠近湖边，一条黄褐色的油漆木板路架在水上，随水岸慢悠悠地前行，水里的水葱、香蒲、芦苇、芦竹蓬勃繁衍，清晰可见；离水边几米处，一条赭红色塑胶路蜿蜒而过，供自行车骑行或散步健身；外围是宽阔的汽车道。

每到黄昏，石板路和木板路上的人就多起来，推着婴儿车的，牵着小狗的，往前小跑的，一个接一个，像条长龙，我也常常加入这条长龙之中，乐此不疲。累了，就近找个长条椅坐一坐；渴了，打开路边的自动直饮水机，喝上两口。神农大剧院旁边有个游乐园，海盗船摆来摆去，到处是孩子们的欢叫。湖里，三五只船慢慢悠悠地荡着，夕阳的余晖落进水里，透着粼粼的光。逢节假日晚八点，神农湖的水幕电影准时开演，湖边高高低低的梯级座位上都是人。音乐起，中间的水柱猛然冲向高空，两边的水则妖娆着舞姿，不断变换着花样，声、光、电融合，美轮美奂，像一场视觉与听觉的盛宴。

株洲市河西的神农城，是以神农文化为主题的新型城市区间。神农湖经过拓展和环境改造，成为神农城的重要组成部分。神农电视塔高耸于湖边，沿塔边上去，是炎帝广场，广场上有一尊棱角分明的炎帝塑像，背着草药篮默然正视前方，仿佛正从远古走来。株洲是神农炎帝的故地，炎帝曾在株洲属下的茶陵县云阳山采草药，最后“崩葬于茶乡之尾”，炎陵县的炎帝陵至今仍广受后人的朝拜和敬仰，很多地方因此都冠以神农的名字。

株洲较早的湖，在神农公园内，20 世纪 80 年代我读书时到过。从神农湖经天台路，过株洲大桥不远就是神农公园，而今散步我还是喜欢去那里，开车几分钟就到。公园内有个游龙湖，湖中的人工堤将湖水一分为二，中间有三个拱形的涵洞将湖串成一起，湘江与之一堤之隔。站在横跨长堤的神农台上，江水汤汤，微风习习，神农阁被满山青翠包围，侧柏、水杉、梧桐、香樟像一把把大伞，幽深着这片山林。

株洲河西的万丰湖，属于城市河湖型水利风景区，湖边修造了人工沙滩和草地，植着大王椰、狐尾椰等热带植物。春节前的一天下午，我们一家来这里散步，本来晴朗的天气却阴晦起来，风里透着凉，草地上，有人支着帐篷，垫布上放满了各种吃食，正在烧烤，似乎寒冷与他们无关。湖边的步道上，有人在长跑。步道以外有旋转木马和海盗船之类的游乐设施和各类小吃店。人们三三两两，有的手里拿着烤串，有的牵着孩子，或席地而坐，或相伴而行，没有大声喧哗，呈现着生活的宁静美好。

城市发展了，城里的湖也多了，公园里，楼盘下，广场边，大小不拘，长宽有格，随地势曲折。像天鹅湖、栗雨湖等，都在城里。天鹅湖距神农公园很近，嵌在周边的高楼之中，站在桥上看，两只白天鹅雕塑正脱离水面，展翅欲飞；高楼衬着蓝天白云，与水中的亭台楼阁，倒影如画。

以前，一说湖，总让人想起青海湖、洞庭湖、太湖，而今，湖往往与公园、花园连在一起，湖在城中，湖在园中，要看湖，不用走远，就在身边，就在眼前。城中的花与树多了，一路摇着红红紫紫，像是欢迎着我们。人居环境提升后，愿意走出家门的人多了起来，湖边也渐渐热闹了起来。城市居民、远道而来的人，长住小住，大多都和我一样，喜欢去湖边逛一逛，散散步，出出汗，或打上几套太极，或跳上几曲舞蹈。湖边高楼林立，灯光如星光，夜晚的风凉爽舒适，一路上，小径通幽，草树摇欢，花木成畦，心里总是欢喜得紧。

花草树木，经过人工修剪、有序措置，在蜿蜒的湖边沿路摇曳，目光里存满山水画意，人与自然和谐共处。湖水清清亮亮，仿佛是城市的眼，一座城市因此变得明眸善睐，顾盼生辉。

第三辑

每个人的心里
都藏着一扇通往旧时的门
心，是一把钥匙
无论路有多远
累了，就去把故乡的门打开

——《向往》

提灯的天使

微微的凉风吹过来，月光薄如蝉翼，笼在我们周围。白天的热气早已散尽，夜晚的风带着新收割的田野的味道，弥散在身边。月亮猫在树梢上，躲了半个脸庞，在地上投下参差斑驳的影，像爷爷手中的蒲扇，随意地，摇啊摇。青蛙的声音此起彼伏，好像在赶一场盛大的夜会。

这是我们一家最闲的时候，一边乘凉一边唠嗑。家的右边，是一口占地十来亩的大塘。塘基上，凉风习习。如果来得早，夕阳的余光还没散去，便可以看到水面上粼粼的波光。我们捡了石子打水漂玩，一颗石子掠过去，一跳一跳的，蹦了好远。另一边，是我们白天劳作的形态各异的田地，在昏暗的暮色里，像一幅随意涂抹的写意画。

很快，天完全黑下来，月色盈野。我们或坐或卧，退却了白天的燥热，凉意慢慢袭来。大哥躺在竹铺上，数星星，小妹帮着记数。我数萤火虫，二哥记数。萤火虫看不见，看得见的是它尾部的绿荧荧的灯，一闪一闪，一盏一盏，小小的亮光，远远近近，游过来荡过去，秋千一般飞。

大哥提议说，我们来捉萤火虫玩吧？小妹听说要捉萤火虫，一骨碌从竹铺上爬起来。二哥不知从哪里找来了一只棕色的空瓶子。塘基上一下子热闹起来，大哥二哥张牙舞爪，小妹跳跳蹦蹦，我则轻手蹑脚，盯着那点点的亮光，小心地追过去，两手手背向上拱，靠近那灯，随时准备两手一合，囚住那小小的会飞的光。囚住了！我喜不自禁，对哥说："天上有星星，地上也有，你看！"我慢慢将两手分开，萤火虫在手心里，慢悠悠地爬，尾部的灯一闪一闪，发出黄黄的光亮。哥帮我将手上的萤火虫小心地放进棕瓶中。不一会儿工夫，瓶子里就荧荧绿绿，远远望去，像一盏小橘灯。

我们一回一回"捉放曹"，塘基上，田野边到处堆集着我们快乐的喊叫。我记不清抓过多少回萤火虫，我只记得，我用手扑住它，看它提着灯笼，在手心中慢慢地划动，划出一线又一线蜿蜒的光亮。放飞后，看它在我眼前慢慢地飞，慢慢地远去，慢慢地分不清哪只是哪只。自由抒放的个体，无数的小精灵，吮着清露，将夜晚打扮得灵动生辉。

我手举瓶子，盯着它们看，体长不到一厘米，身体扁平，细长，头部不大，较大的前胸盖板盖住，体壁和鞘翅柔软而轻薄，两根触角却长，尾部的几节闪闪发亮。后来才知道，原来是荧光素在起作用，会飞的多是雄虫，为了爱情。不能整晚地发光，寿命也短，只有五天到两星期。我对它们有了更多的怜惜。

秋风夜放灯千盏，我一直认为，那是我童年里最幸福的时光。

很多年后，我看到一首诗："银烛秋光冷画屏，轻罗小扇扑流萤。"一个久居深院的姑娘穿着长长的拖地罗裙，一双纤纤玉手，拿着小小的扇子，轻轻入前一扑，流萤在前，扇在后。不由得暗笑自己当年，原来，扑萤的动作可以如诗一样美呵。

住到城里，那小小的灯光渐渐地离我远了，远到有时候想不起它来。有一次，我经过长沙梅溪湖桥边，看到有一片绿荷平铺水中。粉红的荷苞根根直立，叶上昂首。它的下方，用线牵连着星星点点的灯。那一刻，我仿佛又看见从前的萤火虫，在这绿色的水面贴面飞行，在我周边优雅地起舞。

夜色凉如许，月光如水，月色透过重重的树隙在窗前轻轻晃动。我不止一次地想望，推开窗，只见万千的灯在低空飞行，闪闪的萤火，像一首写给夜晚的诗。

纸　船

夜晚很安静，桌子上有几摞书，还有几支笔，我将它们安放在一个笔筒里。在笔筒的旁边有一摞堆叠起来的纸，严格地说，那不叫纸，应叫船。坐在桌边，累了，便折纸来玩，不去刻意选择材料，手边有什么纸便折了什么“船”。船多了，花样也多了，有的呈白色，有的船呈红色，写过字的，印了图案的，花花绿绿，一大堆“船”累堆起来，静静地靠在笔筒的旁边，傍着笔筒入眠……

我将桌上的纸船拿下一只，放在手心里。它很小，这是一张杜鹃花图案的纸，红色、粉色、白色的花在船上满满地开，像一座开往春天的山。我轻轻一握，它便消失在我的拳头里。我打开，它又出现了。不经意的动作，撩拨了我藏在内心深处的柔软。看着它，想起小时候看过的一首诗：

弯弯的月儿小小的船，
小小的船儿两头尖。
我在小小的船里坐，

只看见闪闪的星星蓝蓝的天。

此刻，我要是坐在船里，那一定也能看到低垂的夜幕闪烁的繁星吧。其实，我还真在夜晚坐过船呢。

我的家乡没有大河，小时候，船在我心中几乎没有概念。我第一次坐船，是在我十四岁的时候，姑姑家在沅江，我和父亲在长沙坐船去的。去的时候是夜晚，我糊里糊涂地跟着父亲上了船，根本就没有看清船长得什么样。只知道这船挺大，分上下两层。船在水里走的时候只有微微晃动，在我看来，那就跟小时候母亲抱我到摇篮里轻轻地摇晃没有什么区别。呵，原来坐船是如此平静而舒坦。当人声的嘈杂渐渐被夜色吞噬的时候，我仍然瞪着一双兴奋的眼睛东张西望，耳朵里传来的是马达的轰鸣声、桨片划过水时的有节奏的哗哗声。岸边，星星点点的火光，慢慢远去又不断涌来，跟天上的星星似的，无论你走到哪，它都跟着你，死心塌地地跟着，绝不离开。看着旁边熟睡的人们，哦，这船里，又会装着多少人的好梦呢？在梦里，明天，一定是一个新的开始。

后来我坐船多了，摆渡时的渡船，在水中游玩的快艇，漂流时的皮筏子，三层高的旅游船、简易的观光船，便有了不一样的感受。坐渡船的时候，船身小，晃晃荡荡，水在自己的身边溅起小小的白浪，我撩着水花儿，没有害怕。穿着红红的救生衣坐在快艇里在海上箭似的射出去的时候，我觉得自己就像掠过海上的海鸥，风驰电掣，自由自在，大约海鸥在海上飞也就是这种感觉吧。郴州东江漂流，坐着皮筏子，跟同行的漂流者打着水仗，有人落水了！正担心着，他三下两下爬上来，湿漉漉的衣服沾在身上，全然不顾，接着加入泼水大战，引来一阵阵快乐的笑声，长久不息。在水流奔涌的区域，随着皮筏子的一涨一伏，一波三折，那种快乐和刺激伴随着不断的尖叫声在身心里蹦跳。有时，就坐在船舱边，静静地看舱外，青山绿染天边，树木追至远方，村落安安静静，白云轻轻淡淡。有时，放眼河边两岸，看细碎的油菜花烂漫成一大片一大片的金黄。习习清风，盈盈水幕，夜空星云闪烁，船在水里画着涟漪，边走边画，不停不止。

渐渐地我喜欢上了坐船，也学会了折纸船。

女儿两岁的时候，一次去书店闲逛，发现了一本教折纸的书。看看价钱，也不贵，想想可以教女儿折纸啊，便买下了。回来照着上面的样子去折，学会了再教女儿。那以后，我折了许多的纸鸟、纸船、纸鸭，还学着剪双喜字、剪飞鸟、剪风筝、剪龙凤呈祥、剪双鱼戏水。小叔结婚的时候，我剪上一对双喜字，再剪出窗花贴上，喜庆不少呢。后来，时间一长，兴趣渐减，便好久都不再去折，去剪。偶尔想起的时候，我又记不起怎么样去折去剪了，只得临时找了书来照葫芦画瓢。后来，搬了两次家，这本书也找不着了，我便淡了折剪的念头。只是偶尔闲着无事的时候，折折纸船。也只能折折纸船，因为我将其他的折纸方法全都忘记了。只有纸船的折法，仍深深地留在我的脑子里。每次拿到一张纸，没事的时候，就将纸变成船，折好后放进手心里。我的手心就是它的海，手心平了，它就风平浪静地游；手心凹了，它也就翻了。

也许，船与我是有缘的吧。有人问我：你不会游泳，坐船你不害怕？万一船翻了，万一你掉下去了怎么办？我说，我没有想过。也许正因为下一刻的无法预见，我们才无法停止前进的脚步吧。人生就是这样，充满了风险也充满了好奇和乐趣。潘多拉的盒子一经打开，幸福与灾难，执着与冲动，美丽与丑陋，快乐与悲伤就成了不离不弃的孪生兄弟，谁也难以拆散他们。所以，我只想好好把握这一刻，将这一刻打扮成最美的新娘，好好欣赏。

我折的纸船是放在我书房的桌子上的，在我需要安静的时候，看一看它，或者再折上一只纸船，浮躁的心便会如同这些纸船。它的折叠很简单，几秒钟，一只小小的船便摆在了面前。泰戈尔说，他会每天折一只纸船，将它放进急流中，他希望远方的人能得到它，并能采到园中的花，将花栽到船上，游到岸边。这是一种怎样的美丽，怎样的一种惬意和满足！在子夜的微风中，想象着自己坐在船里，带着满载着梦的星火。冰心说，她每天将废弃的纸留着都折成小船儿抛进海里，让它们漂到它们想要去的地方。我这里没有海，也不可能每天去很远的河边，我只能将我的纸船摆在书房里。这小小的船呀，它是有怀的吧，它是有心的吧，如果有，我愿将我的爱与恨、快乐和忧伤盛在它怀里，种在它心里，在适宜的时候，将它放到我梦中的海里，漂到我想去的地方。

我把手心里的船重新放回它原来的位置，轻轻地。看，它睡了，杜鹃花也睡了，嘘——别惊扰了它们的梦。

父亲的农场

父亲的农场很小，六七间平房，加一个小小的坪。屋后，门前，都是山，偌大的山围着小小的屋，小小的屋成了山的点缀，仿佛一条裙子上的扣襻，因了它，裙子变得生动无比。山上，树木浓翳。

说是父亲的农场其实并不准确，农场不是父亲的，父亲只不过是农场的一个管理员。一干二十年，从一个未满五十的中年人干到如今白发丝丝缕缕。父亲就这样老了，老去的不单是父亲的头发，还有父亲的这一生。

房子外一坡又一坡的山，山上是密密丛丛的人工种植的杉树。房子是独栋，离得最近的人家也有近三百米，转了一个弯，平时是看不到的。门前一条并不宽敞的土路，偶尔会有汽车卷着尘烟飞驰而过，除此，这里更像一个世外桃源。文明与落后，欢喜与寂寞夹在其中，不温不火。

母亲在厨房里忙碌着。袅袅的炊烟在屋顶延伸着，慢慢弥散。我进来时，母亲正坐在炉灶旁烧火，红红的火光照着母亲的脸，平和而安静。没有散尽的炊烟在屋内雾一样流动，闻一闻，是家乡的味道。几乎失明的母亲在心里为自己安装了一双明亮的双眼，这双眼睛不但可以将自己的一切打理得井井有条，而且还能照亮父亲的生活。外来的人无法想象，这样的生活怎么过，可是母亲很满足，山外的生活就像母亲的眼睛，是看不分明的。她也难得知道，知道了她也丝毫不受影响，她只想用自己能有的方式过着想有的简单而幸福的生活。一座山，一栋还算宽敞的屋，一个陪着她一起变老的人，足矣！

残雪尚未消融，细细的雪花在空中如蝴蝶般飘来飘去，落到地上一点点声响也没有，一点点绒雪精灵般落在草丛里，落在树枝上，静静地观望了一会儿，消失在空中，再也寻它不着。

母亲照例起得很早，她沿袭了几十年来早睡早起的习惯。我起来时，厨房里熟悉的烟火味儿透过门窗飘进鼻孔里，我嗅了嗅，鼻子一酸，几乎要流下泪来。故乡，老家，乡音，水塘，烟火味……有多少次，梦里醒来，欲舍还留，眼底心里全都是它？

母亲一般不会叫我帮忙，这是母亲的习惯。她宁愿一个人在厨房里摸摸这个碰碰那个，摸索着洗菜切菜，摸索着煮饭做菜。她说，一个人，摸惯了。我当然知道母亲的心思，她是一个宁愿自己吃苦受罪也不愿喊人帮忙的人，自己能做的就绝不叫别人。我默默地帮着母亲打理着一切，心想，母亲吃苦耐劳，在看不见的情况下还能将菜切好，做菜的油盐正合适，米饭的水恰到好处，要是我眼睛看不见了，能做到吗？我在心里作了否定，不要说眼睛看不见，就是现在，眼睛看得见，都做不到母亲这样。对照母亲，我常常自感惭愧。母亲生活的天平在心里，一双明亮的眼睛不一定敌得过一双灵巧的手，一双灵巧的手又怎能敌过一种全心全意的付出！

第二天，天晴了。屋外，阳光万点。

父亲惦记着爷爷奶奶的坟还没有修好，坟头每年茅草丛生，野鼠出没。父亲觉得有愧于祖先。趁着天好，他叫上兄长们修坟去了。傍晚，修缮祖坟回来的父亲特别高兴。一天里把事情全给办好了，心里的一块石头落了地。晚饭时父亲破例地喝了些酒，话也多了许多。说起他十二岁时便死去的母亲，我的祖母，父亲的眼睛更红了。母爱在天边，父亲看得见，母爱在心里，父亲一拿出来便成了嘴里的话匣子，止也止不住。父母不在了，那一抔黄土便成了儿女的梦。

我劝着母亲回家，农场毕竟不是他们最后的归宿，两个哥哥也在家腾出了房子等着他们回去。母亲说，她听父亲的。我又劝着父亲，父亲说：再等等。在这样一个山窝窝里，拿着一份少得可怜的工资，一待便是二十年，父亲还在等什么？

父亲不说，我懂。

屋内，炊烟又起，穿过屋顶，缭绕到屋外，母亲又在做饭了。

五福春联

20 世纪 70 年代末大年初一的早晨，阳光也跟我一样起了个大早，斜斜地照亮了我家的半面墙，也照进院子里山楂树上那厚实的喜鹊巢里。我看到那里树影婆娑，阳光在跳舞，听得见巢里鸟宝宝欢快的叫声。

这一天，是我一年中最愿意起早的一天。我早早地穿上了姆妈请来的裁缝新做的衣裳，粉红色格子外套，蓝底红色小碎花棉袄。一年之中只有这天才能穿上新做的衣服，所以我们都格外珍视。穿上它的那一刻，快乐突然胀满了全身，推着我到处乱窜。我看到父亲将毛主席像高高地挂在了堂屋正对门的墙上，把十大元帅的画像贴在南北的墙上，每边五幅。父亲又拿来一副对联，要我把糨糊——一种黏稠的米汤拿来。我是跑步去拿的，我的脚步声也充满了欢快。父亲将对联贴上了，刚刚上学的我，刚好认全上面的字：

听毛主席话

跟共产党走

贴春联是我家的老传统，每年大年初一，父亲都会早早起床，将鸡杀了让母亲拿去炖好，然后就开始张贴人物画像、年画和对联。而我们兄妹几个，就跟在父亲身后转来转去，幸福得像花儿一样。

80年代，我升入高中，后进入大学。计划生育成为国策，抓得紧。我大哥先是女儿，后是儿子，养了两个；二哥先养了个儿子，按政策就没有再生。农村联产承包到户，电视开始进入家庭。但我家没有，要看只能走上一里路到“邻居”家看十四寸的黑白电视。刚开始买来电视那会儿，邻居家每天晚上都挤满了人，邻居便将电视搬到外面来看。我去过几次，每次前面都坐满了人，我只能站在后边远远地观看。当时我想，要是我家有台电视，该多好。我家处在宁乡、湘潭交界，丘陵地带，人少地多，包产到户后承包了十多亩水田。我在外读书的时间多，但一到农忙假，都会回来帮忙。那时，家里唯一的交通工具是一辆男式永久牌自行车，有空我就在自家院子里骑两圈，慢慢无师自通，却不熟练。有一次看望老师回来，在三仙坳的陡坡处狠狠摔了一跤，脚背缝了六针。正是双抢时期，哥哥笑说我偷懒，躲过了农忙。父亲见我闲着，便说：家里新建了房子，大门还缺一副对联，你拟吧。我拟了一副：

黑白电视高台喜看分田到户

老少一心家岭迎来积谷成仓

我家新建的房子比以前的老屋推后，地面高出了不少。高台是房子的高度，家岭是房子的位置。对联一直留到了过年。

90年代，这十年发生了很多事，北京亚运会、香港回归、澳门回归。我结了婚，买了一部二十一吋大彩电（那时算大的了），建了新房，买了摩托。到了1998年春节，我还记得我们一家人坐在一起看春晚，看那英、王菲唱《相约一九九八》，对联也变成：

彩电恋上新房齐看中国春晚

九七相约九八同歌香港回归

进入21世纪后，南方遭遇百年难遇的雪灾，但由于防灾救灾措施到位，并没有给我们带来多大影响。我家添了一辆女式摩托，再次搬入了新居。新居的窗户外面是一片浓郁的绿。每天一推开窗，绿色即与我的目光拥抱，随同来的是清新的空气和清脆的鸟语。北京奥运会的时候举全家之力买了一辆银白座驾。过年的时候，姆妈再不会请来裁缝给我们裁新衣裳，物资越来越丰富，我们的衣服都是买，也不只是春节穿新衣服，一年四季都可以穿了。在外久了，父母成了老家隔山隔水隔不断的牵挂。以前，与父母的交流都是通过写信，一来一回最少半个月。父亲的来信我收藏了好多年，后来在搬家时不见了，想来还很遗憾。手机换了好几个，与父母交流变成了打电话。春联便变成：

新房好不过窗前绿

乡水流得来父母音

最近十年，女儿大学毕业，参加了工作。我们在市里买了房，结婚时老公送了她一辆凯迪拉克。家里换了一部五十五吋大彩电，回过头来看，以前买的二十一吋彩电，实在太小了，至于十四吋的，早已淘汰了。去年，老公买了一辆黑色 SUV。旧的银白座驾舍不得弃，由我开着。手机也更新换代了，不但可以打电话，还可以视频、聊天，生活步入了小康。春联变成：

四十载携康入户

十九大立国为民

改革开放四十年，生活的变化翻天覆地，以前的梦想，和做梦都不敢想的，如今变成了现实。五副春联，寄予着我们对未来的展望和追求，见证了我们的生活从贫穷到富有，也见证了时代的变迁。以前有“五福临门”一说，“五福”出自《尚书•洪范》：“一曰寿，二曰富，三曰康宁，四曰攸好德，五曰考终命。”指的是：长寿、富贵、康宁、好德、善终。对联是时代的反映，十年一台阶，生活越过越有福。“富强、富裕、平安、快乐、健康”，这是我们的新五福。

五副春联，就是“五福”春联。

橘子、山楂和狗

我读高中的时候，没有公交，一个月回家一次，没有别的法子可想，全靠两条腿走着回去。

学校离家近二十里，要翻过好几座山峰，过好几个村庄。山一座连着一座，路一条连着一条，波浪一样，像小珈伦穿在脚上停不下来的红舞鞋，转呀转呀，接连不断地伸展，舞动，直到消失在视力所及的远方。我常常一个人，提着回家或回校的日常用品，走在空无一人的山道上，听得见自己喘气的声音，除此，便是蝉鸣和鸟鸣。我是看着山长大的，换句话说，山是看着我长大的。

因为路远，到家的时候，太阳常常挂到了西山上，暮色慢慢聚拢来，模糊了视野。村里多数人家的屋顶上已是炊烟袅袅。

姆妈正在厨房忙碌，灶堂边燎出红红的火舌，舔着屋子里的香味。烟雾在厨房里游弋，又从门窗探出头来，在屋顶缭绕入空。

见到我，姆妈说了声:“回来了！”手脚却不闲着。我答应一声，放下行李，来到厨房，帮着择菜。一边跟姆妈闲聊，姆妈的问话千篇一律：学校伙食吃得惯不？衣服有少吗？学习倒是很少问及，姆妈了解我，从不担心我。

从小到大，学习都是我一个人的事。好与歹，他们都不会特别地表扬和着急。姆妈会在人前自豪地提到我，父亲唯一能做的是，将我每期得到的或大或小的奖状挂到墙上。

一会儿，饭菜熟了，二哥正好从田里回来，爸爸像是闻到了饭菜的香味，脚跟脚踏进了厨房。菜上桌，两素两荤：清煮南瓜，韭菜炒鸡蛋，豆豉拌油渣，另加一大盆猪脚炖萝卜。我说：姆妈，知道今天我要回来？看着桌上清煮南瓜，六个碗盛着，一人一碗。中间是我最爱吃的豆豉拌油渣，猪脚炖萝卜。这些菜平时吃不着，除了生日节日或双抢啥的，才会打一回牙祭。

“这周到了一个月，估摸着你会回来。”姆妈将一块猪腿肉夹到我碗里说。

小妹抢着说：“姆妈昨天特意称的油。”

我四下张望，不见大哥：“大哥呢？”

二哥说：“大哥到乡上办事去了，要晚些才能回来。”

吃了饭，姆妈将菜放到锅里热着，这是姆妈的老规矩了。读小学和初中的时候，放学回来误了饭时节，姆妈便会将饭菜放到锅里。我们回来，揭开锅盖，饭菜温温热热，端出来，我们一顿海吃大嚼，吃饱喝足，各做各的事情去。

在家待上一天，第二天下午，收拾好东西就要回学校了。

院子里，父亲种了好些橘树，长得茂盛青翠，有一人多高。上面的青橘已有小孩的拳头那么大了，还没熟透，却早已被嘴馋的人摘去了不少。四周的刺篱笆围着也无济于事，只能挡鸡挡鸭，挡不了人。

经过橘园的时候，见姆妈趴在园门口地上，把我吓了一大跳。姆妈看到我，脸上堆起笑容，露出嘴里的白牙，道：我给你摘几个橘子，带到学校去吃。她两手拿着青黄的橘子，半人多高的园门，身材矮小的母亲哪里跨得过？两手又不得空，恰巧园门底下，不知谁弄的，留出了许多的空隙，姆妈便想从园门底下钻出来。

我心里一热，嘴里却说："这橘子还没熟呢。"

"橘子熟，起码还要半个月，等你下个月回来，这橘子就分完了？"姆妈将一个橘子交到我手里，剩余的橘子全塞进我包里，又问，"山楂片带了？"

我说："没。"

我家院子前面有一棵硕大的山楂树，大人都这么叫，我也这么跟着叫，后来我看《山楂树之恋》，那里面的山楂树的果子是红的，不是我看到的黄色果子，我才知道，这棵树不叫山楂树，应该叫"酸枣树"。树上每年结着数不清的青青黄黄的果子，红枣一般大小，果子成熟的时候，看着它，都让我垂涎欲滴。果子打下来，吃不完，那时候没有卖。姆妈便将它们一锅煮了，加上南瓜、辣椒、紫苏、甘草，剁成肉泥。趁着太阳，将肉泥摊成一大片一大片，晒干了，再切成小片。加工完的山楂片酸酸甜甜，味道极美。姆妈每年做上一坛，有客来时拿出一小碗，想吃时随手抓出一把，便是我们的零食。后来我去了外地，听说这种美食成了当地有名的特产。再后来，山楂树被父亲砍掉了，不过，山楂片姆妈还是年年做。

姆妈走进里屋，不一会儿拿出一个塑料包，道："这山楂是从对面人家买来自己做的，知道你爱吃。"

我要留下一些给他们，姆妈坚持不让，说:“我还打算做一些，下次回来还有得吃。”

走远回头，姆妈仍站在屋檐下，渐行渐小，像一棵树。直到现在，每年回去，姆妈仍会拿出山楂片来待客，我走的时候，还会带上一袋，味道还是以前的味道。这个时候，我就觉得我还停留在过去的时光里，仿佛一直没有变过。

路上，山里人家，偶尔有几声狗吠。我不怕听到它的叫声，最怕它对着我狂吠。每次经过有狗的人家，我心跳就会加速。其中有一户人家的狗，全身白色，长得虎背熊腰，见到我，舞动前腿作窜上来要扑我的姿势。见到它，我的脸就会吓白，心扑腾扑腾直跳。我将提着的东西挡在前面，色厉内荏地大声呵斥：“狗，走开！狗，走开！”后来听主人叫它小白，我便也叫：“小白，走开！”我不知道狗听不听得懂我的语言，我还是要大声呵斥，希望它能走开，这时候，我对狗的害怕大约远远超过了狗对我的害怕。大多时候，狗的主人听到我的声音，叫几声:“小白，回来！小白，你回来！”好在狗也并不是真要咬我，“汪”几声后在主人的呵斥声中，装作不情愿的样子，走开去了。

狗走了，好半天，我的心才镇静下来，为安慰自己，我将姆妈交到我手里的橘子，剥开，放进嘴里。橘子有些酸，酸里带着些甜，有点儿山楂片的味道。我摸了摸包，好些个地方，硬硬的，圆圆的，我知道它们都在，心里顿时踏实多了。

这样的回家我每个月经历一次，就像我不断温习的功课，没有刻意，已是刻骨铭心。阳光在我后上方，温温热热，像姆妈温在锅里的饭菜。小小的影子投射在脚前方，陪着我。包有些沉，我提着它，走得飞快。

如今，山还是那座山，人还是那些人，路还是那条小路，我的目光常常回头，我看见在我的身后，一直有不止一双注视着我的目光，那里面有我的亲人，还有，我并不富裕的故乡。

那年的新衣

“锄禾日当午，汗滴禾下土，谁知盘中餐，粒粒皆辛苦。”我从爷爷那里明白了这首诗的分量。小时候，买粮要粮票，买布要布票，按票供应，谁也甭想多分。爷爷说桌子上不能有一粒饭，有，要捡起来吃掉，否则他的脸上就会挂霜，就会骂我们不爱惜粮食。衣服破了一点点，让我们拿块布补一补，照样穿。越是缺少越是珍惜。

“二十三，裁衣衫，二十四，扫屋子，二十五，做豆腐，二十六，剁猪肉，二十七，洗尘衣，二十八，贴年画，二十九，祭先酒，三十晚上熬半宿，初一初二到处走。”过年有过年的习俗。过年，必得用丰足来回报一年的辛苦与艰难，用一年一度的奢侈来唤取来年的丰收和美好。二十三，是过小年的日子，我家的年，从这天起正式开始。每年腊月二十三，母亲都会请人到家为我们赶制新衣，这个习惯延续到 20 世纪 80 年代末，从来没有变过。

二十二日下午，行近黄昏，暮霭初起，父亲去接缝纫机未归。我隔一会儿就窜到外面，看到父亲挑着缝纫机出现的那一刻，就像阿里巴巴打开宝藏的大门，眼睛放出了光彩。二十三日早七八点，裁缝师傅——我的远房伯母按时到了，手里拿着剪刀、量尺。每做一件谁的衣服，就会喊谁过去量尺寸。伯母剪着齐耳短发，头顶的头发束在一起，在一边用一根缠了红绳的橡皮筋扎起来。我母亲的头发也是这样扎，大概这是那个时代妇女的流行发式。伯母长得很漂亮，圆圆的脸，笑起来特别美，说话的声音很柔和。她的手在我身上比量尺寸的动作很轻柔，量下的尺寸全记在心里，从不要用笔记下来。她横一下竖一下，这里比一比，那里量一量，然后站起来对我笑着说：好了。布料堆在裁剪台面上，花花绿绿，我仿佛看到布料一块块立起来，拼在一块，恰好是我新衣的样子，散发着新衣特有的味道。尽管急不可耐，我也不得不使劲忍住，不到大年初一是不准穿的。

高中时，母亲为我做了一件棉袄，一条浅蓝色裤子。那时候，流行喇叭裤，做之前，母亲第一次征求我的意见，我说，希望做一条喇叭裤。母亲同意了，让伯母给我做了一条。那天我恰好去了外地的姑妈家，回家一穿，短了，短到整个鞋跟都露出来，还露出一截袜子。喇叭裤是要盖住鞋面的，这样才好看。穿的时候，为了使裤子显得长些，我将裤腰尽量放低一些，将裤子抻了又抻，但无论怎样努力，裤脚都没办法扫到鞋面。我就穿着这样的流行裤，度过了一个完整的春天和夏天，直到上大学。现在的学生，有的特意把裤脚剪短，吊着，露出一双袜子来。想不到我那条裤子在几十年后竟然追上了时尚，时尚这东西还真是说不清楚。

一年到头就小年这天做套新衣，还要等到大年初一才能穿。至今想起来，不是苦楚，却是浓浓的幸福。幸福是一种感觉，这句话在我们小时候就体验过了。没有足够的粮食吃，偶尔饱餐一顿，便觉幸福；没有新衣服穿，一年穿上一回，便觉幸福。过年，在我们心里，意味着可以吃饱吃好，意味着可以穿上新衣，大鱼大肉放开肚皮吃，自家的小吃加上人家的小吃，衣服袋子里总是满的。初一穿上新衣，走东家串西家，除了吃，更多的是炫耀自己的新衣服。

没有饿过，就不大能理解粮食的重要，没有挨过冻，就难以感觉衣服穿在身上的那种幸福。现在，衣服多了，便在款式、质地、价格上挑挑拣拣，有时在外兜了一圈，花了一天的工夫，也不能确定买下哪一件。那时，我们是没有这个资格的。母亲买了什么布料，就做什么衣服，做成什么样子，父母说了算，由不得我们。那时候，我们的要求几乎低到了尘埃里去。如果硬要说要求的话，那就是，快点做好，快点到初一，我们要穿！那种急切，那种盼望，至今想起来，都觉得不可思议。

小年的新衣，大年就能穿到我们身上，让我们从小年这天开始，往后的日子都充满了向往。如今，恐怕没有谁再会需要积蓄一年的时光，去等待一次饕餮吃喝，盼求一件普通的新衣，物资的丰富早已让我们的胃目不暇接，让我们的身躯披红着彩。但小时那种经久的盼望和热切的等待，仍时常让我想折返过去，与之相遇。

丝瓜皲里的爱情

傍晚时分初起的暮霭，沿着墨绿色的树边、丛生的野草和高低不等的田埂渐渐散开，渐渐淹没远处黛黑的群山。那一汪原本十分浩荡，如今却极其吝啬的水面像一面宽广的幕，横在我面前，还有满屋子的烟雾。我看见这些烟穿过门窗，像蛇的舌头一样往外舔，另一部分钻进烟囱，从烟囱里袅袅娜娜出来，瞬间弥漫了一片辽阔的天空。

我听到母亲从烟雾里传来的一声咳嗽。我踏进厨房，立即被烟呛得连连咳嗽，我用手往旁边拍打着烟，想把烟拍开，一转头，看见母亲正在案板上切菜。我说："妈，我来切！"

母亲听话地让出地方，转身到灶台边炒菜。一会儿，她自言自语道：丝瓜皲怎么不见了？正好父亲进来，听了母亲的话，他走到灶台前，找了一圈没有看见，最后在炒白菜的锅里捞出了丝瓜皲，但父亲却装着在地上捡起的样子，对母亲说："掉地上了！"父亲没告诉母亲，默默重新炒了一份白菜。

丝瓜皲，学名叫"丝瓜络"或"丝瓜筋"，有的地方叫它"天罗网”“千层楼”，但我们这儿的人都叫它丝瓜皲。“皲”字形声，“军”音，入声。山里的人，大多喜欢收藏一些放在家里备用。丝瓜皲有活血、通络、祛风之功效。如果胸闷胀痛，将丝瓜络配上柴胡、香附、郁金、瓜蒌皮一起煎，能收到很好的效果。平时山里人喜欢用丝瓜皲刷碗，去油，洗得干净，更主要的是，这东西家家都有，就地取材，不要钱去买。丝瓜老了，里面的瓤慢慢变成丝丝缕缕，变成了我们口中的“皲”。村里人总会留一些丝瓜皲，里面的籽躲在丝瓜皲里，干了的时候，倒一倒，会掉出来很多。这些籽是救种的，来年合适的时候，放在土里，用不了几日，就会长成丝瓜秧。丝瓜秧栽下去，借风见长，很快就会沿着搭好的瓜棚架攀援而上，姿势是极其柔美的。明代张以宁描述丝瓜：“黄花翠蔓子累累，写出西风雨一篱。”可以想见，在青绿色的叶枝下，渐渐开出小小的喇叭一样的黄花来。篱畔西风轻抚，霏霏细雨涵润，不久，在花的根部便会长出一条条细细的表皮有些粗糙的鲜嫩绿丝瓜来，最是惹人怜爱。

我在外地二十多年，已习惯于用丝瓜皲洗碗。我不种丝瓜，母亲每年都会留下一些丝瓜皲给我，没有了我就到集市上去买，一块钱一条，很便宜。但用来用去，我还是最喜欢用母亲给我的丝瓜皲。

白菜是父亲自己种的，纯天然，很嫩。母亲把饭撒在桌上，我一提醒，母亲连忙用筷子去夹，夹半天夹不起。父亲从旁边撕一张纸，将饭菜扫进垃圾桶，对母亲说：“你吃你的饭，桌子上不要你管。”

母亲睁着一双失神的眼睛，嘴角却起了笑意。母亲的眼睛天生一个大一个小，大的青光眼，现在全然看不见，小的白内障，有一点光感，常常迎风溢泪。二十多年前妹妹在韶山医院生孩子，母亲去看妹妹和妹妹的孩子回来，要走将近三十里的路，这条路母亲从没有走过。很少出远门的母亲看着天色像一张网罩下来时，内心越发焦躁，只想快点回家。她自作主张想当然地选择了一条她从没走过的山路，在山里转了好久，就是转不出。天色越来越晚，母亲越来越着急，等到她跌跌撞撞回到家，眼睛从此失了明亮。

父亲找遍当地医生，后来转到湘潭一所医院，动了手术。可是，母亲的眼睛再也没能回到从前。起初，还能看到点影子，住在农场的时候，还能摸索着去水边洗衣服。现在，只剩下一点光感，做事情就越来越“马虎潦草”了。

晨曦渐起，我特意比以前起得早些。穿过小弄堂，看到父亲在弄堂门外边坐着，鸡杀了，正在褪毛。赶到厨房的时候，母亲已在烧水。灶膛里的火在灶沿燎着舌头，变成烟雾在厨房里肆虐，灶边的地上柴草牵牵连连散了一地。我一边将柴火收拾好，一边说：妈，好早！母亲笑着：“平时都是这个时候起来，案板上的姜葱切好了，等会儿下了面，你放进去吧。”

早饭后，父亲很快将鸡褪毛、剖肚、挑肠、洗胃，一一弄好。母亲洗木耳、葱姜，鱼用盐抹好，蘑菇洗干净，干笋浸泡……这是中午的菜，一一切好备好。两人有条不紊，分工明确。我在旁帮衬着，中午的菜是大嫂做的。母亲有了空闲，便和我聊天。对面的人家买了一辆车；下冲的女儿出嫁了，新郎是县城里的；上家的父亲去世了，一直以为没钱的老爷子竟然存了三万块……母亲一五一十道来。八十岁的母亲眼盲耳聪，什么都记着。我说：“妈，你记性真好。”母亲有些得意：“我眼睛不好，可我记性好。你爸老是不让我做，我要做。早一阵子，你姑爷过来，我拿饭茶时，把几样饭茶混在一起去了，回了润，你爸说了我，我还是要做！”说这话的时候，母亲像个淘气的孩子。

早饭后，母亲将父亲的衣服和自己的衣服用洗衣粉搓洗好放在一个水桶里，父亲见了一言不发拿着水桶去了屋旁的水塘。我问母亲，是不是现在都是父亲去塘边浣衣服。母亲道：“你爸不让我去，现在水塘越来越干，搭一个桥板子，没多久水又少了，洗不了衣服，只能站在水里洗，你爸就不让我去了。”父亲洗好回来，母亲接过来，将衣服一一晾在早已准备好的竹篙上，将已经干的衣服收下来折好分放。我说：“妈，你分得清哪是你的，哪是爸的？”母亲自信满满：“分得清！”

临走，母亲给了我两条丝瓜皱，里面的籽母亲全部倒出来了，她要留着做种，我收下了。母亲又打开柜子，将吃的拾掇了些要给我，我不要。父亲说：“你收着吧，这样你妈高兴。”接着，父亲又扯我到一边，轻声道：“以后你回来，厨房里洗洗切切的事不要帮你妈做，烧烧火就好。”我还想着那个丝瓜皱，说：“炒菜呢？”父亲说:“你们没来，都是你妈做;来了，你们炒，洗切由她。”父亲怎么这样？他不知道母亲看不见？我便有些不高兴，说:“爸，以后，厨房里的事，你也学着做点吧，妈多不方便。你看那些散到地上的柴火，都快牵到灶膛里了，多危险！”父亲摇摇头，说:“你妈自己要做，你放心，每次做完饭我都会再收一下场。外面的事她做不来了，厨房里的事再不让她做，她以为自己是个废人，不高兴呢。”我说:“你没看昨天，那个丝瓜皱——”父亲笑呵呵道:“你妈做什么我就吃什么，反正毒不死。实在脏了还可以重炒一份，不告诉她。”这时，听母亲叫父亲说：“你等会儿将针穿好线，我要补只袜子。”我连忙说我来，母亲说:“不用，你爸眼神好着呢。”

当年，母亲由媒人领着相亲，对父亲一见钟情。父亲高大英俊，母亲矮小白皙，两人的婚事很快定下来。婚后母亲接连养了我们四兄妹。由于家庭贫困，母亲每天天不亮就起床，生火做饭，待我们吃了上学去了，她便出去挣工分。一天到晚，像个陀螺似的转，却从不埋怨。父亲颇有大男子主义，家里的事一概不插手。每天回来，跷着二郎腿等饭吃，吃完碗一放，做他的事去了。做椅子，修葺房子，整理院坪，田里、土里，他去忙他的，母亲从不说他，也不怨他。后来，母亲失明，父亲仍主外，母亲主内，父亲买来的吃的用的都交给母亲，母亲一一放好。母亲的心里有一本账，明细着。

我有时会劝父亲说："您有高血压，以后牌少打点，别硬撑，适可而止；膝关节不那么好了，挑水别挑满，力所能及就好。"父亲小声向我汇报说："这半年我几乎没有打牌。"我说："是不是妈说您了？"父亲连连摇头："不是，你母亲从不说我，是我自己不打的。"哥在旁说："爸打得少了，晚上从不出去。"这我知道，我听哥讲起过。在农场的时候，父亲有一回吃了晚饭，回农场迟了些，哥留父亲，可是父亲坚决要回去，父亲后来才告诉我们原因："你母亲在那里，她怕。"现在回家了，父亲还是延续了以前的习惯。接着父亲对我说:"我自己的身体差一点倒不要紧，但我得留着我这条老命，陪着你妈。"

至今，母亲都沿袭了以前的习惯，烧柴，偶尔会用液化气，还是来客的时候。父亲本来可以过上更好的生活，但为了失明的母亲，他甘愿过着清贫甚至近乎原始的生活。他知道，对母亲来说，他就是母亲的眼。

母亲站在门外，一直"望"着我们走来走去，收拾着东西准备离开，但她不走近，就站在台阶上，一句话不说。父亲走近我们，跟我们说着路上要小心之类的话。

走远，回头，我看见父亲搀着母亲，走到了坪院当中，朝我这边望。我朝他们远远地挥手，笑着，眼里却泪花闪烁。这一别，有可能又是一年。今年母亲八十有二，父亲八十，下次我回来的时候，他们还会像现在这样，站在坪院里，“望”着我远去又归来吗？

岁月你给它什么样子，它就是什么样子。一春繁花，一秋霜白，一冬梨雪，温暖、美丽。爱它，它就是你的阳光。《庄子•大宗师》中说：“泉涸，鱼相与处于陆，相呴以湿，相濡以沫，不如相忘于江湖。”我的父母亲，便是如此吧。他们就像丝瓜瓤和丝瓜皱一样，到老了，瓤慢慢变成皱，千丝万缕，分不出你，分不出我，两人在彼此的世界里住着，没有风花雪月，没有锦衣玉食，从不说爱。我却从他们那里，看到了岁月最美的模样。

《教师博览》“大夏书系杯•生活在亮处”全国散文大赛征文三等奖（2019 年 5 月）

看　水

清晨，丝线一般的阳光穿过树隙，布下万丈光芒，这光芒也照到了我伯父——看水员泉老大的身上。

看水这个工作原本是我爷的，爷干不动了，就交给了伯父。泉老大起得早，早饭前必先在田边转一圈再回来吃饭。吃过早饭，阳光照到院前的樟树尖儿上时，泉老大便起身，给孩子们交代了几句，披上一条白色的擦汗毛巾，从堆放农具的堂屋熟练地拎起锄头，戴上草帽，出门时拿锄头的手往上那么一扬，锄头便轻快地到了肩上。出门时，泉老大照例要看看天色，然后径直朝上屋边的田埂走去。

这样的工作泉大每天重复着，日复一日，年复一年，连泉老大自己都记不得自己干了多少年了。

禾苗离不开水，如同人离不开水一样，塘里的水满了，白花花的闪着粼粼的波光。水在田里流动，经了时光的糅合，这些水的流动渐次变成禾的绿，谷的黄，变成一瓣一瓣的带着颜色的花，变成血液在人的身体里流动，变成呼吸，变成活蹦乱跳的一条条生命。人和动物、植物所需要的一切，都与水有关，世界因为水的温柔相送，村庄因为水的婉转歌唱，而变得生机勃勃。人们甚至都不愿意去想，如果水忽然缺失，植物会变成怎样的凋零与衰败。

于是，村里便有了“看水员”。看水，这样一个光荣的职责，从我爷那里传接，最后落在我泉老大身上。泉老大很为此自豪，活不算累，背着锄头从村子的这头走到村子的那头，田间地头穿一穿，一天走上几个来回，活就干完了。

泉老大扛着一把锄头，经过我家门前，常会来我家坐一坐。父亲在家，便会搬条凳子，跟他坐在大门外边的阶基上唠嗑。东家长西家短，唠得最多的还是水。父亲是多年的队长，泉老大一来基本成了汇报工作。哪丘田的水多了，哪丘田变干了，刚长出的秧苗田里该放多少水，待熟的稻田里还有多少水，都在泉老大的心里装着，他只要一看便都知道。

夏天中午，阳光晒得草儿打蔫，鸟儿恋巢，人们都回家歇息去了，根娃子的那块地势高的稻田水没有放够，根娃子准备用人力水转翻车，将水转翻上田。泉老大放弃了休息，去帮他的忙。初夏的稻禾正长身体，像吸水机器，放的那点水不到两天就没了。一顶草帽，两个人，一辆水翻车，成了中午时分特别的剪影。

为了调节水平衡，水塘靠近水的地方，常会搭一个人工车水架，上面可容两个人并排坐。说是坐，也就是屁股底下一根削扁了的木头，车水前，两个大人坐上去，将双脚踏在水翻车的踏轮上，两只手搭在前面有一定高度的木头上。车水时，两人配合默契，水车才能运转如飞。两只脚开始时要用力，等水车转起来力度就小了许多。他们的腿一前一后，快速往内翻，身子随着脚步左右摇摆，像在跳舞，动作自然、流畅、和谐，在午后的阳光里，像一幅极具质感的画。

泉老大车水时，我也曾爬上去一试，坐在木头上，踮起脚尖去找踏轮，因为个子矮，屁股几乎只能是挨在木头上，坐好就不敢想了，那样踩不到轮子。我霸蛮踩了几下便下来了，觉得是一件很费力的事情。可是泉老大和根娃子他们就不一样了，他们将水翻车踏得咔咔直叫唤，水沿着翻车的叶片一片片推上去，进入涵洞，从塘基的另一边欢快地唱着歌出来，翻出一圈圈涟漪，然后雀跃地跑进了稻田里。田里的禾苗喝足了水，在风里摇头晃脑，说不出的得意。得意的还有泉老大，他用毛巾将汗水擦了一回又一回，一直守到田里的水差不多放够了才从水车上跳下来，拿起锄头，手一扬，锄头又轻快地落到了肩上。泉老大嘴里哼着歌，转过塘基，来到田边，看着水的深浅，将田埂的缺口处用泥挡住。田里的水深了，他将泥稍铲一铲，水可流进下一丘田。如果水不多，他就将放水的闸口用泥堵严实，泉老大做起这些来总是娴熟流利，一气呵成。

农业合作化时期，所有的田和山都归集体，出工铃一响，大家便都从家里出来，按队长的吩咐，各干各的事。双抢时，则分工合作。男的踩打谷桶、挑谷，女的杀禾，运送配餐，做不了这些的小孩子们便跟在大人们的后面捡稻穗。禾一扮完，马上又要插禾，原先干燥的田地需要马上放水，泉老大不用挑谷踩打谷机，但他也没有闲着。

泉老大的工作时间不固定，但相对自由，不像打谷、担粪、种花生、摘棉花这些工作，铃声一响，就得按时出工。泉老大可早可迟。看水累了，就近找户人家休息。在家的人掇条椅子坐在泉老大对面，陪他天南海北地扯闲篇。队里的大事小事，鸡毛蒜皮，全在泉老大心里装着。藏的话多了，他就喜欢唠，一唠还没个收场。有时唠着唠着猛然一拍大腿："糟糕！西冲田里的水怕是满出来了！"他一把抓起草帽，拎起锄头，三步并作两步，冲了出去。

山村里没有大河，所有的水源都靠天落。除了灌溉，蓄水是一件很重要的事。最怕遇到干旱，无水可放。因此，下大雨时，也是泉老大最忙时。塘里的水，田里的水他都要看，上游田里的水多了，他得挖开涵洞放水，每一个水道闸口他都要去看，有的本来被泥巴塞得好好的闸口被大水冲开了，他要马上加塞。这时候的他，戴着斗笠，披着蓑衣，肩上一把锄头，脖子上一条白毛巾，脚步匆匆。等到一切都做好了，他顺便来我家，见到父亲，堆出一脸的笑，步伐充满了干劲，隔得远远地，将一句话抛了过来："嗨，总算都搞定了！"

泉老大比父亲年长十多岁，长得魁梧，平时话语不多，走起路来比一般人都快。泉老大养了七个子女，伯婶因过度操劳，在养完最后一个儿子不到一年便撇下一家老小走了。泉老大没有再娶，队里考虑到他家的特殊情况，看水这个工作就派给了他。泉老大很感激，把水看好，是他最大的愿望。

村里有一口大塘，叫"蛙声塘"，夏夜乘凉，父亲说着收成，我们数着星星，真的可以听到蛙声一片：呱呱，呱呱，远远近近，高高低低，此起彼伏，像一首接一首的小夜曲。白亮亮的水在月光下反射出微弱的亮，给了夜晚一个呼吸的出口，一种安稳的现实之光。空中俯瞰，塘好像《宝葫芦的秘密》的那只宝葫芦，也像是一双眼睛，明亮亮地守着村庄，看着村庄，看着山变青变黄，又由黄变青，看着田野风吹稻浪，波浪如海，看着村里的人远去，又归来。

塘里的水总是清亮，一不小心就漫到塘基边，在微风里波光粼粼。口渴时，走上桥板，双手一掬，清凉的水便到了手心，清凉中有股甜味，比如今的矿泉水还要好喝。塘水流到田里，田里长出村人想要的谷粒；浇到菜地里，菜地上就变出一片耀眼的青绿紫白，有青绿的黄瓜丝瓜，紫色的茄子，还有雪白的萝卜。

塘的凹陷处，是一片菜地。前身是一丘一丘不规则的田，后来，水浅了，不够稻穗喝，田变成了一块一块的菜地，一垄一垄的绿，绿上面时不时挂上一些黄瓜花、丝瓜花，金黄黄得直晃眼。小时候月亮爬到树梢的时候，我们在那里玩老鹰捉小鸡，笑声掷得好远。母亲担心塘里的水对我的安全造成威胁，常常循着笑声来寻我，拽着我的手一路叨叨："水少了不行，水多了也让人担心，你泉爷爷看好水，我得看好你！"

你熟悉了村庄，村庄也熟悉了你，互相便舍不得离开了，再远的到达也是为了更好地归来。村庄没什么大事，对村里的人来说，早出晚归，张罗一天的生活便是大事。小事做好了，便是小事；小事做坏了，就可能变成大事。

多年后，当我再次回到村庄，村庄已不是过去的村庄了。蛙声塘露出了黄黄的泥巴，泥巴上长满了蒿草，裸露的地方像一位垂暮的老人，满脸皱纹。曾经风吹稻浪起千层的田野如今被一群叫作蒿草的陌生客挤占得满满当当，曾经宽敞得可以供人乘凉的塘基瘦得弱不禁风。村庄的西边，一大片山地被征收了，变成了黄土坡，北边的山地被推平，建了一个大型养猪场。有几家原本熟悉的住户已拆迁，去了十里外的集中安置区。

小时候以为，塘就是湖，天落的水都是要放到里面的，所以那里的水取之不尽，永远不会枯竭。直到有一天那塘里长出半人深的草，直到那塘里开出的裂缝四散奔走，水翻车上落满了灰尘。不知是不是因为我伯父泉老大已故去多年的缘故。水满则外溢，水亏则草生。自泉老大故去了后，村庄就没再设看水员，水因无人看管，渐渐变得任性，总是离家出走。塘，慢慢干涸，就像人，慢慢变老一样。

水涟漪成波，春天可以提前到来，夏天的夜晚与水光相接，凉风送来一盏盏诱人的萤火。我一直愿意相信，把水看好，春暖桃花开，秋夜纤无尘，有水居住的地方，万物生长，村庄无恙，岁月安好。

一棵树的光阴宛转

一棵树越过沧海桑田和无数季节的筛选，越过鸟儿千百次光顾，经过风的抚慰和月光的朗照，变得厚重、温和、大度，按理，它应该一直在某个地方安静地活着。如果某一天，它忽然消失在我们的视野，腾出一片空旷，像猛然间失忆，充实的日子被掏空。这种感觉，极有可能伴随你几十年甚至更久。

我家院前靠近路的水渠边，就有一棵树。

这棵树很早就有了，我一出生它就在这里。说不明白它是什么时候栽在这里的，有人说，它是果实流浪到这里后自己长出来的。爷爷就是看中了这棵树，才决意把房子建在它的旁边。树很壮硕，长着不光滑的青褐色外皮。我和哥哥曾经分别试着张开双臂去环抱它，结果是徒劳。树不是很高，却很繁茂，像一把大伞撑开它所有的骨架。枝条向八方伸展，部分垂下来，我跳起来就能碰到它，有时还能摘到果。粗壮的树干上面，分出了几根碗口粗的枝，枝又分枝。树干顶部的分叉处常年有一只鸟巢，姆妈说是喜鹊的巢。因为我是女孩子，姆妈不准我爬树，我只能站在树底下，眼巴巴看着哥哥爬到鸟巢边，从巢里掏出一只又一只喜鹊的蛋，或者还没有长出羽毛的小鸟，向我炫耀。有时他会带下来几只给我，小东西肉红色，全身像拔光了羽毛一样光秃，嘴巴很大，朝天张着，“呀呀”直叫唤。我跟哥哥说它们是树的孩子，哥哥直朝我笑。

姆妈管这棵树叫“山楂树”，我们一直也这么叫，从没有去想它还会有别的名字。后来看了《山楂树之恋》，才知不是真正的山楂树。山楂树开白花，果实较小，红色。我家树的果实没熟时是青色，熟透时金黄，跟红枣一般大，真名叫“酸枣树”。不过，因为母亲浓重的宁乡口音，我们沿了她的称谓习惯，管它叫“山楂树”。

这棵树是喜鹊的天堂。喜鹊从很远的地方飞来，飞进树里，有时衔着一条虫，有时衔着一根枝。一个枝丫分叉处，一根一根的棍子由横七竖八慢慢成形，我看着巢日日厚实，最终成为一个窝，像鸟的一件完美作品，需要白天晚上地展览。我喜欢这棵树，月亮也喜欢。月亮总是在夜晚偷偷飞来，飞进树里，飞进巢中，有时露出半边脸儿，有时靠在树枝上。累了，便进去歇会儿，舒舒服服躺进鸟巢里。我呢，常常数着月光到达的时间，直到她离开树梢。

那时，生活清贫，我们却依然寻得到我们的快乐和幸福。到山里找野蜂蜜，爬到树上摘桑葚，偶尔也会到地里偷偷掰一根顶着花的嫩黄瓜，路边上的乌泡常常被我们路过后摘了个精光。而山楂树下，是我们最愿意停留的地方。每年夏末初秋，果实慢慢由青转黄，我们天天去捡，常常捡着捡着，就听到“啪”的一声，一颗果子掉了下来，嘴里就会涌上许多口水。有的掉进沟渠边的刺蓬里去了，刺蓬最不喜欢我们打扰，尽管每次从它们身边很小心地滑过，但仍会在我们身上留下一些痕迹，例如一根线一样长长的刮痕，要不偷偷在我们手背上或小腿上塞进一根倒刺，或者直接让血流出来，吓到我们的目光。可是吃的欲望战胜了一切，我们依然会去找，找到后，在身上一擦，直接往口里塞。成熟的果子酸中带甜，果实的肉与核粘连在一起，咬不下来，我们干脆放进嘴里嗦着吃，直到把肉嗦完，露出里面大大的核，才"噗"的一声吐掉，那种感觉真是惬意极了。

待果子完全成熟，父亲会用一根竹篙将它们敲下来，敲的时候像落一场雨。打果子的时候，叶子也常常不能幸免，往往连果带叶掉下来，在地上铺了厚厚一层。我觉得父亲站在树上敲果子的样子，就像一位指挥千军万马的将军，格外的神气和帅气。敲完了，我们就拿着箩筐在下面幸福地捡，可以捡几箩筐。有时候等不到父亲将果实敲完，我们就迫不及待到了树底下，为了不被果子砸到头部，个个戴上斗笠。果子果然落到斗笠上，"嘣"的一下弹出去了，如果不小心落到背上，那就会像一粒石子弹到身上，痛是少不了的，但内心里却是虽痛而快。那时，任何一种能吃的野果，为了得到它们，可以说穷尽一切手段，必得将它们一一摘下来，填进我们的肚腹。何况是自家的果树呢？

果子多了，除了自己吃，还可以送人，当然，姆妈会给自己留出足够多。她要用来做一种山楂片。我亲眼目睹姆妈熟练的制作过程：果子洗干净，放到锅里蒸熟，然后将果核一一剥离，蒸熟的果子核与肉极易分离。然后将剥离好的肉拌上南瓜、紫苏、甘草、辣椒，撒上盐粉、白糖、芝麻等，剁成肉泥，放进南盘里，摊成薄薄的饼，等着晒干。大太阳下晒上一两天就可以，干了后，切成一片一片，放进锅里再蒸，再晒干。酸甜咸辣还有香味的“山楂片”（其实应该叫酸枣片，因为习惯了，难改）就做成了。姆妈将晒干的山楂片放进坛子收藏，有客来时，用小碗盛上一碗，就是待客的美食。没菜吃时，可以用它当菜来拌饭。山楂片极耐放，一两年都不会坏。我家的山楂片可以吃到来年夏天，直到新山楂片做出来往往还没有吃完。

秋天，山楂树的果实全部收尽，树上的叶子随秋风而落，它渐渐安静下来，我们也不再去打扰它。这是它最为安静的一段时光。落下的叶还没全干的时候，我看见家里来了一位中年客人，与父亲谈了好久。

几天后，我读书回来，忽然发现院前空落落的，一个新鲜的案板一样的大树蔸赫然呈现在我面前！山楂树，竟然——竟然被砍掉了！我的心仿佛被人狠狠地踹了一脚！我明白了，几天前的那个客人是来要山楂树的命的。我有一种扯上一根棍子冲出去与他拼命的冲动，尽管知道他已经走了好几天。可我最终什么也没有做，甚至都不敢去问一下一向严厉的父亲。在父亲面前，我们早已习惯了服从。我默默地回了屋，默默地吃了晚饭，像没发生过任何事情一样。没有谁知道，我心疼了多久，也没有谁在意，这棵树给了我整个童年和少年的快乐。

后来从姆妈那里知道，父亲其实也舍不得这棵树，他犹豫了好几天才动手。这棵树卖了四十元钱，那时，一天的工分只值两毛多钱。快到年终，好多地方都需要钱，而粮食都还无着落。在生活的艰难面前，有一种无奈，叫别无选择。

那个冬天，我们一家没有挨饿。但又有谁知道一个孩子在失去她心爱的果树之后心里的煎熬？所有的理由都无法阻止我去回想。以后的几十年，树的影子一直在我眼前晃荡，叶子一直伸进我心里。这种树很难长到成年，长到杯口粗细就会干枯。像我家这棵，长成那么大，需要多少悠长的光阴和风刀霜剑的千锤百炼？

在老家，树的概念深入脑海，远远超过其他。我至今无法想象，没有树的小路、花园，屋前和屋后，会是个什么样子，就如同想象不出，在沙漠里没有了水的柔光，在春天里没有了花朵的思念，会是个什么样子。树，给我的不只是荫荫凉意、亭亭如盖，还有年轮、味道和年复一年越来越悠长的记忆。

每一棵树要长大都不容易，人也是如此。树没了，人在，生活还得继续。好在姆妈还是年年做山楂片，从人家那里买了山楂果回来做。我离开家后，每年回去，姆妈必定会留给我一袋带回来。

现在，山楂片已然成了老家的特产。每次回家，到了乡民的家里，乡民依然会拿出一个盛了山楂片的小碗来招待。集市上，柜台前，或者在地面上的篮子里，一块一块，有的方方正正，有的则像布一样卷起来，熟悉的乡音传来：买啵？每次见着它，我都挪不开自己的脚步，内心里蹿出一股想买的冲动，明明家里有，但还是想买。我也曾买过几回，但总觉得没有姆妈做的好吃。在我的味觉里，留下的只是姆妈做的山楂片的味道，几十年不变的味道。这种记忆和味道像根一样扎在我心里，在远远的他乡，慢慢长成一棵山楂树，跟院前的那棵一模一样。

骨子里，不可否认，我在怀念一棵树。树上，果子金黄，光阴流转，一弯月亮仍然闪着温暖的光芒。

书　缘

那年。早春，一个温润如水的下午。

读初二的我代表学校去参加区里的英语竞赛。路边的野花开着，在一闪而过的车窗边散发着白白红红的光芒。我是英语课代表，在我们那所一个年级仅只有一个班的学校里，我的成绩算是最好的，学校便推荐了我去。我内心忐忑而又雀跃。

英语老师没有给我施加任何压力，甚至没有多交代一句。头一天要赶到社办高中，在社办高中住下，再由这儿的一位老师带去区上。晚上，我被安排在一个年轻的女老师房间。她的房间里有个书柜，书柜里满满的都是书。台灯很柔和，窗外漆黑一片，虫鸣蛙声与我无关，夜是如此的寂静。房间的主人不在，看着满柜的书，我放下这本，拿起那本，哪本都爱不释手。最后我选了一本小说《青春之歌》，看了大约一小半，夜阑人静，想到明天还要参加考试，我万般不舍地把它放入了书柜。

可是满柜的书像一块诱人的蛋糕，让我挪不开脚步。长这么大，我还从没有看到过这么多的书！家里穷，没有钱来买课外书，我身上最多的时候不会超过两角钱。小学四年级时，班主任房里有一个小小的书柜，里面装的全是小人书。我是学习委员，班主任有事喜欢叫我，知道我喜欢看书，便对我说：这儿的书你想看就拿去看。听到这句话，我就像重刑犯遇到大赦，有些迫不及待，蚂蚁搬家一样，我把里面的小人书一次一本或两三本搬回家，看了一个遍。《闪闪的红星》《金光大道》《小兵张嘎》《王二小》《一分钱》等等，战争年代战天斗地，英雄有少年，和平年代，为国为家，不辞辛苦。或喜或忧，他们的形象与品质深深影响到了我。有一次，我在初二班主任陈老师那里看到一本《十月》，我如获至宝，怯怯地请求老师借我看几天，我认为那是我能看到的最好的书。

现在，面对这么多的书，喜欢书而无钱买书的我手也痒，心也痒：要是我从中拿一本，老师不会发觉吧？这么多的书，她一定不知道。我边想边在里边翻，拿哪一本呢？我想拿还没有看完的《青春之歌》，想了想，还是放下了。厚了不好拿，也不忍心拿。我的手移过，目光在书上探照灯一样扫来扫去，最后在一本书上停住了。薄薄的书，书的名字叫《春天狐》，加拿大欧·汤·西顿著。封面上是一只蛋黄色瘦巴巴的狐狸，尖嘴猴腮，眼神里透着狡黠。我一看价钱，不算贵：四角钱。可我身上别说四角钱，就是一分钱我也拿不出来，犹豫了几秒，我把它悄悄放进了我的书包，洗漱后睡下了。

第二天，我带着这本书去参加了考试。考试的情形和考试的结果我一点儿也不记得了，我满脑子都是这本偷来的书以及老师来到房间后会不会发觉的猜想。考试完后，我带着书回了家。

后来，便是长时间的纠结、惶恐与不安：老师发现了没有？

会不会找过来？会不会颠覆我这个老师眼中的好学生形象？有时便像孔乙己一样自我安慰，窃书不算偷。但我知道我骗不了自己，我内心的愧疚仍像春天的草，遇风即长。那次一别，我再也没有见过那个连名字也不知道的老师，我终究没能知道，她是不是知道这件事，会不会把我当作贼一样记恨，或者早已原谅了一个学生的爱书之错。

也许冥冥之中有人指引，那以后，我会与书打一辈子的交道。教书、写作，出版自己的作品。现在，我早有了属于自己的书柜，也早已不需要通过偷书来看书，可是，一想起这件事，内心里长出的云会变成阳光下的影子，在地上投射出一些不安来。

父　亲

时间是戛然而止的，像剪刀野蛮而又残忍地“咔嚓”剪断了我与他的联系。当我赶到医院，惊痛于父亲的模样：眼神呆滞，口鼻张开，呼出的气粗浊沉重——他已不能看我，也不能说一句话了！

在我的印象里，父亲永远那么健康，说话干脆，行走带风，逢人一副笑脸。他坚持着自己朴素的做人原则：宁愿自己吃亏，绝不亏欠他人。在村里待了一辈子，没有跟任何人吵过架。父亲进医院前几天，有个人拔了村里的自来水管塞，很多人家都用不到水，当父亲赶到那个人家理论时，那人自知理亏，又是敬烟又是赔笑脸说好话，硬是把父亲要发的火逼了回去。父亲顾左右而言他，说了一箩筐的话，却没有一句关于自来水管塞之类。伸手不打笑脸人，父亲天生一副菩萨心肠，耳根子软。父亲心重，在村里当了三十年的队长，事无巨细都管着，后来不当队长了，仍然放不下队里的大小事情。做得不好的他要管，看不惯的他要说。快八十岁的人了，总认为自己还年轻，管不好着急，别人做不好他也着急。我跟母亲说，父亲是把生产队当成自己的家了。母亲说，他就是这样的人。我常劝他少管些，他也知道管没用，但就是放不下，事到临头他的意见又开始出发。父亲有严重的高血压，二十多年来坚持每天吃药，一直保持平稳。我便认为父亲的病是不要紧的，只要坚持吃药就没事。谁都没想到，父亲这次会因队里的自来水一事血冲脑门，脑出血而逝世。

很长一段时间，我一直认为母亲在外表上配不上父亲，父亲高大魁梧，长相帅气，而母亲个子矮小，眼睛一大一小，常常迎风流泪。后来才懂，他们真是最合适最般配的一对。父母从1962年结婚直到今年，牵手五十八年，两人不争不吵，男主外，女主内，各司其职又相互提携。母亲在妹妹养孩子那一年，一只眼因患青光眼失明，后来另一只眼的视力也慢慢退化，只剩一点光感。父亲照顾母亲近三十年，从来没有抱怨。我常常想，要怎样的深情才能将夫妻情分镌刻于心，化之于外？父亲不懂大道理，但一颗善良的心从来不打折扣。在农场时，母亲怕黑，怕一个人睡，父亲出门在外，无论多晚也要赶回去。别人挽留时，父亲便说：我得回去，婆婆子在家，她晚上一个人，怕！

病危之际，父亲眼睛睁着，一滴眼泪从眼角悄悄滑出。父亲有多么不甘，多么舍不得，他放不下盲眼的母亲，放不下这个让他留恋的世界！几十年里，父亲都是母亲的天，如果没有了父亲，母亲又将怎样活着！父亲一直非常注意自己的身体，世道清明，变化日新月异，他强烈地希望自己能多看看。一有病他就去看医生。中秋节时，他的左臂疼，还让妹妹寻了膏药敷上，早几天，因为头晕还去打了三天吊针。其时，他的头部已经出问题了，而我远在外地，竟然毫无所知！每次想起，便觉得有一种彻骨的疼迅速爬上来，浸漫全身。

父亲是能干的，可回忆起来，他常带自责，认为自己没有给子女更好的生活，到老了还过着原始而简单的生活：烧柴、喂鸡、种菜……我每年回去，见到的第一个人几乎总是满面笑容的父亲，每次电话，听到的都是父亲耳熟能详的乡音。我天真地以为，他会一直在家里等着我回去，这样的时光周而复始，永不改变。我怎会想到，好端端的父亲，从患病到离去，仅三天，如此仓促，来不及交代一句话，看我们一眼！

而今，父亲已归于青山，托体同山阿，我再也看不到他熟悉的身影，听不到他的家长里短，再也感觉不到他当队长时的有板有眼，做起报告来的有章有节。从此以往，我将如何再见到我的老父亲！

阿尔诺·盖格尔在小说《流放的老国王》中，写他的父亲，一个逐渐老去的父亲，一个患老年痴呆的父亲，他就像一位流放的老国王越来越苍老，记忆逐渐远去。他说："我如同在慢动作电影中看着父亲慢慢滴着血，生命一点点从他身上渗漏出去，整个人的品质和个性一滴一滴从这个人的身上渗漏掉。"看着老父亲的背影渐行渐远，走至消失不见，就像看落山的太阳，一点点地将最后的一抹余晖收尽，黑夜即将来临。生命的溃败无可挽回，在生命规律面前，谁都无法调皮任性。可是面对所爱的人归远，明知再厚的泪也无法挽回，就是经不起想，一旦想起，痛苦又像犁铧，一层层翻起，顿时泪眼模糊。

唯愿天堂没有病痛，父亲一切安好！

那时的布鞋

大寒一过，天又凉了，我想起小时妈妈做的手工布鞋。那时，除了雨天穿套鞋，穿的鞋只有一种，那就是妈妈的手工布鞋。

20 世纪七八十年代，商店很少，物资短缺，加上村庄地处偏僻，很多东西都靠自给自足。衣服、鞋子等生活用品基本没的买，衣服、被面得请人做，做鞋的任务就落在了妈妈头上。妈妈在房前屋后种了好些苎麻，收割，浸泡，剥离外皮和茎皮，像篾匠一样将茎皮剖成线。这种线比缝衣线粗很多，也要坚韧很多。妈妈将这些线折叠收藏，要用时再拿出来在水里漂洗，晾干，剖成想要的粗细线。

队里每年都要种好几大片棉花。我放学或放假时，如果正是摘棉期，就会跟着妈妈去摘。棉花地很大，一眼望去，一片梨花白。棉朵或打着花骨朵，或露出白如雪的棉花，盛开如花瓣，拿在手里，轻轻一捻，软软的，像棉花糖。我小心地将它们摘下装进自己带来的大布袋，到年底，这些棉花就是我们用以御寒的棉衣、棉裤和棉鞋，可以抵御整个冬天的寒冷。

夏秋的晚上，昏黄的煤油灯下，妈妈坐在棉纺机旁，微低着头，一手拿棉，一手摇机。虫声隐隐约约，远远近近，夜晚却更显安静。有时月亮也会好心地来添些亮光，闪进窗，将月光洒在纺棉机上，妈妈的身上也分得了一半，像尊能动的佛。如果是雨夜，虫声退去，雨声淅淅沥沥，轻轻重重，家的安谧与温暖感显得更为浓烈。纺机转动时轻微的声音像妈妈的儿歌，有时妈妈也会哼上几曲，哼得我们很快就睡着了。

做布鞋是个慢活，需要细细雕琢。先量了脚的大小，做好鞋底的模子，我们叫作“袼褙”。然后将零碎布拿出来“裱褙”，用面胶层层粘牢，这种鞋底叫“千层底”。男人的厚些，女人的稍薄，褙好后比量鞋模子用锉刀切齐整，再在鞋底纳上细密的针脚。鞋底厚，针穿不过，就用钻子钻。钻子大小约手掌长，前头钢针比缝衣针粗，握手处是木制的柄，已被妈妈的手磨得纹路清晰十分光滑。妈妈右手无名指上常戴一个像玉扳指一样大小的银白色针抵。针抵时用力须均匀适度，否则针容易断，等到针脚密密扎完，鞋底就算做好了。

鞋面一般用黑色灯芯绒布来做，我是女孩子，妈妈有一年特意选了一块蓝花布做鞋面，可把我高兴死了。码大小与鞋底一致，鞋面粘好胶，在夹层内均匀塞上棉花，最后将鞋面与鞋底牢牢连起。妈妈用钻子钻好眼，穿过麻线，将麻线在钻子上缠几下用力扯紧。麻线不能硬穿，几股细麻线合成一股，中间捻松一点会形成一个小洞，只需穿过这个小洞在另一面轻轻一扯就过去了。我以前不懂，后来才知其中的诀窍。为了节约，妈妈一般男鞋用麻线，女鞋用棉线，但无论哪种，都非常结实，有的鞋面穿烂了，也没脱过线。

遇上雨天在家休息，妈妈就坐在屋前的阶基上纳鞋底。妈妈低着头，手一牵一扯，偶尔在头上刷一下。屋外，雨声淅沥，在屋檐下成幕，偶尔有雨点溅进来，溅到妈妈的身上，妈妈淡淡一抹，继续做鞋。院里粗大的山枣树上有只鸟窝，雨一停，鸟雀便在树上飞来飞去，喳喳地唤着，把日子唤得温暖而美好。我现在想起来，都觉得像法国画家米勒的一幅乡村画卷。我也曾学着妈妈的样，纳鞋底，穿鞋帮，妈妈表扬我，我低着头没有说话，却抿着嘴在笑，心里像喝了蜜。

做手工布鞋，有一整套程序。绩麻、纺线、袼褙、裱褙、纳鞋底、裁鞋帮、绱鞋等，每道工序都得细致用心，否则做出来的鞋就有可能走样不好穿。

终于，新鞋带着妈妈的手温递到了我手中。我内心欢喜，急不可待把脚伸了进去。我穿着新鞋从这间屋走到那间屋，走到哥哥们身边，故意把脚高高举起，炫耀着我的新鞋和快要溢出来的快乐。

90 年代初，妹妹生孩子不久，母亲眼睛意外失明，从此我们与妈妈的手工布鞋告了别。搬了几次家后，纺棉机不知去向，锉刀、锥子、钻子和针抵也散失不见了踪影。

如今，生活水平已大大提高，妈妈的手工布鞋成了渐行渐远的记忆，但每次想起，依然甜蜜而温暖。

手指的方向

事后，有人对我说，老爷子还差一个月就九十岁了，以这种方式离开是前世积了德，修了福，他的去世按当地人的说法，应算是“喜丧”，也就是说，人老了，正常去世，又没烦着家人，累着家人，是最好的了，是值得高兴的事，不要有太多悲伤。可是当时我确实是惊吓到了，我想象不出一个人刚还能动能吃，只一会儿工夫，就离开了人世，像空中飞得自由自在的雁，猛地中了一箭，掉下来，一切都不由自主。死亡，在一个十多岁的孩子心里，只是一个遥远而模糊的概念，无法与身边熟悉的人联系起来。

大年三十的早晨，跟往年一样，远远近近总有爆竹的声音噼噼啪啪传来。天空灰蒙得看不到一点原色，浓密的山楂树上没有传来鸟的叫声，原本叽叽喳喳的它们仿佛不约而同哑了口，树上的窝还在，看不清里面。鱼、鸡杂和小菜已端上桌，还有一大盆猪腿肉没有端上来，喉咙里有只手好像要伸出来，将这些吃的一股脑儿卷了去。

我们在房间里窜来窜去，眼睛的余光始终盯着饭桌。从早餐开始，我们的年就正式开始了。

所有的菜都上齐，人也齐，筷子们齐齐朝盆子里伸去，夹！叉！撕！一晚上的炖煮，肉糜烂得一戳就散。母亲夹了一大块肥嫩的肉给了爷，我们吃得满嘴流油，打着饱嗝走开。在外转一圈，我又转回来，爷还坐在原来的位置，桌子上的脸盆不知什么时候已撤了下去，放上了一把烧水用的黑不溜秋的铝制崔壶和一把喝水用的画着梅花的白瓷壶。爷放了碗，身子靠着椅子背，他似乎望了我一眼，我也望了他一眼，就在这时，他身子晃了一下，又晃了一下，父亲几步跨过去，迅速扶起了他。爷的头往后仰，越来越仰，手却往前伸，一根手指用力往前伸，像是指着什么东西，喉咙里咕噜了两声，嘴巴“呜呜”两声，通红的脸开始变，越来越苍白。父亲俯了身子，半抱着爷，大声喊着，爷的头完全靠到椅背上，抬起的手慢慢放了下去……

父亲沉默了半晌，心情沉痛地像是自言自语，又像是宣告说，老爷子——走了！

爷那只原本伸出的手，自然下垂，一根手指耷拉着，却依然往前伸。母亲说，老爷子好像有什么话要说？一家人想了半天，也不知道这手指的是什么，想法是什么。我只能顺着母亲的话去想，可脑子里一片空白。哥站在那里，愣怔了半天，猛地指着那把崔壶大声说，爷指的是这把壶！母亲说，老爷子指着壶干什么？接着，母亲好像明白了什么似的，斥道，莫乱讲，你爷不可能要这把壶！哥却信誓旦旦地说，爷指的就是崔壶，我看见了！

其实我也看见了，我不但看见了，还听见了，我听到爷口里“唔唔”了几声，好像想说话，当时已说不出来了。父亲不大相信，母亲说，如果老爷子真是想要这把壶，那就去买一把新崔壶，不能让老爷子带着这把黑咕隆咚的家伙入土。我凝视着这把壶，像做梦一样，怎么也不敢相信，只感觉一个早晨的时光，天就像要塌下来一般。

崔壶，是山里人的叫法，现在的人叫“水壶”或“烧水壶”。我极怀疑应该叫“催壶”，壶里的水必要放火上烧才能开，每次都急切地盼望能快点烧开，有催的意思，但这只是我的猜测，我还是习惯性地写成“崔壶”。崔壶是当地家家户户必备的烧水用具，长的样子大同小异：一个盛水的大肚子，一张小而长且往上翘的嘴，越往上越小，小到壶嘴有点像鸟嘴了才猛然停止，新时锃光瓦亮，银光闪闪，后来日日的烟熏火燎，逐渐变成烟墨色。

村里田多山多人少，山里的柴取之不尽，烧柴做饭是当地人主要的取食方式。乡村的忙碌，空间的挤占，让日子变成茶米油盐日常所需。俗世俗物俗人，俗沾了地气，像崔壶，尘灰满面，黑不拉几，典型的民间俗物，只因它实用，大多村民喜爱。坛里的水烧不开，只能用来洗漱，不能喝，喝水得烧。柴火灶火舌喷吐出来上方，有个半弧形的口，刚好放一把崔壶。做饭烧菜，燎出来的一部分火，便可以用来烧开水，乡里人精打细算，火也不敢浪费。除了柴灶边可以放崔壶，饭灶和菜灶之间，还有个挂崔壶的地方。父亲说，这是你爷的发明，挂钩为铁钩，上面用一个铁筒包起来，这铁筒一直伸到屋梁，最后在屋梁上落脚，用一个铁钩紧紧钩住屋梁，下面挂崔壶的钩可以伸缩，要上一点就上一点，下一点就下一点，伸缩自如。村里人如法炮制，后来，便家家户户都有了这东西。

柴火灶是爷自砌，砖是土砖，制砖是力气活，爷无师自通。爷老了，不做了，父亲便自觉把这些活都揽了下来。快过年了，父亲在厨房左侧靠近墙壁的地方，用土砖砌了一个方方正正的临时火塘。火塘之上，不能空着，父亲便把崔壶的长挂钩移过来，挂到了火塘上面的横梁上，长时间的烟熏火燎，早已墨黑如炭，看不到原色，崔壶也一样，然而挂崔壶处和崔壶的把手处，沾着人间的烟火，显得格外亮。

爷坐在火塘边，我们坐在他旁边，火光照亮着他古铜色的脸，有邻居过来“打闲港”（聊天），爷家长里短，永远也说不完。也跟我们讲生活，萝卜菜怎么种，红薯藤怎么贴，讲劳动的辛苦，告诫我们要节约，不浪费，讲左邻右舍的趣事糗事，偶尔也会讲他的过去，娭毑跟着他受了很多苦，他这一辈子，最对不住的便是娭毑，爷说着说着，便叹一口气，“唉”一声将话题打住。娭毑在父亲十岁那年去世，对我来说，她像个遥远的符号，偶尔出现一次，也不放在心上。

父亲特意砍来的硬柴，干了的树木或者树蔸，放几块进去，必必剥剥响一阵便会安静下来，静静地燃烧，红红的火苗舔着崔壶，后来，便只有红红的火光，照着我们期盼的脸，照着这把壶，照亮这漆黑的夜。母亲照例忙碌，锅里炖着猪脚和萝卜，锅里的水咕噜咕噜响，崔壶里的水也咕噜咕噜响。响声打破了夜的黑，夜的静，像鼓点敲在我们心上，我们的心便也跟着一跳一跳，响声停了，那喷香的猪脚萝卜也就熟了。

就是这样一把家家都有的崔壶，还被烧得黑炭似的，爷要了干什么，难不成到了那边要用它来烧水喝？父亲说，老爷子手是往这边指，可是当时他已没有力气移动他的手指了，也许他指的是旁边的这把梅壶。

崔壶旁边，是家用了多年的梅壶。母亲连连摇头，不可能，梅壶是用来供全家喝水用的，老爷子怎么会不管我们的喝水，要了这把壶去？又不是他的私有，老爷子可不是这样自私的人！我把目光转移到梅壶上，想着父亲和母亲的话，觉得也有道理。

梅壶，白瓷作底，上面的画很耀目，一树梅花，枝丫旁逸斜出，枝头上梅花盛开着红，点缀着，一朵朵，生动而有活力，没有落款，不知谁人所画。壶为圆形，上为圆口，口上面一个小圆盖，盖上有小孔，壶边也有小孔，绳子一穿，便能保证这壶盖不会揭来揭去掉地上摔碎。壶口两端各有一个突出不多的小孔，铁丝穿起可以提着走。后来，我家大门贴了副对联："高台月景，家岭梅乡"，这壶是不是与之有关联，父亲不说，但我会常常想起这把壶，想起与壶有关的人事。

茶壶，自然与茶有关，如果盛酒，便成酒壶，茶壶和酒壶都是诗人笔下的诗词物象。余光中"温一壶月光下酒"，把浅浅的海峡揉成乡愁，像风筝一样来回荡到两岸。在食物仅够填饱肚皮的时代，就难得有这么多诗意了。我家的茶是自家制的，山里野茶树产绿茶，母亲摘来芽尖，经过焙炒、晒干等一系列程序，炒出来的茶味道纯正，泡出来的茶水很清亮。崔壶的水开了，倒进梅壶，放上一小把茶叶，梅壶大，可以把崔壶的水全部喝进去。

夏天，一壶水不够，开水来不及烧，我们便喝天落水。天落的水进了村里两口大塘。大多时候，梅壶仍是我们的主要水具。双抢很辛苦，除了爷年纪大不能参加，全家老小全部上阵。扮禾，是我一生中最难忘记的情节。

白亮亮的太阳穿透斗笠，脸被晒得通红，汗水像虫一样在脸上爬。打谷机的轰鸣声此起彼伏，这轰鸣声也是劳动的一部分，劳动是为了维持生存，这种声响在此时出现，是农村最沸腾也最动听的音乐，就像夜总会里的摇滚，让人激情澎湃。我弯着腰，将背弓成九十度，将一蔸一蔸的禾割断握进我手中，身子随之有节奏地起动，禾穗在身后排列，一路延伸，不断扩展劳动成果。潜意识里，这种艰难是生活的一个过程，多少年来，脸朝黄土背朝天的农民，就是这种姿势，我不过承继了他们的姿势，将生活继续下去而已。

一壶水不够了，爷便会沿着曲曲弯弯的田塍绕过来，老远就喊:“水来了！水来了！”爷带来的还有熬好的绿豆粥，用来“打腰餐”。每次爷过来，我眼睛放光，终于可以补充水分和给养，以放松疲劳的身体，舒展一下都快伸不起来的小腰了！

太阳依旧明亮，天空很蓝，三五朵白云很悠闲地蹲在头顶，蹲在山头上。最闲的就是它们了，它们是蓝天的画者，画什么，由它们说了算。今天，它只想画几朵白云，告诉蓝天下的人们，如果累了，就看看天空，“有形不累物，无迹去随风”，心随物换，天气真不错。

隔着一丘稻田，是高出一人多高的土路，土路边有条明渠，生产队长兼看水员的爷带着全村老老少少大干了半年，挖出来一条原本废置多年被淤泥埋藏的明沟。后来，父亲接替了生产队长一职，和乡亲常拿着锄头、铁锹，砍去周边的长茅、飞篷、茼蒿、地肤、刺蓬，挖掉沟里的淤泥。爷常提着梅壶过去，大喊：“想喝水的，过来呀！”一群人马上围过来，挤挤攘攘，爷便又喊:“别挤，别挤，都有，都有！”

壶，对我们有多么重要，水，对禾就有多么重要。

渠修好了，水流欢快地唱着歌往前奔，乐坏了乡亲们。他们站在沟边，笑得皱纹在脸上画圈儿。阳光很亮，洒在水面上很白，像是多年不遇的好朋友终于见了面，抱在一起，分不清谁是谁。哗——哗——泠——泠——噌——噌——流动的水，流动的白光，一路欢歌。

我们在爷的吆喝声和唠叨里慢慢长大了。

现在，壶摆在桌子上，相对于崔壶，无论是长相还是名称，梅壶都要更精致。爷真的是看中了这把壶吗？他在土地里劳作了一辈子，每天仅够温饱。母亲说得对，爷把一家人看得极其重要，他不会为了他一个人而置我们于不顾的。

爷手指着的方向到底是什么，一天里，全家人都在想这个问题，按理，这是爷最后的愿望，是他的临终嘱托，作为后人，只要有可能，都得尽量满足这个愿望。好在还有几天时间，父亲让大家继续想。

第二天是大年初一，父亲决定先不发丧，等过了初二再发丧。这两天，我们把给老人准备的东西都准备好，寿衣寿鞋是早就预备下的，“料”（当地人对棺材的称呼）也早预备下了，爷在世时把自己的身后事做了安排。纸钱烛等一一买了来准备着，买什么菜请哪个厨师，谁来做道场，伯伯、姑姑和父亲，一群大人们商量着，准备着。

爷的房间在厨房的隔壁，母亲将房间进行大清理，衣服、被褥，坛坛罐罐，该丢的丢，该收的收。窗户边有张老旧的桌子，桌子上摆着算盘、小本子和铅笔，还有一个葫芦。母亲拿起葫芦，想想又放下，这是爷喝酒用的葫芦，过了一会儿，母亲又拿起来，问父亲：这酒葫芦怎么处理？

父亲一看到这个葫芦，眼睛就直了。

这葫芦是个酒壶，样子像葫芦，是爷的随身物品，去哪里都少不了带上它。爷三天一小醉，五天一大醉，如果娭毑当初买这壶的时候，知道爷会变成这样，我想她一定会后悔。

爷是队里的看水工，看了几十年水，到老了，田分到户了，他还改不了习惯，有事没事就背着锄头到处转。爷起得早，睡不着又没事，便会背着锄头去田地。清早，太阳从东边山上刚露出小半个头，脸红得像从染缸里染过。晨露沾在细小的草叶上，闪着透明的光，月亮变成一弯镰刀，待在西边还舍不得离开，而爷已经背着锄头，让清晨的阳光拉长自己的身影。水在田里流动，经时光的糅合，渐次变成禾的绿谷的黄，变成血液在人的身体里流动，变成活蹦乱跳的一条条生命，村庄由此生机勃勃。

可爷有个毛病，爱酒。

娭毑知道爷爱喝酒，没买这个葫芦前，爷用一个大搪瓷缸喝。爷的搪瓷缸喝过酒后直接拿来倒水喝，久了，缸里总有一股子酒气，喝水也像喝酒似的。娭毑说他也不听，后来，娭毑在赶墟时看到了这只葫芦，便把它买回了家，给爷做了这个专用酒壶。

葫芦上小下大，最上一个小孔，本来只是一个普通酒壶而已，但在葫芦的下部分，偏加了一个画饰，一个小小的牧童骑牛吹笛，远山树木窈然，夕阳在树里若隐若现，上面题了两句诗："一笛炊烟起，斜阳落树中。"我不知娭毑是看中了这把壶还是看中了这句诗，才毫不犹豫地买了下来。娭毑还活着的时候，爷只在家喝，葫芦从不带出去。娭毑去世得早，听人说，娭毑长得很好看，又是富裕人家的千金，爷是她家的长工，也不知怎么，他们会走到一起，只是听说，娭毑跟了我爷后，娭毑娘家便断绝了与她的来往，娭毑去世时娘家也没有来人。

后来我长大了些，便努力去想娭毑当时为什么要嫁给爷，她十七岁就跟了爷，真是为了爱情不顾一切吗？嫁给爷后，请不起保姆，便用自己十指不沾阳春水的手努力去适应这一切，她先后生下六个子女，死了一个，还剩两儿三女。父亲是最小的一个，也许是操劳过度，娭毑在父亲十岁那年带着万分不舍离去了。据说，娭毑极疼爱父亲这个满崽，父亲吃着她的奶一直吃到娭毑去世。后来，父亲也许是受了爷的影响，也找了一个有钱人家的女儿做老婆，就是我的母亲。但父亲实在穷，母亲嫁过来后，也沿袭了娭毑的劳动习惯，每天天不亮就起床，不高的母亲两条腿像永不停歇的陀螺，咄咄铎铎，转来转去，除了吃饭睡觉，几乎很少停下来。

爷把葫芦带在身边是在娭毑过世之后。爷去看水，有时一出去便是半天，当然他不一定全部在田边转，最有可能的是，他就近去了一户人家，跟那户人家的男主人一起喝酒，拿着的是自带的这个葫芦。

村里有两口大塘，上面的略小，下游的略大。夜晚蛙们争先恐后地歌唱。有次，爷对我说，村里的两口塘，像不像我的酒葫芦？经爷这一提醒，我也觉得，这塘确实像是葫芦。爷手里的葫芦灌醉着爷，这两口大塘灌醉着这里的田野，让田野变青变黄，又由黄变青，看着田野风吹稻浪，丰收在望。

包田到户后，看水的任务交给了伯父泉老大。后来，插田变成了抛秧，秧苗抛到要插的田里，在水和泥的作用下，慢慢站立起来。这样省去了一部分人力，也节约了时间。收割时用上了收割机，轰隆隆的机器一过，谷子就到了谷桶里。时间省出来了，人力也闲下来了，一部分青壮劳力去了外地打工，年老的在家中带孩子，照管自家的田土。因为田少，有些地慢慢荒了。

夏天的午后，一阵风刮过，几声雷响过，雨点紧随而至，越下越大，不过半小时，地上的水四处流。爷不知什么时候出去了，回来时，我看到他披着蓑戴着笠，赤着双脚，卷着裤腿，腿肚上沾着泥巴，蓑衣还在滴水。爷放下锄头，一边解蓑衣一边说："这雨也下得太急了些，田里的水都差不多盖过秧苗儿了！"

我看到爷的衣服湿了半边，想着这些田都不是他的，看水也不是他的任务，便说："您已不是看水工了。"爷拿着葫芦灌了一口酒，嘿嘿笑了，道："队里的后生大多出去了，我担心水没人看，禾苗要遭罪哩。"看了多年水的爷还是放不下这些田地，他常说：禾长大后是人们的粮食，是家人的温饱生活，天底下没有比这更为重要的事情了。

后来爷就老了，走路都有些费力了，再也看不了水，唯有酒葫芦仍不离身。

一次，我随他一起去车水（把塘里的水通过水车送进田里的做法），我口渴了，趁着爷不注意，取了来咕咚咕咚喝了几口，却发现酒寡淡如水。爷发现我偷吃了他的"酒"，在旁边笑道："好喝不？"我吐了一下舌头，不好意思说："您喝的是水？"爷大笑。我才知他带的酒葫芦里竟然盛的是水！爷这才说，年纪大了，酒不那么好"喝"了，以前，你娭毑劝我少喝，后来你爸劝我少喝，有时便以水代替了酒，但这件事，知情的除了你父亲，就是你了，你可别到处乱说！我说，那你为什么还要带着它？爷敛了笑容，半天不出声，后来说，习惯了。我说：“爷年轻的时候肯定好帅！”爷道：“为什么？”我说：“不然，娭毑怎么看上你？”爷话语里便有些得意：“那是，当时我是一等一的美男子呢。”我撇撇嘴：“嗤！有这样标榜自己的吗？”

如果娭毑地下有知，不知她对爷是该生气，还是该高兴。爷在娭毑去世后再没娶，有人做介绍，爷一概回绝。爷对娭毑的称呼，印象里只有一个：“老婆子”或“我家老婆子”，平时提起来，就像说别人家的老婆，言语里除了调侃，还有随意。娭毑去世后，他对外仍然称我家老婆子，但调侃没有了，随意没有了，话语里却多了一个字“唉”。有一天晚上，隔壁李爹爹来家，两人一边打着闲港，一边喝酒，喝着喝着，爷竟然流出了眼泪，那是我第一次看到他流泪。自那以后，爷似乎被什么东西触动了泪腺，常常说着喝着，一句“我家老婆子”便不小心溜了出来，爷意识到自己说错了也不纠正，反倒是把眼泪带了出来，人老了，感情也越来越经不起折腾了。

父亲一看见这酒葫芦，就怔了一下，他好像才记起爷原来还有这个东西。

父亲说，老爷子是想把他的酒葫芦带走？只是他老人家自己也没有想到，大限会来得那么快，快得自己来不及说一句话，快得连手都无法指到他想要的地方。父亲却说，老爷子其实也是指对了地方的。父亲比画着姥爷手指的方向，隔了一间屋，正是他的那张旧桌子，那张旧桌子上的酒葫芦！

酒葫芦跟随爷几十年，早已成为他身体的一部分，但当时情急之中，爷能否越过一间房，看到自己的爱物，并清醒地指定它？或者他只想带走一把与水有关的东西，作为最后的念想？爷做了一辈子的看水员，他早已将整个村庄装在自己的心里，崔壶里装的是水，梅壶里装的也是水，酒葫芦里除了酒，也装着水。这三把壶，如同村庄的水，爷一生把水看得比自己的命还重要。人生活在哪里，就会记住那里的模样，生活在乡村，就更多地记住了乡村的模样。人一旦熟悉了村庄，村庄也熟悉了你，互相便舍不得离开了。小时候，出生的地方，生活过的地方，以及那个地方最重要的人，长大后便会变成原乡，变成情结，哪怕在生命的最后时刻，都会顺着手指的方向，回到自己最想回的地方。

母亲说，酒葫芦既是老爷子的专属爱物，跟了他大半辈子，就让他带走吧。父亲却犹豫了，父母留下的遗物，想保存下来留个念想。两人说来说去，一时又拿不定主意。

爷的丧事如期举行，热热闹闹的。

在给爷闭殓的时候，父亲还是将酒葫芦拿了出来，亲手放到了爷的棺木里。父亲放下酒葫芦抬起头来，我看到父亲这几天一直隐忍的眼泪在眼眶里打了几个转，终于落了下来。

第四辑

当我老了
我花了很长的时间来遗忘
曾经的荒唐和誓言
也花了很长的时间来相信
岁月的消逝与永恒

——《时间》

生活的另一个样子

对于怎样活着，我以前很少去思考它的深意。看了余华的《活着》后，有了感慨，生活大约呈现两面，一面是狰狞，另一面是静好。

《活着》中的主人公福贵，爷爷挣下了二百多亩家产，父亲挥霍了一半，到他手里，又挥霍了一半。他喝酒，赌钱，玩女人，挥金如土，什么事都干，唯独不干正事，不能将家业发扬光大。父亲养了他，就像是特地来败家产的化生子一样。最后，除了妻子家珍，女儿凤霞，儿子有庆，一无所有。不得已，他才把眼光放回家庭，没有人同情他。他不得不放下自己的少爷身子，挑起家庭的担子，每天早起晚睡，田里土里，一身泥一身灰地过日子。他第一次知道了生活的艰难。然而，命运也终究没有垂顾于他，儿子有庆替人输血死了，女儿凤霞生孩子大出血死了，妻子家珍病死了，亲人一个个离他而去。

小说《活着》讲述一个家从富有到贫穷，最后剩下一个老人和一条老牛，还在顽强地活着。活着的意义是什么？序言里说了一句话："作家的使命不是发泄，不是控诉或者揭露，他应该向人们展示高尚。这里的高尚不是那种单纯的美好，而是对一切事物理解之后的超然，对善和恶的一视同仁，用同情的目光看待世界。"生活不可能样样美好，有美就有丑，有善就有恶，事物总有矛盾对立的一面，有相生就有相克，有致恶就有治恶。有时候，选择是因为无法选择，冷漠是因为习惯了悲伤。

生活如此狰狞，然而福贵并没有表现多少悲伤。妻子死了，他说："家珍死得很好。"他讲述十多年前的往事时，是微笑的，西落的太阳照在他脸上，显得格外精神。他的苦还没有到头，女婿又被水泥板压扁了，家里唯一的孙子苦根，吃了太多的面条，竟然撑死了。所有的苦难似乎都朝他袭来，而他只有一个肩膀，一个瘦弱的肩膀，扛着苦难前行。

作者有意安排了一场接一场的苦难，面目全非的生活堆叠在一个家庭、一个人的身上，如果每个亲人的离去都要死要活，那福贵就不可能坚持下去了。在福贵这里，苦难看起来更像是一种人生的经历。仿佛苦难经过他身边的时候，他只是看了一眼，从不去深究，更不哀嚎，便继续前行。

文章开头部分，福贵吆喝着牛时说："二喜、有庆不要偷懒，家珍、凤霞耕得好，苦根不能不行啊。"还以为是福贵怕牛偷懒才故意多叫出几个名字去骗它，后来才明白，每一个名字都与他有关，那些逝去的人，在他的心里从来没有丢失过，他只是以一种别样的方式，淡漠的语气将他们说出来而已。

环境、家庭，给了人不同的生活，人有各自活着的方式。平坦、磕绊，欢喜、悲伤，生活在时光里斑驳，流动，终究还是如流水，一直向前。生活中有很多的不确定，每个人有每个人活着的方式，艰难的、顺畅的、幸福的、沧桑的、浑浑噩噩的，活着，不那么容易。但正因为不容易，我们才更应该反思，不要让未来葬送在现在。

如果福贵能预见到他的将来是如此孤独，他还会撇下妻儿去赌光家产，他的后半生还会如此悲苦吗？悲苦是福贵人生的主题，从他放浪自己亏待生活开始，就注定了他的悲凉。生活中的起起落落，悲悲喜喜恰是小说中上帝的全视角，真真切切，甚至如影子一样。

人如季节，每个季节都是特别的，都以不同的方式在世界里展示自己。你怎么对待生活，生活就呈现怎么的样子。如果人从一开始，对人生有规划，有预见，能自制，也许，就会是生活的另一个样子。

安静，让自己的灵魂回家

我曾在录播室听了一堂课，老师讲授的是《湖心亭看雪》。我是踩着铃声进去的，进去时，老师正讲得眉飞色舞。她讲的是文章中间一段："雾凇沆砀，天与云、与山、与水，上下一白。湖上影子，惟长堤一痕、湖心亭一点与余舟一芥，舟中人两三粒而已。"这是写雪景最为精彩的部分。或许被文字打动，或许被张岱的身世吸引，我将文章读了几遍，眼前渐渐浮现出一个人、一叶舟、一片雪。大雪铺白了天地，人鸟声俱绝，一番冬寒，一番雪白，一番人寂。偏偏，张岱一个人挐着一只小船，独自去了湖心亭，不为别的，只为那天地共白之境。不想亭上已有人，"莫说相公痴，更有痴似相公者。"一个"痴"字，道出他们此行的原因。

张岱不过是想在这茫茫的雪地里找着一处地方，安顿自己的身心。这是一种藏在灵魂中的思家病，看不见摸不着，但却时时在自己的思想里，搅得自己魂不守舍。张岱自称，爱繁华，好精舍，好鲜衣，好美食，好华灯，好烟火，好梨园，好鼓吹，好古董，好花鸟……这么多的“好”，他应该是个脱不了俗世的人了吧，然而，他偏偏生在明朝末年，亲眼目睹明朝的盛世繁华顷刻灰飞烟灭。作为一个受过儒家正统教育的臣子，内心是无处不煎熬的。最终，他选择了退隐，入山著书，终了余生。

这是一个忠臣的孤独，一个文人的孤独。就像陶渊明、林逋，就像柳永、李清照，在他们的思想深处，孤独就好比他们的影子，挣都挣不脱的影子。我一边听课一边想入非非，诌了几句：“一痕一点瘦西湖，炉火毳衣拥雪无。暂白三杯轻旧梦，半生行草半生孤。”其实孤独并非是坏事。台湾作家蒋勋在《孤独六讲》中说：孤独是一种福气。孤独和寂寞不一样。寂寞会发慌，孤独则是饱满的，是庄子说的“独与天地精神往来”，是确定生命与宇宙间的对话。有人就愿意宅在家里，在相对安静的环境里看书充电，安排自己的生活。

其实对一个人来说，大多时候是与自己相处，没有外来的干扰，对我来说，当然是心静好读书。安静，也是人要面临的一种常态，有人受不了，于是去找热闹，有人在闲谈中在人群中获得满足，文人雅士一觞一咏，也能伸雅怀。但一时的热闹好找，心灵的充实却难得。时过境迁，追怀往事，有多少是值得自己记住的？也许是年纪大了，很多人和事在我眼中慢慢淡化，不认同人家的思想观点，也会一笑置之，不与之争辩；人家的处世方法态度如果偏颇，也能理解包容。世界是大家的，不是某一个人的，每个人有每个人的想法和处事原则，求同存异，你的天空，我的大海，生活各有各的过法。希腊哲学家说，人生不过是家居，出门，回家。钱锺书在《谈中国诗》中说：“我们一切情感、理智和意志上的追求或企图不过是灵魂的思家病，想找着一个人，一件事物，一处地位，容许我们的身心在这茫茫漠漠的世界里有个安顿归宿。”王子猷住在山阴的时候，有天大雪，一觉醒来，睡不着了，起来喝酒，忽然想起好朋友戴安道，当时戴安道在剡县，便于晚上乘船去拜访他，走了一晚上才到达。到了戴安道家门前，他却不进去了，别人不理解，问他，他说，我本是乘兴而来，现在兴尽而返，何必见他呢？人生，不过一屋，数人，与人相处，所识有限，为友不多，尽兴了就好，何必一定要见呢？英国作家乔伊斯也写过一篇文章，叫《一个人的朝圣》，讲的是一个退休老人为探望病危友人而独自走上漫漫征途的过程。而在此之前，他的爱子自杀，他没有朋友，与妻子关系也不好，文章借他的出走，探求一个人的精神世界，其目的也只有一个，回归内心，走向真实的自我。

哲学家芝诺曾被问及："谁是你的朋友？" 他说："另一个自我。"善待自己，给自己的心灵放假，适时安抚自己，好过去吃一顿与陌生人在一起的大餐，与一群人看似热闹的聚会。有人这么说，狂欢是一群人的孤单，孤单是一个人的狂欢。学会与自己相处，心灵便会变得祥和安宁。

张岱看懂了自己，所以他宁愿选择在大雪三日之后，人鸟声俱绝之时，一个人去湖心亭。这样的天气，这样的景色，一个人安安静静地观赏，无意碰上的两人，喝酒也是不得已而为之，其实他心里是不愿的。明朝汪珂玉说："西湖之胜，晴湖不如雨湖，雨湖不如月湖，月湖不如雪湖。"张岱也是懂的，所以他选择一个他认为最合适的时机，来看雪湖了。

安静，让自己的灵魂回家，张岱是如此，我也是。

与鸟为邻

书房有两张书桌，呈 T 形，中间仅容一人通过。一张正对窗，另一张，只要抬头往左看，便可将视线拉长到窗外。

窗前见树，需要一个恰到好处的高度。太高了，树的高度就小了；太低了，树高过了窗，窗被其挤压，便觉低矮而昏暗。我家在三楼，正是一个恰到好处的高度。刚搬过来时，树也才搬过来，一根秃干上点缀几片畏畏缩缩的小叶片，好像受了委屈似的，因而被忽略了好多年。现在，树变成了一片森林，隔着一条马路，俨然与窗比平。

晴明的午后，夏日的阳光斜斜地照进来，分一半给靠窗的桌子，那些白亮如水的光毫不客气地占据了半边桌，另半边也晃晃的，另一张桌子便成了我读书的好地方。两个书柜已装满，靠窗的桌子上放了一个简易装饰小柜，里面存放了我正在看的、待要看的或看完不久的书。

《浮生六记》我断断续续看了一个礼拜，陈芸长相一般，削肩长颈，瘦不露骨，两颗门牙微露，沈复担心她不长寿，后来果真没能长寿。但她不娇不怨，温婉专情，随遇而安。在板桥内的临河“我取”轩，两人纳凉玩月，联句遣怀，说不尽柔情缱绻。瓜蔬鱼虾，一经芸的手，便有意外味。初到萧爽楼，夏天楼下无窗无阑干，芸以旧帘缝之截之；荷花开时，芸便用小纱囊裹少许茶叶，放在花心中，等到第二天拿来，用天泉水泡茶喝。日子不温不火，却梅柳缤纷，是另一番人间有味清欢。因为不舍女主陈芸，后来又看了好几遍。

抬头见树，倾耳可闻鸟鸣，是一大乐趣。窗前的树多了密了，鸟儿们就不约而同来了，叽叽喳喳，说着只有它们才能听懂的话；在树枝间跳过来蹦过去，做着人类无须看懂的游戏，沉醉其中自得其乐。晚上，鸟儿睡了，间或细细的声音传来，像生命的梵响。我给我的书房取个名字，叫“鸟鸣斋”。爱人笑说：“读书要静，鸟鸣吵耳。”我煞有介事地搬来《小窗幽记》中的话说：“竹窗下，唯有蝉吟鹊噪，方知静里乾坤。”

我就在这样的鸟鸣声中，在烟霞欲栖、林壑将瞑的时光里，坐在我的书屋，读着沈从文的湘行深情。在远山叠嶂、烟云弥漫里，吃罢晚饭，沈从文点了两支蜡烛，在烛光下给他的“三三”写信：“我希望到了家中，就可看到我那篇论海派的文章，因为这是你编的……我盼望梦里见你的微笑。”那味儿，就像我在偷看从文写信一般；读着《人间草木》中开七朵花、八朵花的山丹丹，喷泉似的垂挂下来像珊瑚珠穿成的华盖般的丛枸杞，玉渊潭边像下了一场大雪的洋槐花；读着“我们仨”在一起的温暖，失散后杨绛的独自悲伤……

一本书，一杯茶，不知“日催红影上帘钩”。茶慢慢沉淀，偶尔鸟声来袭，“叮当”滴落于杯中，再看茶，呈现金黄澄明的颜色，像透明的时光。一抬头，窗外树林间，一只鸟儿“喳”地一声，迅捷越过树梢，追赶另一只鸟儿去了。

与谁同坐

名字里有轩，诗句里有扇，园林里有鹅颈椅，让我陡然想起旧时的花窗，冬日的梅花，林黛玉潇湘馆里的竹影。仿佛自己也陡然沾了轩的雅气、竹的清气、扇的诗气，变得文气起来。

苏州园林的拙政园，其中有一处“与谁同坐轩”，细观轩下小窗、石桌、石凳，灯罩和鹅颈椅，就像一把把打开的折扇。古扇来风，小时候用惯了蒲扇，对扇就有了一层特别的感情。在没有电器的时代，扇是人手中吐风纳凉的爱物。早时乘舆用以障翳风尘的雉尾扇，民间用蒲扇、竹扇、纸扇。绢做的纨扇，是档次比较高的，请居深宫的班婕妤据说就是用的这种扇。她在《怨歌行》中写:“新裂齐纨素，皎洁如霜雪。裁成合欢扇，团团似明月。”其时，她年华渐老，看透赵氏姐妹的跋扈，惹之不如躲之，但白昼不懂夜的黑，她弄筝走笔，以诗明志，实为无奈。

苏轼在《点绛唇·闲倚胡床》中的说：“闲倚胡床，庾公楼外峰千朵，与谁同坐？明月清风我。”沏一杯茶，捧一本书，安坐于此，时光在窗前陪着。窗外，偶尔几声鸟鸣，几片落叶，还有几缕阳光，几片茶香，茶里、字里的温度传过指尖。茶香和鸟鸣，抬抬手，就可以打捞，时光看似闲着，实则美着。

一双眼睛就那样明亮地看着，也美着。日子里，除了“对潇潇暮雨洒江天”“有酒慨而慷”，还有“明月松间照，清泉石上流”的古老幽静和平和。唐诗宋词，明清小品，就着这闲暇的时光，如待开的花朵猛然里绽开，那是比烟花更让人浮想联翩的事。生命的静气与饱满如小时候吃过的野蜜糖，一口一口嚼着的都是笑声。

一棵树看着看着就长大了，一片大楼看着看着就摩天了。时光是悄悄走的，幸好山还在，人还在，情还在。王阳明曾写道：“你未看此花时，此花与汝心同归于寂；你来看此花时，则此花颜色一时明白起来。”这句话是有些来历的。一年春上，山花开得正盛，王阳明和他的朋友到山间游玩。朋友指着岩石间一朵花对王阳明说：你经常说，心外无理，心外无物。天下一切物都在你心中，受你心的控制。你看这朵花，在山间自开自落，你的心能控制它吗？难道你的心让它开，它才开的；你的心让它落，它才落的？王阳明没有多说，只用了上面一句话，便已明了。世事纷忙，绿叶成波，百花点彩，你未看它时，它便如无，你若看它时，它便在你面前灼灼生光。

拙政园的扇轩，潇湘馆的竹窗，苏东坡的诗语，初见欢喜，再见还是欢喜。天边云海缱绻，身边清风徐来。没有野泉滴砚，还有窗竹摇影，没有青帘沽酒，还有红日赏花。

还是喜欢苏轼的那句话：与谁同坐？明月、清风、我。

采莲南塘秋

秋，在文人笔底，多是萧瑟的代名词，与悲伤连胞。山抹微云，天连衰草，月落乌啼，江枫渔火，自然带出一层悲况来。而在我的印象里，秋天纵使落叶铺满地，也“解落三秋叶，能开二月花”。

因为我住在江南的小城里。

江南，水气向来充足，荡漾起来碧波生漪，与蓝天碧云相映生辉。江南的秋色相对北方展现得慢，秋来得不经意，草木依然蕴足了水分，在秋风里拼命生长。断虹霁雨，秋空如洗，山染如眉，老绿依然。树色从春到秋地绿着，秀美着，伸出手去，一握一大把，像一幅浓墨粗细的山水画。这幅画长着长腿，你走她也走，无论你到哪里，她都跟着，像个小情人，眼里含着笑，笑里是满满的情。“是处红衰翠减，冉冉物华休”，“碧云天，黄叶地”，天高云淡，叶子落到地上，默默黄枯，秋，似乎就应该是这样。可是你往树上一看，叶子仍穿着一身绿装，在秋风中悠闲地摇着她们的脑袋，草色连坡，坡连视外，青青地拽着人的眼睛不放。

只不过春天花多，秋天绿多，花开得要羞涩些。譬如菊花，在园子里，路边上，山河边，矮矮的身子，瘦瘦的花瓣，像星子，也能占着一小块地方独自夺目芬芳。譬如桂花，小小的一簇，躲在浓密的树叶中，如果不注意，最易忽略。可是她不想被你忽略，把一阵阵的香送到你鼻子尖，一抬头，于是很惊喜地，她与你对视了，像一对久违的朋友重逢一般，心里好像在说：噢，原来你在这里呀！

沐浴着江南气候的温润，饱览着南方景物的秀丽，南方的人也沾了一身的灵秀。南方的小伙多情，南方的姑娘水灵。尤其女子，仿佛戴望舒笔下的女郎，穿着旗袍，打着油纸伞，在雨巷里款款走来，美丽温柔、娴静婀娜，姿态万千。写出的情诗也是那么温润精致，有名的要数南北朝时期的《西洲曲》:“忆梅下西洲，折梅寄江北。”思念的人在江北，女子想必也是江南之人。“采莲南塘秋，莲花过人头”“忆郎郎不至，仰首望飞鸿”……一个女子在秋日的南塘采莲，莲叶蓬蓬如盖，莲子清清如水，相思的人儿却望不见，望得见的只有远去的飞鸿点点，雁鸣声声。情思曼丽，清俊婉曲，充满着江南女子的典型气质。

但江南秋也有不矜持的时候。山高月小，水落石出，按理秋天的雨水会少许多，即便有雨，也是即来即走，像一个话不投机的熟人，三言两语，说了就走，不会停留。但今年的秋天似乎有点不一样，初秋与中秋也就隔着一层纸的距离，轻轻一碰它就破了。八月底还热得烫人，九月上旬，风渐渐响起来，沉起来，有了丝凉意。到九月中下旬，凉意愈浓，雨水也排着队来凑热闹。天空总是飘着几朵灰黑的云，把天空涂成灰色，一不留神，就洒下几点雨。也许到这时候，才真正觉得秋天踱着脚步正从远方霍霍而来。

天气明显冷了，天空也变高远了，秋虫或高或低或宏或细或疾或徐时停时歇的歌声也沉寂了许多。“一场秋雨一场霜”，不由想起郁达夫笔下故都的秋来，那可是北方的秋！秋毕竟是秋，秋天的绿有了些生与硬，像光滑的石头有了丝丝划痕。也许是从夏天的火热中走来，虽然绿色如画，但这幅画里，有了一种冷峻和空旷。欧阳修在夜晚读书之时，清楚地听到秋声淅沥萧飒，然后从西南奔腾而来。当时星皎月明，声从何而来？从树叶之间也。秋之声，秋之气，散落空中，填满了整个秋天。

古人给秋定义，春生秋杀，西风残照，焜黄华叶，无边落木，高鸟黄云，寒蝉老树……辛弃疾看到落叶，想到西风吹起时，“人共青山都瘦”；纳兰性德看到远去的大雁，顿觉“两行斜雁碧天长，晚秋风景倍凄凉”。可是在徐志摩的诗里，却有着其特别的情意。在他的《私语》中，一棵憔悴的秋柳，一条怯懦的秋枝，一片将黄未黄的秋叶，却能私语三秋，将情思、情事、情语、情节轻轻拂落在秋水秋波的秋晕里，这情意在它的枝枝叶叶里流转，风声叶语，让人欲罢不能。

便又想起那首《西洲曲》来：“采莲南塘秋，莲花过人头，低头弄莲子，莲子清如水。置莲怀袖中，莲心彻底红。……”秋，何尝不也是让人来爱的呵。

气候变迁，万物兴衰，各有其理，不随人喜怒。倒是人，容易以物喜，以己悲。如果真能做到不以物喜，不以己悲，其胸怀与气度，或可以超然物外，如苏子“一蓑烟雨任平生”。秋的悲凉，不过是一种感觉罢了。

那些散文的枝叶

2020 年 11 月 14 日上午，在株洲市鼎城大厦文学大讲堂我们聆听了《散文选刊》主编葛一敏老师漫谈散文。葛老师将她的思想与观点，撒落在近两个小时的讲述中，从她的轻声细语里，我感受到了散文的枝叶在风中飘舞。

在各类文体里，我对散文尤其偏爱，不止是因为散文容易纳入情感收支的背囊，更因为散文对我这样一个时间只能碎片化处理的小“忙”人来说，不多不少，不长不短，一两个小时便可写就一篇草稿，既不要像诗歌那么字斟句酌，也不要像小说那样长远构思，其情节结构均需要用时间来几度打磨。因此，即使在两年前的毛院散七班曾听过葛一敏老师讲散文，这次还是欣然调课前往，希望能从葛老师的话语里撷珠提玉。

散文如何写，历来众说纷纭，毋庸赘言，有些散文可以超越时代而单独存在，如苏轼的《赤壁赋》、周敦颐的《爱莲说》、欧阳修的《秋声赋》等等，在时间的淬炼中逐渐成为经典。但有些散文却嵌满时代的血肉，与时代寸步不离。现实主义题材的写作，是时代的需要，尤其是当代这样一个特殊的大变革时代。散文不再囿于大众化的景物和体验，即便体验有个性的区别，那也只能是散文的一小部分，不是全部。

葛一敏就明确说，散文离不开它赖以生存的时代。改革带来了文本的多样性，文学的结构变化以及文学与政治千丝万缕的联系。有的作家直接跨上时代的方舟，成了签约作家。他们的作品有一个共同的关键词：现场感。尤其是以决胜小康和决胜脱贫攻坚的“双决”题材写就的散文。时代的发展越来越快，能写的题材也越来越多，新鲜经验的写作，作家们难以闭门造车，必须深入生活的内部，去拥抱生活，感知时代的悄然巨变。特别是那些重要的时间节点，如一带一路倡议、改革开放四十周年、新中国成立七十周年、易地扶贫安置等等，要展示其成就，离不开文学。文学是看得见摸得着的东西，你就是没去过某个地方，也能凭借文字身临其境。

最好的写作，就是要靠上前去，发现与他人不一样的东西，才能写出属于你一个人的与众不同的作品。葛一敏强调说，现实主义是文学的出发点。散文不能写成材料的堆砌，只说他如何如何，没有自我内心的触动，没有互动，就不能打动人心。堆砌出来的文字，一万字等于一千字，读者看了开头就明了结尾，自然提不起阅读的兴趣。

一个作家除了抓住时代，还须有个性，要形成自己的风格，要找到自己独特的脚步与风格。葛一敏说，不要用一种风格去否定另一种风格。其实，每个成熟的作家都会在这个问题上不含糊，谁都知道要风格，但风格在哪里呢？说起来，风格藏在自己的生活与经历中，藏在自己的思想与个性里。诗歌中，李白浪漫、杜甫沉郁、苏轼豁达、秦观婉约、李清照清丽……散文亦是如此，沈从文的《湘行散记》和沈复的《浮生六记》，风格迥异，我们就绝无可能把他们的文章弄混淆。但在形成风格之前，可能会走很长一段弯路，长时间找不到自己的出路，像走夜路的人迷失了方向。

散文以现实为题材，却有一个不能避开的问题——虚构。散文能不能虚构？虚构的度如何把握？在这个问题上，我想起了我的一个作家朋友，他是专写散文的，他的散文拿他自己的话来说，是现实与虚构的结合。在毛院散文班，周晓枫讲她的散文观“法无定法”时说：虚构，其目的是更靠近真实。我想，任何文体的虚构，都需要作家的想象力，没有想象力的作品，容易生流弊，滑入套板，人云亦云。缺枝少叶的作品，就没有灵动与飞扬。葛一敏也提出，散文要放开来写，“放胆文章拼命酒”，要给文字插上想象的翅膀，要有未来性。

归纳葛一敏老师的话，不外乎两点：写实与虚构。这两者看似矛盾，其实可以相辅相成。再高远的想象也离不开现实的土壤。现实主义题材要求写实，但散文又离不开想象，想象离不开虚构。在众多写作方法中，作家最喜欢用的恐怕也是虚实结合。至于葛老师谈到编刊中的一些问题，我想大家也都知道了，这里不再赘述。

写作不易，写好更难。散文要写好，得模拟一种疼痛，一种压迫感，并把这种感觉贯穿到写作当中。季羡林曾说，古代散文无不“意匠惨淡经营中”，精简描摹，煞费苦心。葛一敏老师也说，好文字得有力气，有重量。

想到这些，我感觉散文写好的压力又大了，但一抬头，那些散文的枝叶，又依稀可见。

曹植，惊鸿一瞥为了谁

起伏如波浪的层峦叠嶂，在青色的背景里唯唯退去，又悄悄前来。树木环肥燕瘦，高低不整，在静静的山坡上、沟渠边隆绿迎守。洛水边，薰衣草、金钱草、三色堇、小叶菊、虞美人、百合花忘记了季节，像地毯一样铺开来，将河边铺陈得五彩纷呈、迎风招展，撩着过往的目光。太阳渐渐西去，余晖慢慢洒满了半边天空，从山头一路染过，愈远愈淡。四野茫茫，默然无声，似乎在静候着一位神秘人物的到来。

太阳步入树梢一箭之地时，一辆雕饰精美的华盖出现在路的尽头，车辙压过路面传来吭哧吭哧的声响，越来越近。簇拥的侍从风尘仆仆，但步履扬扬，矫健有力。车到洛水边停住了，车帘一掀，一位峨冠博带长袍宽袖，气宇轩昂但表情严肃的年轻男子走了出来。

此人正是曹操第三子鄄城王，后来的陈思王曹植。

从京域、东藩、伊阙直到景山，曹植几乎都没有笑过。此时，他站在洛水边，长身玉立，略带憔悴的脸庞透着一股书卷气，却又显示着同龄人难以具备的沉稳和睿智。他久久地眺望着洛水，脸色凝重得像刚从一场悲伤的故事中走来。夕阳的余晖倒映在水里，水边的花草和树也倒映在水里。微风起处，这些花草树木霞光，全在波光里荡漾不已。波光粼粼，极尽魅惑，香气远远而来。曹植翕动着鼻翼，脸色舒展了一些。洛水无垠，正看得出神的他忽然将宽大的衣袖往前一扬，仿佛要将他的宽袖从波澜处牵拽出来一样。应了他的动作，一个容光焕发的美貌女子从波光里如一朵出水芙蓉缓缓升起，盈盈站在了碧波之上。六龙为她开道，鱼儿为她跳波，女娲为她歌唱，她的身边前呼后拥，风柔曼而过，将她的衣服和飘带轻拂飏飏。

曹植望着女子，一时呆住。

曹植的《洛神赋》将这位女子的美写到极致，也将自己的才情发挥到极致。“翩若惊鸿，婉若游龙，荣曜秋菊，华茂春松。髣髴兮若轻云之蔽月，飘飖兮若流风之回雪。远而望之，皎若太阳升朝霞。迫而察之，灼若芙蕖出渌波。秾纤得衷，修短合度……”

让我们身临其境，将她的形象像洛水边的花朵一样展开一下，再加上想象：女子凌波微步的样子，翩若惊鸿，婉若游龙，如秋菊一样闪亮，如春松一样盛茂。若隐若现如轻云之蔽月，飘忽轻举如流风之回雪。远望如初日之朝霞，近察如芙蕖之绿波。眉墨如波，肩削若成，腰如纨素，秀髻峨峨，衣袂飘飘，罗袜生尘。金翠色的首饰，缀着耀眼的明珠，轻摇裙裾——这是怎样的一位沉鱼落雁、闭月羞花、倾国倾城的女子啊！

《洛神赋》原名《感鄄赋》，鄄和甄同音同义，让人想起一个人来。这个人是袁绍的儿子袁熙之妻甄氏。甄氏是中山无极人，上蔡令甄逸之女。东汉献帝七年，官渡一战，袁绍兵败病死。曹操乘机出兵，甄氏成了曹军的俘虏，曹丕见到甄氏后，惊叹于甄氏的美貌，遂将其纳为妃，号为甄妃。这么算起来，甄妃是曹植的嫂嫂，曹植又怎么会钟情于她？

原来，官渡之战时，在洛河神祠，曹植偶遇藏身于此的袁绍儿媳甄氏，曹植惊其美艳，与之一见钟情，离别时将自己的白马送给了甄氏，帮助她逃返邺城。甄氏也将自己的玉佩赠给了曹植以示酬谢。没想到世事多变，曹植与甄氏再次相见时，已然物是人非，感慨之余，却也无可选择，不得不将情意掩藏心中。当时，曹操雄心勃勃，“舳舻千里，旌旗蔽空”，正醉心于他的霸业。曹丕子承父业，随之出征。而曹植年纪尚小，任性好酒，不喜争战，于是留了下来，得以与同样留下来的甄氏共处。曹植与甄氏旧情复萌，感情迅速发展，很快到了难舍难分的地步。这件事没能瞒过兄长曹丕，曹丕大发雷霆，将甄氏幽禁。甄氏在曹丕当上皇帝后的第二年便郁郁而死。死时以发掩面，以糠塞口，以示难以见人。甄氏死的那年，曹植到洛阳朝见哥哥。甄氏生的太子曹叡陪皇叔吃饭。曹植看着侄子，想起甄后之死，心中酸楚，无语泪流。饭后，曹丕却出人意料将甄后的遗物玉镂金带枕送给了曹植。曹植睹物思人，在返回封地的路上，车至洛水边，正是黄昏，人困马乏，恍惚之间，遥见一女凌波御风而来。曹植一惊，便以为是甄氏久别之后，以此方式特来见他一面，以慰相思之苦。

历史的烟尘打马经过，后人一传再传，以讹传讹，难辨真假。曹植本为性情中人，却有着一个猜忌心极重的哥哥。好在曹植七步成诗，才没有和他的兄长曹彰一样命丧黄泉。甄氏死了，曹植在敏感的哥哥面前无法表现自己的悲伤。作为鄄城王，写不了感甄赋，就写感鄄赋，鄄城是他的封地，谁都说不了什么。

宓妃是伏羲氏的女儿，传其因迷恋河边景色，奏七弦琴以美之。黄河河伯看中她的美貌，潜入洛河，化成一条白龙，将宓妃吞没。宓妃死在洛水，便成了洛水之神。曹植来到洛水边，梦到此女子，人们自当认作是宓妃，而非甄妃。甄妃的儿子、明帝曹叡后来继位，遂将《感鄄赋》改作了《洛神赋》。

曹植把爱情和他的遇见写在他的南柯一梦里，写的是谁，他讳莫如深，至死不说。写洛神，便有洛神的风韵。既是神，便有神韵，不会让人抓住人神混同的把柄。文章里，风神、水神、司阴阳神全部聚集，女娲唱着清亮的歌，文鱼腾跃着拥在车乘旁边；六条龙驾着云车缓缓而行，鲸鲵跳跃着护车驾，水鸟盘旋在周围。洛神则由湘水的娥皇、女英跟着，汉水女神陪着，一举手、一投足，气若幽兰，华容婀娜，轻盈飘逸。既是神，便可恣肆大胆一些，尤其是两两相望时的款款深情，欲走不忍，欲近不能，欲言又止，刻画何其细致入微，酣畅淋漓。

汤显祖在《牡丹亭·题词》中说："情之所至，生可以死，死可以复生，生不可以死，死不可以生者，皆非情之至也。"曹植的爱情大约如此。曹植的皇子身份，甄妃的嫂嫂身份，一切身不由己。眼看着楼塌了，眼看着人没了，故事变成往事，咽泪装欢，不能说。有人说曹植怎么可能与甄妃有感情，但我宁愿信其有，不愿信其无。爱情不一定要长相厮守，加入了想象，才会更让人神往。

曹植的爱情，在他的《洛神赋》里，在东晋画家顾恺之简繁得当、疏密有序的《洛神赋图》里。打开画轴，曹植的深情凝望，洛神的频频回首，杨柳的依依相送，洛河的冉冉柔波，女娲的伴唱，六龙的勤勉，娥皇、女英的守护，如梦如幻，处处传奇。就算是别离，也如歌如诗。飘忽以假乱真的梦境，云纹、水纹在画里的柔美勾勒，活生生把他的梦中情人从洛水的千丝柔波中幻化出来。每阅之，我仍要暗自长叹，不愿合卷。

一点痴念，万缕情思，由不得不让人欲说还休。

本文获“首届湖湘教师文学征文大赛”散文组三等奖

散文与虚构

说到散文，忽然想起王国维的《人间词话》中一句话来:“诗人对宇宙人生,须入乎其内,又须出乎其外。入乎其内,故能写之,出乎其外，故能观之。入乎其内，故有生气，出乎其外，故有高致。”其实这句话概括的,又何止诗人呢？换言之,写小说者如是,写散文者亦如是。入乎其内，出乎其外，文章才拟作如炬之目光，力透纸背。

入乎其内，自然是要透过现象到本质，如果是景物，则探幽发微，如果是生活，则取其真实，如果是历史，则走进历史深处。写作，必得有对社会与人生的观照与敏感，见微知著，方显大家。出乎其外，将人人所见的庸常写出别具一格，华山论剑，总要比出高下不是。八仙过海，各有神通，文章千古，得失寸心。出乎其外，则往往关乎别致、意外与虚构。

非虚构散文写作，在很长一段时期被认为是天经地义，小说必然虚构，散文如果也虚构，那“真实”二字就只能憋居新闻通讯一隅了。但是社会发展至今，散文如果还总是死抓住“真实”

二字不放，便显得有些不合时宜。如果硬要说真实，亦可以通过虚构故事的形式来探寻事实的真相，只要不违背生活与常道，便可划入真实之列。陶渊明的《桃花源记》、柳宗元的《种树郭橐陀传》、范仲淹的《岳阳楼记》、魏禧的《大铁椎传》等，大多为虚构，但至今读来仍趣味盎然。庄子的《逍遥游》虚构一个扶摇九万里的大鹏形象，以此来证明万物皆有所待，贾平凹家门前并没有丑石，却将丑石写得活灵活现，余秋雨更是大胆，将想象与小说化的细节介入散文，艺术的想象插上翅膀在高远的空中飞翔。

贾平凹说：要说编，文学作品就是编的，编的就是虚构。李修文则直言不讳：今天的散文被囚禁得太厉害了，唯一的真实是内心所建立的真实。这是一个过程，需要作者不停地遭逢、建构、想象、回望、凝视，如此苦心孤诣，来成就一个不一样的自己。他甚至说，写作就是要敢于冒犯散文的陈规陋习，要让人感受到一种结结实实的谋生感。就现实而言，个人的遭际非常有限，自己波澜不惊的生活中哪有那么多大悲大喜大起大落、生动曲折的情节和扣人心弦的故事，这大千世界的芸芸众生，以一知十，举一反三，写作者总是能从自身找到类似的架构点，并由此生发开去，意到笔随，笔墨省净，成就一篇篇并非自己亲历的美文。

鲁迅说到虚构，曾打过一个浅显的比方，说他笔下的人物，往往嘴在浙江，脸在北京，衣服在山西。可以说，虚构让作者的内心有了一个可供歇脚的避风港，让自己的生活不至于变得懒散而平庸。所以为什么有那么多人愿意虚构，陷入虚构，乐此不疲，除了名与利，除了写作的延伸拓展，也还有自己内心的需要。譬如做点白日梦，像武侠小说中人物一样快意恩仇，有一种“我欲因之梦吴越，一夜飞度镜湖月”的洒脱爽愉，有一种“阅尽千帆，归来仍是少年”的踌躇满志，有一种在囚徒般的琐碎生活中释去重负的肆意放达。变化万千的美景与一日千里的社会变革，也让一部分人们不愿意拘囿于狭小的家中闭门造车。这就是虚构的开始，巴金、鲁迅、莫言……越来越多的写作者愿意打破故步自封作茧自缚，寻求到一种更为合适自己的写作模式，并以此来探求社会隐现的问题和道德层面的困境。

但话又说回来，虚构毕竟是虚构，与真实始终隔着一道门一层纸，散文的虚构不可能如小说那么随心所欲，也不可能抛弃散文的写作技巧章法，散文的虚构应是有限度的。就像小时候的零嘴，因为少，总是显得弥足珍贵，小花片、芝麻糕、南瓜子、印米子，拿到手里时如同宝贝，一颗糖舍不得吃，可以在口袋里放到融化。而今物资充盈，零食多得眼花缭乱，孩子们早已看不上那些普通的没有花样的零嘴了。散文的虚构亦同此理，鸟飞鱼跃，适可而止，多而滥有损散文的真实与事物的真相。余秋雨的散文，无论是《文化苦旅》还是《霜冷长河》，从不拒大胆的想象，但其散文形象仍完整有节、有章可循；鲁迅的《风筝》有情节的虚构，但故事与道理丝丝入扣，发人深省；冰心的《小橘灯》中说到小姑娘还有个朋友，这个朋友是虚构的，但情义却真实可感；孙犁的《山地回忆》则是像小说一样的散文，因为虚构，他自己将之归入了小说类，但我们仍然把它看作散文。

散文的真实包括两个方面，一是事实的真实，一是情感的真实。因此，散文始终强调作者深入生活，写真人真事，使文章具有现场感，在此基础上适度作艺术加工。艺术的加工是将文章的空间与时间拓开，开枝散叶，使散文更具延展性和可读性。熊育群的新作《钟南山：苍生在上》属于非虚构的报告文学，但他也说：我并非不重视虚构，不重视想象，但想象不是胡言乱语，必得符合历史与现实的逻辑，细节必须来自生活，有着现实的力量。所以他大胆取舍，深入钟南山的内心世界，用文学的力量和散文的笔力再现那些动人的重大时刻。

总之，在散文的国度里，也许只有虚构与非虚构携起手来，才能合作共赢，创造出刚柔、缓急、繁简、舒敏得体的好作品。华枝春满，天心月圆。散文依旧坚守在云卷云飞的现实中，挥动它变幻莫测的魔力棒，将世界披上五彩，阅之不尽。

文艺的火光

古希腊奥林匹斯山上的德尔斐神殿里竖着一块石碑，上面写着:“人啊,认识你自己。”苏格拉底将之作为自己哲学原则的宣言。认识了自己，才能明白自己真正的需求，把握自己的命运，主宰生活和赖以生活的这个世界。

要认识自己，单靠自己的力量未免单薄，须借助外力，譬如文学。曹文轩说 :“文学的根本意义，在于为人类提供良好的人性基础。”好的文学作品立足于时代，反映时代风貌，深入社会现实的腠理，以缜密的思维开展情节，用赤子之心倾入真情实感，烛照人性，涵养灵魂，激励精神。

最近几个月，打开手机微信，看得最多的是有关疫情的文字，这些文字不时从手机屏幕上跳进目光，疑虑、忧惧、信心与勇气在手机里跳舞。特殊时期，文学的意义与价值、责任与担当尤为明显。奔赴前线的，宅在家里的，每一个人都神经紧绷，疫情蔓延，没有人能置身事外。

文学是一种有情感的思想，有超越时间与空间的功能，所以我们能通过文字，了解历史之厚重，在看不见对方的地方真切感知对方的生活与悲欢。文字的渗透力中，带着争议与批评，也带着爱和温暖。作为一种精神形式，担当着改造与净化人性的功能。真正触击心灵的文学，像站在高山之巅俯看众生，静水流深，感动之余，有了一种别样的悲悯情怀。

疫情来袭，除了奋战在一线的医护人员和工作人员，大部分人都老实地宅在家里，等候天晴。“闲上山来看野水，忽于水底见青山”，成了一种诗意的向往。有些词很高频，例如：安静。网上有篇文章叫《静静的中国》，因为疫情，我们学会了安静，安静地看书，安静地等待，安静地守候。喜欢溜达的终于回家了，以往车来人往的街道终于安静了，天空更宽广了，街边的树也安静下来，像要把风赶走。因为疫情，我们停下了匆匆的脚步，释放了焦躁的心情，我们学会了与家人在一起，学会了慢慢地欣赏。

既是文学，便需要歌颂、正视、批评、分析和反思。每一件事的出现，我相信都不是偶然的。现在，国内的疫情基本得到控制，这得益于我们国家举全国之力，奋起抗疫，真正体现了一个强有力的大国之担当、之为民的精神。而国外的疫情正在蔓延，感染人数已超百万，死亡人数也在逐日递增，看着让人心疼。瘟疫，自古以来，它传播之迅速，死伤之严重，让人们谈之色变。金开兴元年（1232 年），河南开封产生特大疫情，死者逾百万。古人认为，如果阴阳失位，寒暑错时，便有毒病气侵入人体，多而久则成疫。随着现代医学的发展，我们已经知道，疾疫的发生是由于细菌和病毒侵入人体所致，疫情的发生和蔓延，往往让人猝不及防。

文以载道，精神为魂。鲁迅先生说过：“文艺是国民精神所发的火光，同时也是引导国民精神前途的灯火。”鲁迅的许多文字，便是刺向敌人的刀枪，也是唤醒国人灵魂的济世药。从去年冬天到今年春天，我们度过了漫长而惊心动魄的几个月。抗疫的文字也是铺天盖地，让病毒难以招架。

春暖花开的三月，疫情终于在强大的国人排除万难的勇气面前渐次退却了。中华民族素来具有勇敢无畏之精神，尤其是在灾难面前，更表现出了万众一心、众志成城的集体力量。这种思想、智慧、气度和神韵，是中华民族骨子里带来的，独一无二。

陈芸的爱

在历代文学作品中，《浮生六记》里的陈芸实在算得上是一个有气量有品味的女人。

一颗平常心，生活顺水无波，骨子里却风花雪月。她的娇憨、贪痴、温爱、灵巧和小家碧玉式的浪漫，她的专注、开朗、乐观和气度，远非一般小户人家所能比。他们的日子不温不火，没有排场热闹，却梅柳缤纷，花浅也放，是另一番人间有味清欢，但我从中却读出了一丝遗憾。

陈芸，字淑珍，是沈复舅舅的女儿，后嫁给了沈复。沈复，字三白，小时家境殷实，父亲沈稼夫在会稽幕府任职，家中有佣人可供驱使。三白十二岁时去舅舅家，指着表姐陈芸对母亲说"若为儿择妇，非淑姐不娶"，这句话成了他们的婚约。

婚后，两人住在沧浪亭爱莲居西间壁。陈芸性格温蔼，知礼仪，懂进退，从不与人争。两人的感情及爱好，存放在平时的一粥一饭里，存放在"我取轩"中的杯酒里，存放在两人的一言一笑一举一动里。两人将板桥内一临河轩，取名为"我取轩"，常在月明之夜，并坐轩中，置备酒菜，赏月喝酒。河中波光如练，隔岸萤火，星星点点，梳织于柳堤蓼渚间。两人或纳凉玩月，或联句遣怀，或树下垂钓，登山赏夕照，月下篱边对酌，看明月倒映池中，听蟋蟀的叫声在四面响起。中秋“走月亮”时节，一家人全部出动，去间壁幽雅清旷的沧浪亭，站在亭心，望晚霞垂天，炊烟四起，去隔河对岸，名为“近山林”的园子，叠石成山，林木苍翠，曲径通幽，将日子过成了诗。

三白爱花成癖，每年“篱东菊绽，秋兴成癖”，闲居时，案头瓶花不绝。陈芸便喜着他的喜，做着她的花事。三白喜欢书，陈芸便极珍惜书，破书残画，她会补全补好。三白素爱客，陈芸善烹庖，瓜蔬鱼虾，一经陈芸的手，便有意外味。家中无钱了，陈芸便不动声色，拔钗沽酒。三白爱干净，陈芸便将家里打理得了无纤尘。三白的小帽领袜，都是陈芸亲手缝制。荷花开时，芸便用小纱囊裹少许茶叶，放在花心中，等到第二天拿来，用天泉水泡茶喝，味道香绝。正如沈复自己所说，陈芸能读懂他的眉目言语，他的一举一动，甚至只丢给她一个眼色，她就能做得头头是道。

沈三白自传体散文《浮生六记》，薄薄的章节，传递着浓厚的爱意。这是不是爱情的最好模样呢？我想应该不是，陈芸后来的生活过得极为艰难。三白一介书生，没有能力养家，开个画铺，生意惨淡，还被人骗保，时常有人上门逼债。公公脾气暴躁，误会陈芸背着丈夫借债，诽谤小叔子，被赶出家门，搬回娘家居住。此时的娘家极其冷清，母亲去世，弟弟长期在外，陈芸很伤心，咯血愈加严重。

沈复在文中形容陈芸削肩长颈，瘦不露骨，两颗牙齿微微外露。沈复认为这不是长寿的相貌，后来陈芸果真没能长寿，颠沛流离，尝尽苦头，咯血而亡时刚满四十岁。我想，陈芸的不长寿，除了她本身的病，三白怕也难辞其咎。

陈芸是个旧式女子，认定一人，不改一生。从十二岁始，陈芸心里就认定了表弟三白。从此，欢喜、哀愁和快乐，只与他有关，无关财富，不问前程。嫁鸡随鸡，嫁狗随狗，骨子里还有着三从四德。她勇敢地承受了压在她头上的一切担子，包括病痛和死亡。

陈芸的生活简简单单，没有算计，没有远方，只有诗和眼前的苟且。她不是一个贪心的好高骛远的女人，她只要一份简单的幸福。她以为她的三白能给她，她错了，她的三白除了认识几个字，除了养养花，联联句，几乎一无所能。他不考功名不求上进，放浪不羁，将日子随意打发，不能给陈芸和孩子更好的生活，到后来连基本的生活也得不到保障。可是她从不认为自己错了，或者就是知道了，她也愿将错就错，将伤心吞进肚子里，将欢笑展现在脸上，再苦的日子她也只是想着如何应对，而绝不会怪罪到她所爱的人头上。陈芸习惯了顺从，习惯了丈夫是她的全部，甚至可以为他找女人。她从不说丈夫的不是，就是知道自己快死了，她还在说“君之不得亲心，流离颠沛，皆由妾故”，希望在她死后，三白能“另续德容兼备者，以奉双亲”。陈芸爱三白爱得失了原则，爱得让人心疼。

三白也不说自己的不是，他或许没有意识到自身的无能给家庭带来的伤害。他的文字写得轻松而富有诗意，每天赏梅玩菊，笑语咿呀。然而，诗书可以让平淡的日子生辉，却不能代替生活。旧时，男人是女人的天，得养家糊口，在家庭条件不允许的情况下放浪形骸，又怎么能撑起一个家。

《浮生六记》诗意的文字里，陈芸只是用自己的心与手，三白用自己的那支笔，努力装扮了一个家庭幸福爱情丰满的模样。

遇见屈原

一个夜凉如水月如钩的夜晚，我漫无目的地来到了一条杂草从生并不宽厚的河岸边，此时的月亮并不分明，一朵云来得不是时候，正巧经过月亮旁边，顺势把月亮遮掉了一大半，也把月光收走了一大半，月色更昏暗了。

一个长袍宽袖、瘦得弱不禁风的老人朝我走来。我想在哪里见过他，陌生里却总有一种熟悉，像一位久未谋面的故人。他正踽踽走着，皱纹如壑的蜡黄脸上，写着对命运的桀骜。他走过来了，我更近地看清了他。

他老了，披散的头发让他的老又增添了几分，他一边走一边口中念念叨叨不停，像个精神失常的人。我盯着他看了好几眼，他的头发真长！他的衣袖真宽！我的心猛地一跳，他是——那个我在书里无数次见过、想过、为他感叹过的——屈原！

我既惊又喜，想不到在这样的旷野，在这样的河边，在这样的夜晚，我能与他——我心中的圣洁相遇。他已从我身边走过去了，我停住脚步，朝着他的背影喊了一声：先生！

他像没有听见，继续前行，口中喃喃。

我把声音放大，再次叫他：屈平先生！

他猛然停住了脚步，好像有人忽然在前面将他拦住。他稍候片刻，慢慢转过身来，他似乎才看到了我，看清了我，原来，在他经过的地方，还有我这样一个人。

你是叫我？我并不认识你。他说。

我在他面前一丈开外站住，激动地说：可我认识您，屈平先生，您跟楚王同姓“芈”，后改姓熊。楚武王熊通的儿子封在“屈”地，取名屈瑕，其后代便都姓屈。您是楚王的本家，从小您就把国当成您的家一样去爱，殚精竭虑谋划着楚国的未来，希望国家越来越强大。您的一生，都在构筑爱国和美政的理想……

屈原没有反驳，此时的他因念叨太久，声音有些嘶哑，听上去还有些伤感，他说：谢谢你，还记得我，可是我的国亡了，我也要去我该去的地方了。

我不记得这一夜是哪年哪月的夜，我怎么也想不起来，但今晚看上去还不错，河水在月色里泛着淡淡的波光，流动并不湍急，仿佛它的流动只是因为它不想睡着，它似乎感觉到了月色带来的静谧里暗藏的杀机。我对这一切并不熟知，我还沉浸在见到屈原的不平静心情里，没有注意到他表情的呆滞和落寞，当我再次看到屈原时，他已重新转过身去，又往前去了，留下的背影越来越模糊，越来越模糊。

我目送着他的背影远去，直到看不见才猛然惊醒，我迅速转身去追赶他，但无论我怎么追赶，始终与他保持一段若即若离的距离。我预感到他的异样了，我一边追一边喊他：屈平先生！屈平先生！等等我！可是他再没有回头，脚步反而越走越快，我得跑起来了，才勉强可以看到他的背影。

我大声对他说，整个夜晚，就只有我的声音：屈平先生，我知道你是一个不周方圜，不群鸷鸟，不亏昭质的人，你听我说——先生，我知道你的委屈，你带着满腔热血和义无反顾，走到政治舞台的前台，渴望自己长袖善舞，渴望楚国在自己的眼里逐渐高大，被世人仰望。可是真心未必能换来理解，楚怀王明珠投暗，视你如敝屣。忠诚被硬生生泼了一瓢冰凉的水，一口凉气吸进心里，从此再没有把它吐出来过。你想不通自己哪里做错了，你只有向天而问，不断表白追索，换来的却是楚王的忽略与漠视，内心的怨气如山累积，多得你心里都快盛不下了，你心如刀绞，《离骚》《九歌》《九章》，每一篇，每一句，都能看见你闪烁的泪光，山河为你震颤，岁月为你悲歌。

朦胧的月色里，他的背影远得只剩一个淡淡的轮廓。他什么也没有说，回答我的话的，只有河野的风。忽然，一道影子划破夜空，像箭一样射向河中，水浪冲天而起。我飞也似的赶过去，水花已不见，水面依旧被月色笼罩，追赶的影子再也不见——

我大声喊着，喊着……

我睁开眼睛，曙光正透过窗户，柔柔地照进来。

我醒了，我做了一个梦，在那样一个有月光的夜晚，听任屈原从我身边离开，从我眼前消失。那一晚，我遇见了他，可是我没能阻止他，为什么不阻止他呢？我后悔不已，他不会曲意逢迎，不会献媚讨好，他明知故犯，心知肚明，出身高贵的他有着与生俱来的自尊与高傲，无论如何也不肯低下他高昂的头颅。想以“皓皓之白”，“蒙世俗之温蠖”，示弱违心，他宁愿怀沙去死，又怎肯留在这污秽的人间！

后来，我想通了，我能阻止得了他吗？屈原揣着一颗报国心钻死胡同，钻牛角尖，不撞南墙不回头，哪怕把自己碰得头破血流。他不知变通，傻得要命，他不是一个合格的政治家，却是一个披肝沥胆的爱国者和诗人。如果把圆滑世故当作人生信条，改变也就顺理成章，如果把纯性视为至关重要，又怎能异道而相安。

屈原，终究是屈原，就是梦也阻止不了他决绝的脚步。

那一夜的月光，穿透时空，光照现实。沧海横波，洗尽尘沙，屈原依然站在高山之巅，不管时代如何嬗变，生命中，还有比生死更为重要的东西，在如歌的岁月里，变成不屈的脊梁。

书中的万宁

长发青漪，红罗白衬，仿佛刚穿过春光；脸庞清秀无疵，眼神斜觑。一个沉着从容、容实纳虚的女子出现在我面前。她就是株洲作协主席万宁。网上照片与想象中不大一样，傲气与才气应成正比，实际不是，那乜斜的眼神也没能装出莫测高深。

先看了小说《麻将》，便在网上淘了一本万宁新近出版的小说集《纸牌》。网上买书还是最近一两年的事，买得不多。要么奔名气,要么奔喜欢。今年,我在网上淘了曹文轩的《草房子》《青铜葵花》，村上春树的《挪威的森林》，董桥的《旧时月色》，除此便是万宁的《纸牌》。

王跃文先生序中如此说她：只是安静地坐着，听看别人的输赢。十分安静，见人只微微一笑，朋友的聊天，多半也是听着，极少插话掺言。无疑，她是一个观察者，用她洞明事物的眼睛和敏感细腻的心思去捕捉生活中的点点滴滴，像鸟儿垒巢一样，一根一根，窝垒成了，她的小说构思也出来了。生活的细枝末节，痛苦和欢笑，像流水一样从她的笔下汩汩而出。如她自己所说，要等到人物积累到不吐不快时才坐下来，这时候的她，笔下是行云流水万马奔腾，是苦乐恩怨家长里短，矛盾、争吵、安慰、意外，柳暗之后不一定是花明，也可能是另一种荡气回肠。如《纸牌》中别样红的死，又如《波士顿的邂逅》中苏子民和柏珏的再婚，没有死去活来，那是一种如温水一样慢洇的状态，我们看了会不会对老年人多一层怜惜多一些宽容和理解？无论做何选择都没有对错，只是生活。

读她的小说，内心会有一种难以言说的羞涩，仿佛揭了自己的隐秘，将不能说的不敢说的暴露在红尘里。对真实的生活观照几乎无孔不入，有时会觉得真实得不像小说。一个女子，有一双怎样的眼睛，可以穿透社会，抵达人的内心深处，将千丝万缕理成一个个顺畅的故事，这不是人人都能做到的。某些场景太过真实，如同亲历，感同身受，认同感强烈。我跟万宁交往不多，唯一的一次聊天还是拙文在今年“3·15品质消费征文”中获奖之后。简短的聊天中，她说她大姐、二姐、二哥都是茶陵一中毕业的，小时候也常去校园玩。所以我总觉得我和她之间有着某种关联，大概这就是吧。

书中的万宁跟她本人不太一样。她外表沉静温和，书中却激情澎越。《纸牌》中一开始写打牌就来了一句:“好点幺，幺死她！”这种打牌时常态化的语言只有十分熟悉的姐妹才会有，不计较，说话随便粗放，开着或荤或素的玩笑，少了一本正经和严肃做作。她的回忆性散文《七十年代茶陵解放完小》发在茶陵县刊上，我编辑校稿时，将全文一口气看完，仿佛自己也回到了70年代，在学校里跳皮筋、跳绳、跳房子、踢石子。小时候的她不是我想象中的那么安静和听话，作业缺交，逃学打架也旷课，用她自己的话说，不算乖孩子。但她又有自己的是非判断标准。我记得她说，趴在老师背上一起前行的时刻，那温暖开在心间，像一朵花，从此学着去温暖别人。

她像个邻家阿姐，但她又是与众不同的，冷静的外表下包藏着一颗随时可以出发的心；跟人聊天的时候，喜欢微笑听人言来言去，眼神温和而犀利；她的思想、她动观流水卧观云的冷静以及写作时勃发的才情，观照社会的精辟与细微，在她的书里可以一一找到。

与新文聊文学

李新文是我多年的文友，联系比较多的一位。

相识不久的一天晚上，我跟娄底的游宇明、涔阳的苏大平和湘潭的杨蕾一起在省政府后面的湖边散步，回来时听到有人叫我，我很奇怪，这地方还有人认识我？等他们走近才看清是他和他一个室友少岩。李新文个子中等，圆脸，小眼，发稀，当时穿着一件“不合时宜显得有些夸张的黑色羽绒袄”，从此对他有了深刻印象。在群里聊天，他哈哈笑着，称湖南的李新文、湖北的李修文，还有一个作家，名字我不记得了，加上我，正好凑一桌麻将。他自称“丑鬼”，喜欢评头品足，喜欢的就喜欢，不喜欢的人直接将他拉黑，书出了几部，文章发了不少，至今还非作协会员，喜欢书法，毛笔字歪歪扭扭，胖瘦不一，自成一家。

2020年3月12日，聊天中，他说写了一篇文章《涓水的暮色》，准备给《散文百家》的编辑，编辑回复说让改题目。他说：不好改，涓水的暮色，我见过，落日洒落的余晖，照在山野与河流上，不知有多美。后来他想好了一个题目，大约是出发与回归之类。有人说姓王的主人翁不是涓水的，他不在乎，自己是搞文学的，文学可以虚构是不？想好的题目也不发给对方，让他们自己想去。

现在的他因为“糖尿病”在家做点小生意，住在城郊自己约五百平方米的房子里，不是写毛笔字就是码文字，生活简单而清闲。他的散文极尽细腻描绘，注重心灵感受，不注重完全写实，在他笔下，一片晚霞一束阳光可以思接千载。他认为，散文可以虚构，但故事要圆转，要合理，要有人情味，要有想象，要有思考，否则就不能成为好的散文。他是一个有个性的作家，外表的狂放，语言的粗粝，掩盖不住他内心的善良与热情，对真理的追求和对文学的热爱。

2020 年 8 月 26 日，是暑假补课的最后一天，上次李新文打电话来，我在晚辅，说了几句便挂断了，晚上我把电话打了过去。

他问我在干什么，我笑说今天补课结束，没什么事便给他打电话，然后问他最近有什么新作。他说，一篇稿子已过终审，很快会发出，另一刊物发了一篇稿子，编辑回信很快，对他很客气，稿子已采用。五月发的那篇可能成为亮点……

说话的语气依着他一贯的话风，率真直白，毫不掩饰他的喜欢与轻视。他动不动就说，谁谁那人，就是个屁。他说，写作应该是智慧写作，要有鉴赏能力，还要有记忆力。有人把好文章看成差文章，鉴赏能力从何来？例如某某，就不是搞文学的料，语言过于阴柔，像女人，表面谦虚，内心狂妄，后来，把他的微信也删掉了。

说到散文创作，李新文说，要学会当“小偷”。读文章要这么读：一是能发现优点。一篇文章，能发表，总有其优点和缺点，太完美的文章就不是文章，好的地方在哪里，弱点在哪里，要善于避开弱点，发掘优点。有一回，他问李少岩看过的一篇文章的经典段落在哪里，经典语句在哪里，少岩说不记得了，李新文便批评他不会看书，他说他不看好某某的散文，但会看她的散文，她有很多写得不好，但也有写得好的地方，便要“偷”来。他的进步就是善“偷”，但偷不是抄袭，要消化。三年前，他偷过某某的文章，时过境迁，他觉得那人的文章已比不上自己的文章了。

李新文最看不起文人的酸气，最欣赏的是司马迁的文章。散文，他很不屑一些人的创作，但他也欣赏本省和外省的一些作家，山东的几个“八〇后”“九〇后”作家他也欣赏。新文说写散文要有天赋，努力只是百分之一，百分之九十九靠天赋。他又接着说，他的文章是改出来的，有的散文改了百八十遍，几乎是字斟句酌，推敲得无懈可击才算满意。按他这么一说，我倒觉得他也不是靠天赋，而是靠“偷”，靠改。但这句话我没有跟他说，他一个人一直在说。因为职业与时间的关系，我的散文都是小散文，多发于副刊，我不说，他也不说。

转眼又是一年，大约五月间，李新文依旧把他的创作经验分享给我，他的话里有很多真经，例如投稿，他说，一定要写成精品才能投，让人家从文章里认出你，看重你。《散文选刊》是个门槛，写散文没上过散文选刊，写散文便没资格。如果随便投一家报社，没用上，以后这家报社的路就堵死了。散文应该如水，具有两面性，一是柔，一是锋利如刀，温柔时很浪漫，锋利时刚性十足。散文最讲性情，所谓文如其人，便是如此。

文章得有文采，有情趣，有是非，有痛感。无文采，无情趣，无是非，无痛感，上不了大刊。但发不了并不一定说明你的作品不好，这里发不了，说不定那里可以发。他有篇文章发给四川一个刊物，主编跟他说他的作品还比较粗糙，不能发。李新文不服：你看不上我的文章，说我的文章粗糙，你的文章更粗糙，我也看不上你的文章。他就是这样，不服就是不服。

李新文不看外国小说，中国的散文小说，他说只看开头，中间，然后去想象，要是我会怎么写，如果跟我一样，或者比我还差，那就不要看了。

后来，又跟他聊过多次，他脾气有点臭，但我依然认定他是我的良师益友，写散文，我得向他学习，他发了好些散文给我，发表于《西部》的《石头上的时间书》，发表于《湘江文艺》的《时间之水，唯见洞庭波光》，转载于《散文·海外版》的《木器的重量》等，他的散文有时间跨度，内容并不复杂，更多注重个人体验。

他是个特立独行的人，可以不跟市作协、省作协打交道，他有资格加入中国作协，可他不申报。他一方面自信，自负，另一方面又保持自己的本我与善良，我跟他说，你再狂，你还是一个性情中人，一个质朴的人，我从你的眼睛里，就可以看出你的善良与淳朴，眼睛是不会骗人的。他嘎啦嘎啦地笑，笑声里满有赢得一场赛事般的得意，笑得无邪，讲得兴起，他哇啦哇啦，收不住自己的语言。他内心里又是极自尊而敏感的，也许这是一个作家的特质，永远保持对物与人的细腻观察。他会抓住一个瞬间，用文字将它无限放大，不厌其烦地观察、思考、感受，不露声色地思想、观摩、用情。他写的事件，他的文章，是放在高倍显微镜之下来写来看的，看的时候，不能一目十行，走马观花，非得要跟着他的笔，走一阵歇一阵，慢悠悠地逛一阵才能继续往前走，才能真正走进去，体会他文章里的骨在哪里，气韵在哪里。

最近的聊天，是在2024年元宵节前一天晚上及元宵节的上午，我把这篇文章发给他看，把省作协奖励的报刊目录发给他，去年他有六篇散文上了省刊，好几篇可以得到奖励。他便又聊开了，连续两次。

聊得最多的还是写作和写作的技巧。真正的大家，是自然地写作，不需要刻意去修饰，不要弄得过于精致，文章越随意，修为越高。苏童曾说，小说中最好的语言是在语言中消失的语言。新文说，语言用的是内力，不是外力，四两拨千斤的语言才是最好的语言，但语言亦不能白开水化，还是得有味道。总之，语言的才华是需要大智慧的。鲁迅的语言就充满了智慧，譬如，《论雷峰塔的倒掉》中第一句“听说，杭州西湖上的雷峰塔倒掉了，听说而已，我没有亲见”，这个“听说而已”就是鲁迅的语言。又譬如，《祝福》中第一句“旧历的年底毕竟最像年底”，这个“毕竟”，就颇费琢磨，是什么意思？不过，不懂也没有关系，觉得它有内涵就够了。他说，语言的最高境界有两点：一是自然，随意；二是有特质，有自己的符号性语言。鲁迅的文章一看就知道是鲁迅的，李新文的文章一看就知道是李新文的，别人偷都偷不走。真正的好散文，应具备虚构能力，想象能力，要有深度，不要太文雅，要有野性。好的散文必定是深度写作。

跟新文聊天，他说的多，我听的多，我习惯于成为他的听众。他是中国梅溪人，这是他为自己设置的地名，他不说湖南的梅溪，说中国。他就是他，不一样的他，语言俚俗，但即便这样，也掩盖不了他个性的真，内心的纯，不藏着掖着，这一点，与我相似。写作是一门学问，要写出样儿来，除了天赋，还要钻进去，这其中的难度可想而知。

后记/流年

进入教师这个行业，我是揣着梦想来的。

高中毕业后，我去看分数，知道自己考上了大学，但等了十多天，却没有接到录取通知书。我心急如焚，便和爸跑到韶山招生办，没有结果，心里七上八下，忐忑不安。回家路上，迎面撞上哥骑着自行车过来，正是来送信的。哥见到我，大声说：“考取了！”接着便从怀里掏出录取通知书来。我高兴得跳了起来，虽然不是什么名校，但一颗悬着的心总算有着落了！

我是我们村里的第一个女大学生，爸高兴，特地择了黄道吉日，为我办了升学宴。我内心高兴，一是因为我考上了大学，二是因为我从此可以脱离“苦海”。不是农家的孩子也许不知道，一个农家孩子小时候要干些什么。我七岁插田，八岁可和大人比试，九岁插遍小村无敌手，十岁杀禾。双抢时，每天天不亮，父亲就将我们叫起床，先去扯秧，或去杀禾。等到太阳升上来晒着我们屁股时，才能回家吃早饭。

现在，抛秧，抛谷，省了播谷扯秧的环节，扮禾用收割机。那时候，一切都要亲力亲为。吃了早饭，戴着一顶圆竹斗笠，就得下地干活了，不到十二点回不来。下午稍事休息，两点多又得出门，直到太阳在西边的山上露出一点红晕，才腰酸背疼地回家。第二天清早，一身疼痛还没消除一点，腰硬得直不起来，又得在父亲的命令声里继续下地。一干就是一二十天，最多的时候连续干过一个月。三十七八度的高温，太阳可不管是谁，照样毫不留情地到处倾泻火一样的光芒。脸晒得黑红黑红，手上、脚上与衣袖裤脚连接的地方，黑白分明。

我当时读书，只想考出来，以后不要这么辛苦地脸朝黄土背朝天，不要天天头顶骄阳，脚踩泥水。考上大学，就等于吃了皇粮。我上大学时，一期只交几十块钱，还能按月领取伙食票，吃饭不要自己掏钱。我是班上的生活委员，每月的伙食票就是我领来发给同学们的。

我是怎么到茶陵的呢？开始，我被分配到了株洲县，可是，我的男朋友被分到了茶陵县，两人不在一处，生活上有许多不便。后来几经波折，我又来到了茶陵县。

我分配到了近城的思聪中学。分的房子是教学楼最西边靠近厕所的一间。边上本来有两间，里间大外间小。里间分给了当地的一个女语文老师，她常住县城，并不常在。我住外头一间，房间约八平米，一张床，一张书桌，便剩下一个过道。最难熬的是晚上，整个天地黑咕隆咚，遇上风狂雨疏，上个厕所都如临大敌。来之前，我还有幻想，过了一段时间，便发现我的梦想被这逼仄的房间和风雨潇潇的夜晚吓得躲起来了。我开始问自己，自己到底要干什么？你努力学习的结果是什么？难道就待在这八平米的蜗居里度过自己经过苦力换来的花样青春？仿佛从一个逼仄的过道进入另一个逼仄的过道，梦想很美，现实很拽。梦想的天堂拽出了一个大窟窿，漏风漏雨还漏沙。

人生地不熟，内心很困惑，又无人指点，全靠盲人摸象，摸到什么像什么。最后，只剩下一条出路，你是来当老师的，那么多学生瞪着眼珠子看着你，你怎么好意思睁只眼闭只眼，好在尚有大把的青春经得起岁月的挥霍，先好好教书吧！

平心而论，自己喜欢当老师，对老师有着由来已久的尊敬。小时候，从别人的嘴里，从书里看到的都是师道尊严，是天地君亲师。也知道以前的私塾先生教学生的时候是可以打手板的，学生上学前是要拜师的。汉朝时有个皇帝叫汉明帝，每次去探望老师，一进街口就下车步行，以示尊师。北宋时，杨时和游酢去拜访当时著名的理学家程颐，适逢程老先生正在家中打坐养神。二人不敢惊动他老人家，只好站在门外等候，等到程老先生一觉醒来，杨时和游酢还站在门外，当时外面还下着大雪哩，大雪快有一尺深了。正因为有了这些熏陶，从小便觉得，老师是一门值得尊敬的职业，现在自己也成老师了，那就得有个老师的样儿，好好教书！

房子建在三公里后，我请调下东中学。在下东的四年中，有一件事很值得为自己骄傲，是我的脚被开水烫伤的那一回。那天，我将热水烧开，壶随手放在砖头上，路过时，却把这茬忘了，一脚将壶踢翻，一壶滚烫的开水全部淋到右脚背，当场皮开肉绽！想着还有一周即将中考，我教初三，换人不及，自己也想善始善终，不使自己留遗憾。我便没有请假，每天，老公开着摩托车送我进教室，直至这一届学生毕业。

那年云阳扩招，聘高中老师，我正好自考本科，是县第一名。有了报考资格，于是便报了云阳。为了保险起见，见兔子撒鹰，一中二中都在招高中老师，我全报。结果，都考上了。最后进了云阳。

在云阳的第一年，我成为茶陵县第一届语文学科带头人。三年后，我调至茶陵一中。时间一晃，二三十年就过去了，我将大部分的精力用来教学，偶尔写写文章。夜深人静之时，我会想念我的家乡，我的亲人。一个外地妹子，来到一个人生地不熟的地方，一干就是几十年，想家啊，有时候想着想着，眼泪就哗哗地流，止都止不住。我的老家在宁乡，宁乡离茶陵两百多公里，现在有了小车，小半天就到。以前，回去一趟非常不容易，天魅魅黑就得起来赶早班车，株洲转湘潭，湘潭转乡，乡转村，路上要花掉整整一天时间。

女儿上大学去了，所带艺术班的学生们也已振翅飞走。这一年起，我开始将课外时间交给阅读和写作。这年高考，我是班主任不要监考，学生们全部进入考场后，大部分高三老师聚在一起聊天去了，我则坐在办公室里奋笔疾书。一堂考试结束，我的一篇文章也初见端倪了。目前，我已在报纸杂志上发表了几十万字的作品。出版散文集《凭窗听雨》《遇见》，2024年，出版散文集《我在》和茶陵中将谭家述的人物传记《从山谷中打出来——谭家述》。我先后加入湖南省作家协会、湖南省诗词楹联协会、中华诗词协会；2016年，当选为茶陵诗词协会副主席，2017年，当选为茶陵作家协会副主席。2021年，当选为市人大代表。

有人说，别人在一起聊天、打牌、唱歌、跳舞，你倒好，把自己关在家里，像个苦行僧。放着悠闲的日子不过，图个啥呢？

年纪大了，别想那么多了，吃吃喝喝，喝喝吃吃，开心就好。我不是没想过这个问题。一个人在那里想啊写啊，搞得跟个神经鬼一样，别人还以为你不合群，图个么子咯？我不化妆，喜欢素面朝天，骨子里还认为化妆浪费时间。穿衣服，不注重名牌，只要是自己喜欢的，合适的，上千块不吝啬，几十块钱也不嫌差。我很少逛商城，喜欢快刀斩乱麻，三下五除二，买完就走。在网上聊天，许多朋友知道我有个不成文规矩，聊天不超十分钟。

马尔克斯说过这样一句话："从我写《枯枝败叶》的那一刻起，我认识到我想成为一名作家，没有人可以阻拦我，而留给我要做的唯一一件事情，便是试图成为这个世界上最好的作家。"小学阅读训练中有篇文章叫《坚持写作一丝不苟》，说俄国的大作家果戈理每天天刚亮就起床，稍稍活动一下，就开始一天的工作。一次，一个朋友问他："您天天都写吗？"他肯定地说："必须每天写作。"朋友又问："如果有一天没有写呢？怎么办？"果戈理说："没关系，拿起笔来写：今天不知因为什么我没写，今天不知因为什么我没写。把这句话一遍又一遍写下去，直到写厌烦了，你就要写作了。"

阅读和写作，是一种修行，坚持，是因为不想让时光虚度，毕竟，努力的时光最值得怀念。生活就是生活的样子，每个人有每个人生活的轨道，想法不同，做法便不同，你有你的玫瑰，我有我的花开。找块土地种梦想，画幅蓝图布天空，想着它的好，想着我还在，便一切都好。

日子匆匆，有些选择是因为无法选择。长大了才发现，写作亦犹如小时种田，辛苦耕耘未必有好收成，而且越写越觉得自己要学习的地方很多。人的一生，到底该怎样度过，像汪曾祺一样，"喝一杯不凉不烫的清茶，不纠结，少俗虑，随遇而安，以一颗初心，安静地慢煮生活”，是一种选择；像梁实秋先生一样，让文字安抚内心，让人生值得，是一种选择。天蓝云白，山青水长，流年里，我希望是一棵等待开花的树。